AF204614

ro
ro
ro

Siri Hustvedt wurde 1955 in Northfield, Minnesota, geboren. Sie studierte Literatur an der Columbia University und promovierte mit einer Arbeit über Charles Dickens. Mit ihrem Roman «Was ich liebte» hatte sie ihren internationalen Durchbruch, weitere Werke folgten. Zugleich ist sie eine profilierte Essayistin. Sie lebt in Brooklyn und ist mit dem Schriftsteller Paul Auster verheiratet, mit dem sie eine Tochter hat.

Die New Yorker Dichterin Mia und der Neurowissenschaftler Boris haben eine Ehekrise. Mia verbringt den Sommer in der Nähe ihrer Mutter, die, mit neunzig noch ziemlich munter, im Heim lebt. Ansonsten brütet sie über den untreuen Boris und die Männer im Allgemeinen. Mit Wut im Bauch und dem Herzen auf der Zunge notiert sie zum Thema Liebe, Ehe und Sex, was ihr einfällt. Und das ist, neben Gedichten und einem erotischen Tagebuch, eine Menge!

«Mit Humor und einer großen Portion Selbstironie erzählt.» *Süddeutsche Zeitung*

«Die intellektuelle Demut und die Wissbegier sind Siri Hustvedts Schwestern.» *Die Zeit*

SIRI HUSTVEDT

DER
SOMMER
OHNE
MÄNNER

Roman

Aus dem Englischen
von Uli Aumüller

Rowohlt Taschenbuch Verlag

Die Originalausgabe erschien 2011 unter dem Titel
«The Summer Without Men» bei Picador, New York.

Die Übersetzerin dankt Nikolaus Stingl
für Momente poetischer Inspiration.
Die Gedichte auf den folgenden Seiten hat er übersetzt:
S. 107, S. 130, S. 158 und S. 228.
Die Übertragung des Zitats aus «Die Geschichte von
Rasselas» von Samuel Johnson (Frankfurt, Insel, 1972) auf
S. 190 stammt von Joachim Uhlmann; die des Zitats aus
«Antigone» (Stuttgart, Kröner, 1962) auf S. 183–184
von Heinrich Weinstock.

Covergestaltung SO YEAH DESIGN, Gabi Braun, nach
einem Entwurf von Anzinger und Rasp, München
Coverabbildung plainpicture/Onimage
Satz aus der Adobe Garamond Pro
bei Pinkuin Satz und Datentechnik, Berlin
Druck und Bindung CPI books GmbH, Leck
ISBN 978-3-499-01465-9

Für Frances Cohen

Lucy (Irene Dunne): Du bist ganz verwirrt, oder?

Jerry (Cary Grant): Hm. Du nicht?

Lucy: Nein.

Jerry: Aber das solltest du, weil du dich nämlich
täuschst, wenn du glaubst, dass alles anders
ist, weil es nicht mehr so wie früher ist.
Es ist schon anders, aber eben anders, als du
denkst. Du bist noch dieselbe. Bloß ich war
ein Dummkopf. Aber jetzt nicht mehr.
Jetzt, wo ich mich geändert habe, glaubst du
nicht, dass alles so sein könnte wie früher?
Nur ein ganz klein wenig anders?

Die schreckliche Wahrheit
Regie: Leo McCarey
Drehbuch: Viña Delmar

Eine Weile nachdem er das Wort *Pause* ausgesprochen hatte, drehte ich durch und landete im Krankenhaus. Er sagte nicht: *Ich will dich nie wiedersehen*, oder: *Es ist aus*, doch nach dreißig Jahren Ehe reichte *Pause*, um aus mir eine Geisteskranke zu machen, in deren Hirn die Gedanken platzten, wild herumfuhrwerkten und voneinander abprallten wie Popcorn in einer Mikrowellentüte. Diese traurige Feststellung machte ich in meinem Bett in der Psychiatrie, so mit Haldol zugedröhnt, dass ich mich kaum bewegen wollte. Die garstigen rhythmischen Stimmen waren leiser geworden, aber nicht verschwunden, und wenn ich die Augen schloss, sah ich Comicfiguren über rosa Hügel sausen und in blaue Wälder verschwinden. Dr. P. diagnostizierte dann eine akute vorübergehende psychotische Störung, auch bekannt als Durchgangssyndrom, was bedeutet, dass man wirklich verrückt ist, aber nicht lange. Wenn es länger als einen Monat anhält, braucht man ein anderes Etikett. Offenbar gibt es für diese spezielle Form von Störung häufig einen Auslöser oder «Stressor», wie es im psychiatrischen Jargon heißt. In meinem Fall war das Boris, oder vielmehr die Tatsache, dass eben kein Boris da war, dass Boris seine Pause machte. Sie behielten mich anderthalb Wochen da, dann ließen sie mich gehen. Eine Zeitlang wurde ich ambulant behandelt, bis ich Frau Dr. S. mit ihrer tiefen musikalischen Stimme, ihrem verhaltenen Lächeln und ihrem guten Ohr für Lyrik fand. Sie stützte mich, stützt mich eigentlich immer noch.

Ich erinnere mich ungern an die Verrückte. Ich schäme mich für sie. Lange scheute ich mich, mir anzusehen, was sie während ihres Aufenthalts auf der Station in ein schwarz-weißes Notizbuch geschrieben hatte. Ich wusste, was in einer Handschrift, die meiner überhaupt nicht ähnlich sah, auf den Einband gekritzelt war: HIRNSCHERBEN, aber ich schlug es nie auf. Ich hatte Angst vor ihr, wissen Sie. Als meine Tochter Daisy mich besuchen kam, ließ sie sich ihr Unbehagen nicht anmerken. Ich weiß nicht genau, was sie sah, aber ich kann es mir vorstellen, eine immer noch verwirrte Frau, mit einem durch die Nahrungsverweigerung abgemagerten und die Medikamente erstarrten Körper, ein Mensch, der nicht angemessen auf die Worte seiner Tochter reagieren, sein eigenes Kind nicht in den Arm nehmen konnte. Und dann, als sie ging, hörte ich, wie sie sich mit einem unterdrückten Schluchzer bei der Krankenschwester beklagte: «Es ist, als wäre sie nicht meine Mom.» Damals war ich nicht bei mir, aber mich jetzt an diesen Satz zu erinnern ist eine Qual. Ich verzeihe mir das nicht.

Die Pause war eine Französin mit schlaffem, aber glänzendem braunem Haar. Sie hatte einen signifikanten Busen, der echt, nicht künstlich war, eine schmale Rechteckbrille und einen exzellenten Verstand. Natürlich war sie jung, zwanzig Jahre jünger als ich, und ich vermute, dass Boris schon länger scharf auf seine Kollegin gewesen war, ehe er sich auf ihre signifikanten Bereiche stürzte. Ich habe es mir wieder und wieder vorgestellt. Boris, dem die schneeweißen Locken in die Stirn fallen, während er neben den Käfigen mit den genmanipulierten Ratten nach der besagten Pause grapscht. Ich sehe die Szene immer im Labor vor mir, obwohl das wahrscheinlich falsch ist. Dort waren die beiden selten allein, und das «Team» hätte lautstarkes Gefummel in der Nähe sicher bemerkt. Vielleicht suchten sie in einer Toilettenkabine Zuflucht, wo mein Boris seine Forscherkollegin bearbeitete, bis ihm die Augen in ihren Höhlen nach oben rollten, als er sich der Entladung näherte. Das kannte ich alles. Ich hatte seine Augen tausendmal nach oben rollen sehen. Die Banalität der Geschichte – die Tatsache, dass sie jeden Tag *ad nauseam* von Männern wiederholt wird, die plötzlich oder allmählich entdecken, dass, was IST, nicht SEIN MUSS, und dann handeln, um sich von den alternden Frauen zu befreien, die sie und ihre Kinder jahrelang versorgt haben – dämpft nicht das Elend, die Eifersucht und die Demütigung, die die Verlassenen überkommt. Betrogene Frauen. Ich heulte und schrie und schlug mit der Faust gegen die Wand. Ich machte ihm Angst. Er wollte Frieden, er wollte allein sein, um mit der kultivierten Neurowissenschaftlerin seiner Träume seiner Wege zu gehen, einer Frau, mit der er keine Vergangenheit, keine Altlasten, keinen Kummer und keine Konflikte hatte. Und doch sagte er *Pause*, nicht *Stopp*, um die Geschichte offen zu halten, für den Fall, dass er seine Meinung änderte. Ein grausamer Hoffnungsschimmer. Boris, die Wand. Boris, der nie schreit. Boris auf dem Sofa, kopfschüttelnd und zerknirscht. Boris, der Rattenmann, der 1979 eine Dichterin heiratete. Boris, warum hast du mich verlassen?

Ich musste aus der Wohnung, weil ich es dort nicht mehr aushielt. Die Zimmer und die Möbel, die Geräusche von der Straße, das Licht, das in mein Arbeitszimmer fiel, die Zahnbürsten auf der kleinen Ablage, der Schlafzimmerschrank mit dem fehlenden Knauf – sie waren alle gleichsam schmerzende Knochen geworden, ein Gelenk, eine Rippe oder ein Wirbel in einer strukturierten Anatomie gemeinsamer Erinnerungen; jedes vertraute Ding, bleiern von den darin gespeicherten Bedeutungen, wog schwer in meinem Körper, und ich merkte, dass ich die Last nicht länger tragen konnte. Also verließ ich Brooklyn und fuhr über den Sommer nach Hause in das Provinznest, das mitten in der ehemaligen Prärie von Minnesota liegt, dorthin, wo ich aufgewachsen war. Dr. S. war nicht dagegen. Wir würden wöchentliche Telefonsitzungen abhalten, außer im August, wenn sie wie immer Ferien machte. Die Universität hatte «Verständnis» für meinen Zusammenbruch gehabt, und im September würde ich meine Lehrtätigkeit wiederaufnehmen. Es sollte die Auszeit zwischen einem durchgeknallten Winter und einem geistig gesunden Herbst sein, ein ereignisloser Hohlraum, den ich mit Gedichten füllen konnte. Ich würde Zeit mit meiner Mutter verbringen und Blumen auf das Grab meines Vaters legen. Meine Schwester und Daisy würden mich besuchen kommen, und ich war engagiert worden, im Kulturforum des Ortes einen Poesiekurs für Jugendliche zu veranstalten. «Preisgekrönte einheimische Dichterin bietet Workshop an» stand in den *Bonden News*. Der Doris-P.-Zimmer-Preis für Lyrik ist eine unbedeutende Auszeichnung, die mir wie aus dem Nichts zugefallen war und ausschließlich Frauen zugesprochen wird, deren Werk als «experimentell» gilt. Ich hatte diese zweifelhafte Ehrung und den freundlicherweise damit verbundenen Scheck, wenn auch mit Vorbehalten, angenommen, nur um dann herauszufinden, dass *irgendein* Preis besser ist als keiner, dass der Ausdruck «preisgekrönt» einem Dichter, der in einer Welt lebt, die nichts von Gedichten versteht, einen brauchbaren, obwohl rein dekorativen Glanz verleiht. Wie John Ashbery einmal sagte: «Ein berühmter Dichter zu sein ist nicht dasselbe, wie berühmt zu sein.» Und ich bin keine berühmte Dichterin.

Ich mietete ein kleines Haus am Stadtrand, nicht weit von der Wohnung meiner Mutter in einem Gebäude ausschließlich für Alte und Uralte. Meine Mutter wohnte im Bereich der Selbständigen. Trotz Arthritis und verschiedener anderer Beschwerden, darunter hin und wieder gefährlich steigender Blutdruck, war sie mit siebenundachtzig bemerkenswert agil und klar im Kopf. In der Wohnanlage waren noch zwei weitere Bereiche – für die, die Hilfe brauchten, «Betreutes Wohnen» und das «Pflegezentrum», die Endstation. Dort war mein Vater sechs Jahre zuvor gestorben, und obwohl es mich einmal dorthin gezogen hat, war ich nicht weiter als bis zum Eingang gekommen, ehe ich umkehrte und vor dem väterlichen Geist floh.

Ich habe keinem Menschen hier etwas von deinem Krankenhausaufenthalt erzählt», sagte meine Mutter mit besorgter Stimme und sah mich mit ihren ausdrucksvollen grünen Augen unverwandt an. «Das braucht keiner zu wissen.»

Den Tropfen Leid werd' ich vergessen
der mich nun verbrüht – nun verbrüht!

Emily Dickinson #193, zu Hilfe. Adresse: Amherst.

Den ganzen Sommer über flogen mir solche Zeilen und Sätze zu. «Wenn ein Gedanke ohne einen Denkenden daherkommt, könnte es ein ‹streunender Gedanke› sein oder ein Gedanke mit dem Namen und der Adresse seines Besitzers oder ein ‹wilder Gedanke›», sagte Wilfred Bion. «Das Problem, wenn so etwas daherkommt, ist, was man damit anfängt.»

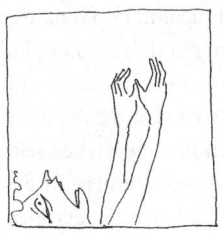

Zu beiden Seiten meines gemieteten Hauses standen Blocks mit Neubauwohnungen, aber der Blick aus dem rückwärtigen Fenster war unverbaut. Zuerst sah man einen kleinen Garten mit einer Schaukel, dahinter ein Maisfeld und dahinter ein Luzernenfeld. In der Ferne waren ein Wäldchen, die Umrisse einer Scheune, ein Silo und darüber der weite, ruhelose Himmel. Der Blick gefiel mir, aber das Hausinnere verstörte mich, nicht, weil es hässlich war, sondern weil es prallvoll war mit dem Leben seiner Eigentümer, eines jungen Professorenpaars mit zwei Kindern, die sich über den Sommer mit irgendeinem Forschungsstipendium nach Genf abgesetzt hatten. Als ich meine Reisetasche und die Bücherkisten abgestellt und mich umgesehen hatte, fragte ich mich, wie ich mich in diesen Ort einfügen würde, mit seinen Familienfotos und Zierkissen unbekannter asiatischer Herkunft, seinen Reihen von Büchern über Staatsgewalt, Weltgerichtshöfe und Diplomatie, seinen Kisten voller Spielzeug und dem in der Luft hängenden Geruch von Gott sei Dank nicht anwesenden Katzen. Ich hatte den düsteren Gedanken, dass es für mich und meine Sachen selten Platz gegeben hatte, dass ich immer ein Schreiberling in gestohlener Zwischenzeit gewesen war. In der ersten Zeit hatte ich am Küchentisch gearbeitet und war zu Daisy gelaufen, wenn sie aufwachte. Der Unterricht und die Lyrik meiner Studenten – Gedichte ohne Dringlichkeit, mit «literarischen» Schnörkeln und Bändern herausgeputzte Gedichte – hatten sich mit unzähligen Stunden davongemacht. Andererseits hatte ich auch nicht für mich gekämpft, oder vielmehr nicht in der richtigen Weise. Manche Leute nehmen sich einfach, was sie brauchen, indem sie Eindringlingen gegenüber ihre Ellbogen benutzen. Boris konnte das, ohne einen Muskel zu bewegen. Er brauchte nur «mucksmäuschenstill» dazustehen. Ich war ein lautes Mäuschen, eins, das in den Wänden kratzt und Krawall macht, aber irgendwie änderte das nichts. Es ist die Magie von Autorität, Geld, Penissen.

Vorsichtig legte ich die gerahmten Bilder in eine Kiste, vermerkte auf einem kleinen Streifen Klebeband, wohin jedes einzelne gehörte. Ich faltete mehrere kleine Teppiche zusammen und verstaute sie mit ungefähr zwanzig überflüssigen Kissen und Kinderspielen, und dann putzte ich systematisch das Haus, entfernte Wollmäuse, in denen Büroklammern, abgebrannte Streichhölzer, Katzenstreu, mehrere zerdrückte M & Ms und nicht identifizierbarer Abfall verfilzt waren.

Ich scheuerte die drei Waschbecken, die zwei Klos, die Badewanne und die Dusche, bis sie weiß waren. Ich putzte die Küche, entstaubte und reinigte die völlig verdreckten Deckenlampen. Die Säuberungsaktion dauerte zwei Tage, mir tat danach alles weh, und ich hatte mehrere Schnittwunden an den Händen, aber die Zimmer sahen nach der heftigen Maßnahme konturierter aus. Die muffigen, unbestimmten Kanten jedes Gegenstands in meinem Gesichtsfeld hatten eine Präzision und Deutlichkeit bekommen, die mich, zumindest vorübergehend, aufmunterte. Ich packte meine Bücher aus, richtete mich in dem Raum ein, der das Arbeitszimmer des Hausherrn zu sein schien (Indiz: Pfeifenraucherutensilien), setzte mich hin und schrieb:

Verlust.
Eine gewusste Abwesenheit.
Wüsstest du nicht von ihr,
wäre sie nichts,
was sie natürlich ist,
ein Nichts von anderer Art,
so stark empfunden wie eine Blase,
aber auch ein Aufruhr
in der Gegend von Herz und Lunge,
eine Leere mit einem Namen: Du.

Meine Mutter und ihre Freundinnen waren Witwen. Ihre Männer waren größtenteils seit Jahren tot, sie jedoch hatten weitergelebt, und im Weiterleben hatten sie ihre verstorbenen Männer zwar nicht vergessen, schienen sich aber auch nicht an die Erinnerung an ihre begrabenen Gatten zu klammern. Tatsächlich hatte die Zeit die alten Damen stark gemacht. Insgeheim nannte ich sie Die fünf Schwäne, die Elite des Ostflügels von Rolling Meadows, Frauen, die sich ihr Ansehen nicht durch bloße Langlebigkeit oder das Fehlen körperlicher Gebrechen (sie alle kränkelten auf die eine oder andere Weise) verdient hatten, sondern weil den fünfen eine geistige Frische und Autonomie eigen war, die ihnen einen Anstrich von beneidenswerter Freiheit gab. George (Georgina), die Älteste, räumte ein, dass die Schwäne Glück gehabt hatten: «Bislang haben wir noch alle Tassen im Schrank», witzelte sie. «Natürlich weiß man nie. Wir sagen immer, dass jederzeit irgendwas passieren kann.» Dabei nahm sie die rechte Hand von ihrem Rollator und schnipste mit den Fingern. Die Reibung war jedoch zu schwach und erzeugte kein Geräusch – was sie einzusehen schien, denn ihr Gesicht verzog sich zu einem schiefen Lächeln.

Ich erzählte George nicht, dass meine Tassen

weg gewesen und wieder da waren, dass mich ihr Verlust zu Tode erschreckt hatte, und auch nicht, dass mir, während ich mit ihr plaudernd in dem langen Flur stand, eine Zeile von einem anderen George einfiel, Georg Trakl: *In kühlen Zimmern ohne Sinn.* In kühlen sinnlosen Zimmern.

«Wissen Sie, wie alt ich bin?», fragte sie nun.

«Einhundertundzwei.»

Sie hatte ein ganzes Jahrhundert für sich.

«Und Sie, Mia, wie alt sind Sie?»

«Fünfundfünfzig.»

«Noch ein Kind.»

Noch ein Kind.

Die Nächste war Regina, achtundachtzig. Sie war in Bonden aufgewachsen, war aber aus der Provinz geflohen und hatte einen Diplomaten geheiratet. Sie hatte in mehreren Ländern gelebt, und ihre Diktion hatte etwas Fremdes – vielleicht übergenau Artikuliertes –, Ergebnis sowohl des mehrfachen Eintauchens in fremde Umgebungen als auch, so vermutete ich, von Überheblichkeit, aber diese bewusste Zugabe war mit der Sprecherin gealtert, bis sie nicht mehr von ihren Lippen, ihrer Zunge oder ihren Zähnen getrennt werden konnte. Regina strahlte eine opernhafte Mischung aus Verletzbarkeit und Charme aus. Nach dem Tod ihres ersten Mannes hatte sie noch zweimal geheiratet – beide Männer starben plötzlich –, und seither war sie mehrmals mit anderen Männern liiert gewesen, darunter ein flotter, zehn Jahre jüngerer Engländer. Regina war auf meine Mutter als Vertraute und gleichgesinnte Gelegenheitsbesucherin lokaler Kulturevents – Konzerte, Kunstausstellungen und das gelegentliche Theaterstück – angewiesen. Die Nächste war Peg, vierundachtzig, geboren und aufgewachsen in Lee, einer noch kleineren Stadt als Bonden, die ihren Mann in der Highschool kennenlernte, fünf Kinder mit ihm bekam und nun eine Schar von Enkeln hatte, über die sie bis ins letzte Detail auf dem Laufenden war, ein Zeichen beeindruckender neuronaler Gesundheit. Und schließlich war da Abigail, vierundneunzig. Früher einmal war sie groß gewesen, doch ihre Wirbelsäule hatte sich der Osteoporose gebeugt; die Frau hatte einen starken Buckel. Obendrein war sie fast taub, aber gleich beim ersten flüchtigen Blick auf sie hatte ich Bewunderung verspürt. Sie trug hübsche selbstgemachte Hosen und Pullis mit aufgenähten Äpfeln, Pferden oder tanzenden Kindern. Ihr Mann war schon lange fort, manche sagten, tot, andere behaupteten, geschieden, doch wie auch immer, der Gefreite Gardener war während des Zweiten Weltkriegs oder unmittelbar danach verschwunden, und seine Witwe oder geschiedene Frau hatte eine Lehrerausbildung gemacht und war Kunstlehrerin an einer Grundschule geworden. «Krumm und taub, aber nicht dumm», hatte sie bei unserer ersten Begegnung betont. «Sie können mich ruhig besuchen kommen. Ich freue mich über Gesellschaft. Ich habe die Drei-zwei-null-vier. Sprechen Sie mir nach, drei-zwei-null-vier.»

Alle fünf lasen viel und trafen sich einmal im Monat mit ein paar anderen Frauen zu einem Lesezirkel, der, wie ich aus verschiedenen Quellen herausfand, etwas Wettbewerbsartiges an sich hatte. Seit meine Mutter in Rolling Meadows wohnte, waren jede Menge Figuren aus dem Theater ihres Alltagslebens von der Bühne abgetreten, um «Pflege» zu bekommen, und nie zurückgekehrt. Meine Mutter sagte mir offen, dass jemand, der einmal das Anwesen verließ, in «ein Schwarzes Loch» verschwand. Die Trauer hielt sich in Grenzen. Die fünf lebten in einer intensiven Gegenwart, weil sie, anders als die Jungen, die sich mit ihrer Endlichkeit auf eine distanzierte, philosophische Weise auseinandersetzen, eben wussten, dass der Tod nicht abstrakt ist.

Wäre es möglich gewesen, meinen hässlichen Zusammenbruch vor meiner Mutter zu verheimlichen, ich hätte es getan, aber wenn ein Familienmitglied abgeschleppt und in die Klapsmühle gesperrt wird, kommen die anderen mit ihrer Sorge und ihrem Mitleid an. Was ich furchtbar gern vor Mama versteckt hätte, war ich freiwillig bereit, meiner Schwester Beatrice zu zeigen. Sie wurde informiert, und zwei Tage nach meiner Einlieferung in die Psychiatrie sprang sie in ein Flugzeug nach New York. Ich sah nicht, wie die Glastüren für sie geöffnet wurden. Meine Aufmerksamkeit hatte wohl einen Moment lang nachgelassen, denn ich hatte auf ihre Ankunft gewartet und nach ihr Ausschau gehalten. Ich glaube, sie hat mich gleich entdeckt, weil ich aufblickte und das entschlossene Klick-Klack ihrer High Heels hörte, als sie auf mich zukam, sich auf das seltsam rutschige Sofa im Besuchsbereich setzte und mich umarmte. Sobald ich spürte, wie ihre Finger meine Arme drückten, brach die würgende Trockenheit des antipsychotischen Kokons auf, in dem ich gelebt hatte, und ich schluchzte laut. Bea wiegte mich und streichelte mir über den Kopf. «Mia», sagte sie, «meine Mia.» Als Daisy mich dann zum zweiten Mal besuchte, war ich wieder normal.

Die Ruine war zumindest teilweise wiederaufgebaut worden, und ich heulte nicht vor meiner Tochter.

Weinkrämpfe, Heulen, Kreischen und grundloses Lachen waren in der Abteilung keineswegs ungewöhnlich und wurden meistens nicht beachtet. Geistesgestörtheit ist ein Zustand tiefer Selbstversunkenheit. Es erfordert allergrößte Anstrengung, den Überblick über das eigene Selbst zu behalten, und der Umschwung hin zur Genesung geschieht in dem Augenblick, wenn ein bisschen von der Welt wieder eingelassen wird, wenn ein Mensch oder ein Ding die Pforte passiert. Beas Gesicht. Das Gesicht meiner Schwester.

Bea schmerzte mein Zusammenbruch, aber ich fürchtete, meine Mutter würde er umbringen. Doch das war nicht der Fall.

Als ich ihr in der kleinen Wohnung gegenübersaß, kam mir der Gedanke, dass meine Mutter für mich sowohl ein Ort als auch ein Mensch war. Das viktorianische Haus an der Ecke der Moon Street, in dem meine Eltern mehr als vierzig Jahre gewohnt hatten, mit seinen geräumigen Salons und den zahllosen Schlafzimmern im Obergeschoss, war nach dem Tod meines Vaters verkauft worden, und wenn ich dort vorbeiging, tat mir der Verlust so weh, als wäre ich noch ein Kind, das nicht begreifen kann, wieso jetzt irgendein Neureicher seine Jagdgründe bewohnt. Aber es war meine Mutter, zu der ich nach Hause gekommen war. Es gibt kein Leben ohne einen Grund und Boden, ohne das Gefühl für einen Raum, der nicht nur äußerlich, sondern innerlich ist – mentale Loci. Mein Wahnsinn war durch Entzug entstanden. Als Boris mir abrupt seinen Körper und seine Stimme wegnahm, begann ich zu driften. Eines Tages war er mit seinem Wunsch nach einer *Pause* herausgeplatzt, das war alles. Zweifellos hatte er über seine Entscheidung nachgedacht, aber ich war an seinen Überlegungen nicht beteiligt gewesen. Ein Mann geht Zigaretten kaufen und kommt nie zurück. Ein Mann sagt seiner Frau, er will einen Spaziergang machen, und kommt nicht zum Essen nach Hause – nie wieder. Eines schönen Wintertages stand mein Mann einfach auf und ging. Boris hatte nicht erwähnt, dass er unglücklich war, hatte mir nie gesagt, dass er mich nicht wolle. Es überkam ihn einfach. Was waren das für Männer? Nachdem ich mich mit «professioneller Hilfe» wieder zusammengestückelt hatte, kehrte ich auf älteren, zuverlässigeren Boden zurück, ins Land von M.

Mamas Welt war allerdings geschrumpft und sie mit ihr. Sie aß zu wenig. Wenn sie sich selbst überlassen war, verzehrte sie große Portionen roher Karotten, Paprika und Gurken mit vielleicht einem winzigen Stück Fisch, Schinken oder Käse. Diese Frau hatte jahrzehntelang für ganze Armeen gekocht und gebacken und die Nahrungsmittel in einer riesigen Tiefkühltruhe im Keller gelagert. Sie hatte unsere Kleider genäht, unsere Socken gestopft, Messing und Kupfer geputzt, bis es hell und kräftig glänzte. Sie hatte für Partys Butter gerollt, Blumen arrangiert, hatte Betttücher aufgehängt und gebügelt, die nach sauberer Sonne rochen, wenn man darin schlief. Sie hatte abends für uns gesungen, hatte uns erbaulichen Lesestoff gegeben, Filme zensiert und ihre Töchter gegen verständnislose Lehrer verteidigt. Und wenn wir krank waren, machte sie dem kleinen Patienten ein Lager neben sich auf dem Fußboden, während sie ihre Hausarbeit tat. Bei Mama war ich gern unwohl, nicht gerade mit Erbrechen und richtig leidend, aber in einem Zustand zunehmender Besserung. Ich lag gern in dem besonderen Bett und spürte gern Mamas Hand auf meiner Stirn, die sie dann in mein schweißnasses Haar hinaufschob, während sie prüfte, ob ich Fieber hatte. Ich spürte gern, wie sich ihre Beine neben mir bewegten, hörte gern, wie ihre Stimme diesen besonderen, den Pflegebedürftigen vorbehaltenen Tonfall annahm, ein liebevoller Singsang, bei dem ich für immer krank bleiben, für immer auf dem kleinen Lager liegen wollte, blass, romantisch und mitleiderregend, halb ich, halb eine ohnmächtig werdende Schauspielerin, aber stets sicher von meiner Mutter umsorgt.

Jetzt kam es manchmal vor, dass ihre Hände bei der Küchenarbeit zitterten und ein Teller oder Löffel plötzlich auf den Boden fiel. Ihre Kleidung war nach wie vor elegant und tadellos, aber sie ärgerte sich furchtbar über Flecken, Falten und ungenügend geputzte Schuhe, etwas, woran ich mich aus meiner Jugend nicht erinnern kann, aber ich glaube, sie hat das strahlend saubere Haus verinnerlicht und durch strahlend saubere Garderobe ersetzt. Manchmal versagte ihr Gedächtnis, aber nur bei nicht lange zurückliegenden Vorfällen oder gerade geäußerten Sätzen. Die frühe Zeit ihres Lebens hatte sie mit nahezu übernatürlicher Schärfe vor Augen. Mit zunehmendem Alter machte ich mehr und sie weniger, doch diese Veränderung in unserer Beziehung erschien nebensächlich. Obwohl die unermüdliche Meisterin der Häuslichkeit verschwunden war, saß mir die Frau, die ein kleines Lager zurechtgemacht hatte, um ihre kranken Kinder bei sich zu haben, unbeeinträchtigt gegenüber.

«Ich fand schon immer, dass du zu gefühlsselig bist», sagte sie, ein Familienleitmotiv wiederholend, «hypersensibel, eine Prinzessin auf der Erbse, und jetzt mit Boris …» Meine Mutter erstarrte. «Wie konnte er nur! Er ist über sechzig. Er muss verrückt sein …» Sie warf mir einen Blick zu und hielt sich mit der Hand den Mund zu.

Ich lachte.

«Du bist immer noch schön», sagte meine Mutter.

«Danke, Mama.» Ihr Kommentar war zweifellos für Boris bestimmt. Wie konntest du die *immer noch Schöne* verlassen? «Du sollst wissen, dass die Ärzte mich wirklich für gesund erklärt haben», sagte ich ungefragt, «dass so etwas einmal vorkommen kann und dann nie wieder. Sie glauben, ich bin wieder die Alte, einfach eine Feld-Wald-und-Wiesen-Neurotikerin, weiter nichts.»

«Ich glaube, es wird dir guttun, diesen kleinen Kurs zu geben. Freust du dich überhaupt darauf?» Ihre Stimme war zittrig vor Gefühl – Hoffnung, vermischt mit Sorge.

«Doch», sagte ich. «Obwohl ich nie Kinder unterrichtet habe.»

Meine Mutter schwieg, dann sagte sie: «Meinst du, Boris wird es überwinden?»

Das «es» war in Wirklichkeit ein «sie», aber ich wusste das Taktgefühl meiner Mutter zu schätzen. Von uns würde das Es keinen Namen bekommen. «Ich weiß es nicht», sagte ich. «Ich weiß nicht, was in ihm vorgeht. Ich wusste es noch nie.»

Meine Mutter nickte traurig, als wüsste sie alles darüber, als wäre dieser Umschwung in meiner Ehe Teil eines Weltskripts, das sie schon vor langer Zeit zu sehen bekommen hatte. Mama die Weise. Der Nachhall empfundener Bedeutung durchfuhr ihren dünnen Körper wie Strom. Das hatte sich nicht geändert.

Als ich durch den Flur des Ostflügels von Rolling Meadows ging, merkte ich, dass ich vor mich hin summte und dann leise sang:

Funkle, funkle, Fledermäuschen.
Was nur treibt dich aus dem Häuschen?
Über der Welt seh' ich dich fliegen,
Wie ein Teetablett gen Süden.

Ich bewältigte die Vormittage jener ersten Woche, indem ich ruhig an dem geliehenen Schreibtisch arbeitete, danach las ich einige Stunden bis zu den nachmittäglichen Besuchen und langen Gesprächen mit meiner Mutter. Ich hörte ihren Geschichten über Boston und meine Großeltern zu, der Schilderung des idyllischen Alltags ihrer bürgerlichen Kindheit, der dann und wann von ihrem Bruder durchbrochen wurde, Harry, ein Kobold, kein Revolutionär, der mit zwölf Jahren, als meine Mutter neun war, an Kinderlähmung starb und so ihre Welt veränderte. An jenem Dezembertag hatte sie sich vorgenommen, alles aufzuschreiben, woran sie sich von Harry erinnerte, und das tat sie monatelang. «Harry konnte die Füße nicht still halten. Beim Frühstück ließ er sie immer gegen die Stuhlbeine baumeln.» – «Harry hatte eine Sommersprosse am Ellbogen, die wie ein Mäuschen aussah.» – «Ich erinnere mich, dass Harry einmal im Schrank weinte, damit ich ihn nicht sehen konnte.» An den meisten Abenden kochte ich bei mir oder bei ihr etwas für Mama und versorgte sie gut mit Fleisch und Kartoffeln und Pasta, dann ging ich über das feuchte Gras in das gemietete Haus, wo ich allein tobte. Sturm und Drang. Von wem war das Theaterstück?

Friedrich von Klinger. Kling. Klang. Peng. Mia Fredricksen im Aufstand gegen den Stressor. Sturm und Stress. Tränen. Auf Kissen einschlagen. Monster Woman sprengt sich in den Weltraum und explodiert in winzige Partikel, die auseinanderstieben und auf die kleine Stadt Bonden niedergehen. Das grandiose Theater der Mia Fredricksen in Seelenqual ohne Zuschauer außer den Wänden, nicht ihrer Wand, nicht Boris Izcovich, dem Verräter, Ekel und Geliebten. Nicht er. Nicht B. I. Kein Schlaf, wäre da nicht die Pharmazie und ihr traumloses Vergessen.

Die Nächte sind hart», sagte ich. «Ich denke dauernd nur an unsere Ehe.»

Ich konnte Dr. S. atmen hören. «Was für Gedanken?»

«Wut, Hass und Liebe.»

«Das ist kurz und bündig», sagte sie.

Ich stellte mir sie lächelnd vor, sagte aber: «Ich hasse ihn. Ich habe eine E-Mail bekommen: ‹Wie geht's Dir, Mia? Boris.› Ich hätte gerne einen Klumpen Spucke zurückgeschickt.»

«Boris hat wahrscheinlich Schuldgefühle, meinen Sie nicht, und macht sich Sorgen. Ich würde denken, dass er auch verwirrt ist, und nach dem, was Sie mir erzählt haben, war Daisy furchtbar böse auf ihn, und das muss ihn ziemlich tief treffen. Er ist offensichtlich jemand, der nicht gut mit Konflikten umgehen kann. Dafür gibt es Gründe, Mia. Denken Sie an seine Familie, an seinen Bruder. Denken Sie an Stefans Selbstmord.»

Ich antwortete nicht. Ich erinnerte mich an Boris' hohle Stimme am Telefon, als er sagte, er habe Stefan tot aufgefunden. Ich erinnerte mich an den gelben Zettel an der Küchenwand, auf dem «Klempner anrufen» stand, und daran, dass jeder Buchstabe dieses Merkzettels etwas Fremdes an sich hatte, als wäre es kein Englisch.

Es hatte keinen Sinn ergeben, aber die Stimme in meinem Kopf sagte klipp und klar: *Du musst jetzt die Polizei anrufen und zu ihm fahren.* Keine Verwirrung, keine Panik, sondern ein Bewusstsein dessen, dass das Schreckliche passiert war und dass ich nichts empfand. Das hier ist geschehen; es ist wahr. Du musst jetzt handeln. Auf der Scheibe des Taxis waren Regentropfen, dann plötzlich dünne Wasserschlieren, hinter denen ich die vernebelten Gebäude downtown und dann das Straßenschild N. Moore sah, so gewöhnlich, so vertraut. Der Aufzug mit seiner kalten grauen Verkleidung, das leise Klingeln im zweiten Stock. Stefan, aufgehängt. Das Wort *nein*. Noch einmal. *Nein*. Boris, der sich im Badezimmer übergab. Meine Hände, die seinen Kopf streichelten, ihn fest bei den Schultern hielten. Er weinte nicht; er knurrte in meinen Armen wie ein verwundetes Tier.

«Das war schrecklich», sagte ich tonlos.

«Ja.»

«Ich habe mich um ihn gekümmert. Ich habe ihm beigestanden. Was hätte er gemacht, wenn ich nicht da gewesen wäre? Wie kann er es vergessen haben? Er wurde zu Stein. Ich habe ihn gefüttert. Ich habe mit ihm gesprochen. Ich ertrug sein Schweigen. Er lehnte Hilfe ab. Er ging ins Labor, führte die Experimente durch, kam nach Hause und wurde wieder Gestein. Manchmal mache ich mir Sorgen, dass ich vor Wut verbrenne. Ich werde einfach explodieren. Ich werde wieder zusammenbrechen.»

«Explodieren ist nicht dasselbe wie Zusammenbrechen, und wie wir schon festgestellt haben, kann sogar ein Zusammenbruch einen Zweck erfüllen, eine Bedeutung haben. Sie haben sich lange zusammengenommen, aber Risse auszuhalten gehört zum Wohlbefinden und Lebendigsein dazu. Sie scheinen keine Angst vor sich selbst zu haben.»

«Ich liebe Sie, Frau Dr. S.»

«Das höre ich gern.»

Ich hörte das Kind, ehe ich es sah: ein Stimmchen, das hinter einem Busch hervorkam: «Ich setz euch in den Garten, so, und seid keine Dummis, Schlummis oder Flummis! Da, da, plumps. Ja, sieh mal, ein kleiner Berg für dich. Löwenzahnbäume. Ein klitzekleiner Wind weht. Okay, Leutchen, ein Haus.»

Aus meiner zurückgelehnten Position auf dem Gartenstuhl, auf dem ich lesend saß, wurden zwei nackte kleine Beine sichtbar, die zwei Schritte taten und sich dann auf den Boden knieten. Das teilweise sichtbare Kind hatte einen grünen Plastikeimer, den es auf den Boden ausschüttete. Ich sah ein rosa Puppenhaus und eine Menge Figuren, harte und ausgestopfte, in verschiedenen Größen, und dann den Kopf des Mädchens, der mich erschreckte, ehe ich begriff, dass es eine Art Gruselperücke aufhatte, einen verfilzten platinblonden Wust, der mich an einen auf dem elektrischen Stuhl hingerichteten Harpo Marx erinnerte. Dann wieder die Stimme. «Du kannst rein, Ratti, und du auch, Bärli. Ihr unterhaltet euch. Ich hol Geschirr.» Schneller Abgang, geschwinde Rückkehr, Abwerfen winziger Tassen und Teller auf dem Gras. Geschäftiges Zurechtrücken und dann Kaugeräusche, schmatzende Lippen und vorgetäuschtes Rülpsen. «Es ist unartig, beim Essen zu rülpsen. Seht mal, da kommt sie, es ist Giraffi. Passt du noch dazwischen? Quetsch dich da rein.» Giraffi passte nicht gut hinein, also fand sich die Strippenzieherin damit ab, den Kopf und Hals hereinzunehmen und den Körper draußen zu lassen.

Ich wandte mich wieder meinem Buch zu, aber die Stimme des Kindes lenkte mich hin und wieder durch Ausrufe und lautes Summen ab. Einer kurzen Stille folgte die plötzliche Klage: «Schade, dass ich wirklich bin. Drum kann ich nicht in mein kleines Haus gehen und drin wohnen!»

Ich erinnerte mich, erinnerte mich an jene Schwellenwelt des Beinahe, in der sich Wünsche fast verwirklichten. Konnte es sein, dass sich meine Puppen nachts regten? Hatte sich der Löffel selbsttätig ein paar Millimeter bewegt? Hatte meine Hoffnung ihn verzaubert? Wirkliches und Unwirkliches wie spiegelbildliche Zwillinge, so nah beieinander, dass beide lebendigen Atem verströmten. Auch etwas Angst. Man musste gegen das unbehagliche Gefühl angehen, dass Träume aus ihrer Gefangenschaft im Schlaf ausgebrochen und ans Tageslicht vorgestoßen waren. «Wünschst du dir nicht, die Decke wäre der Fußboden?», sagte Bea. «Wünschst du dir nicht, wir könnten …»

Das Mädchen stand etwa anderthalb Meter entfernt und starrte ernst in meine Richtung, eine pummelige, kräftige Person von drei oder vier Jahren, mit einem Mondgesicht und großen Augen unter der aberwitzigen Perücke. Mit einer Hand hielt sie Giraffi beim Hals, eine von Kämpfen gezeichnete Kreatur, die aussah, als könnte sie einen Sanatoriumsaufenthalt brauchen.

«Hallo», sagte ich. «Schön, dich kennenzulernen. Wie heißt du denn?»

Sie schüttelte heftig den Kopf, blies die Backen auf, drehte sich plötzlich um und lief weg.

Schade, dass ich wirklich bin, dachte ich.

Mein Anfall von Nervosität vor meinem Lyrik-kurs für sieben pubertierende Mädchen kam mir lächerlich vor, und doch konnte ich die Enge in meiner Lunge spüren, meinen flachen Atem, mein kurzes ängstliches Schnaufen hören. Ich ermahnte mich streng: Du hast jahrelang Dok-toranden im Schreiben unterrichtet, und dies sind nur Kinder. Außerdem hättest du wissen müssen, dass in Bonden kein Junge, der etwas auf sich hält, einen Lyrik-Workshop mitmachen würde, dass hier draußen in der Provinz Lyrik Schwächlinge, Püppchen und Witwen bedeutet. Wieso solltest du erwarten, mehr als ein paar Mädels mit vagen und vermutlich sentimenta-len Phantasien über das Schreiben von Versen anzulocken? Wer war ich überhaupt? Ich hatte meinen Doris-Preis, ich hatte meinen Doktor in Komparatistik und meine Stelle an der Colum-bia, Anzeichen von Seriosität als Beleg dafür, dass ich keine völlige Versagerin war. Mein Problem rührte daher, dass das Innen mit dem Außen in Berührung gekommen war. Nachdem ich in kleinste Teilchen zerbröselt war, hatte ich dieses forsche Vertrauen in das Funktionieren meines Verstandes verloren, jene Erkenntnis, die mir irgendwann mit Ende vierzig gekommen war: dass man mich zwar ignorieren könnte, dass ich es aber beim Denken mit fast jedem aufnehmen konnte, denn dieser enorme Wust an Gelesenem hatte mein Gehirn in eine künstliche Maschine verwandelt, die in einem Atemzug Philosophie, Naturwissenschaften und Literatur herbeizitieren konnte. Ich ermunterte mich mit einer Liste verrückter Dichter (manche mehr, manche weniger): Torquato Tasso, John Clare, Christopher Smart, Friedrich Hölderlin, Antonin Artaud, Paul Celan, Randall Jarrell, Edna St. Vincent Millay, Ezra Pound, Robert Fergusson, Velimir Chlebnikov, Georg Trakl, Gustaf Fröding, Hugh MacDiarmid, Gérard de Nerval, Edgar Allan Poe, Burns Singer, Anne Sexton, Robert Lowell, Theodore Roethke, Laura Riding, Sara Teasdale, Vachel Lindsay, John Berryman, James Schuyler, Sylvia Plath, Delmore Schwartz. Vom Ansehen meiner Mit-Verrückten, -Depressiven und -Stimmenhörer aufrecht gehalten, sauste ich auf meinem Fahrrad der Begegnung mit Bondens sieben Dichterblumen entgegen.

Als ich von meinem Pult aus auf meine Schülerinnen blickte, wurde ich ruhiger. Sie waren wirklich Kinder. Sofort setzte sich die groteske, aber ergreifende Realität von halbwüchsigen Mädchen durch, und meine Sympathie für sie schnürte mir fast die Kehle zu. Peyton Berg, etliche Zentimeter größer als ich, sehr dünn und flachbrüstig, ordnete ständig ihre Arme und Beine, als wären es fremde Glieder. Jessica Lorquat war winzig, hatte aber den Körper einer Frau. Ein unechtes Fluidum von Weiblichkeit umgab sie, das hauptsächlich in einer Affektiertheit zum Ausdruck kam – der gurrenden Babystimme. Ashley Larsen, glattes braunes Haar, leicht vorstehende Augen, ging und saß mit dem selbstbewussten Auftreten, das sich mit einer neu erworbenen erogenen Zone einstellt – sie streckte den Oberkörper vor, um knospende Brüste zur Schau zu stellen. Emma Hartley zog sich scheu lächelnd hinter einen Schleier aus blondem Haar zurück. Nikki Borud und Joan Kavacek, beide mollig und laut, schienen als Tandem zu funktionieren, als eine einzige kichernde, herumtänzelnde Person. Alice Wright, hübsch, große Zähne mit Brackets, las, als ich hereinkam, und las still weiter, bis die Stunde anfing. Als sie das Buch zuklappte, sah ich, dass es *Jane Eyre* war, und verspürte einen Moment lang Neid, den Neid auf das erste Entdecken.

Mindestens eine von ihnen hatte Parfum aufgelegt, wovon ich, vermischt mit dem Staub im Klassenzimmer, an dem warmen Junitag zweimal niesen musste. Jessica, Ashley, Nikki und Joan waren für etwas anderes als einen Lyrik-Workshop angezogen. Herausgeputzt mit langen Ohrgehängen, Lipgloss, Lidschatten, bedruckten T-Shirts, die ihre verschieden großen, verschieden geformten nackten Bäuche entblößten, waren sie eher in den Raum stolziert als getreten. Die Viererbande, dachte ich. Die Gruppe, Trost und Sicherheit.

Ich hielt dann meine Rede: «Es gibt keine Regeln», sagte ich zu ihnen. «Sechs Wochen lang, dreimal in der Woche, wollen wir tanzen, mit Worten tanzen. Nichts ist verboten – kein Gedanke, kein Thema. Jede Art von Unsinn, Blödheit, Albernheit ist erlaubt. Grammatik, Rechtschreibung, spielt alles keine Rolle, zumindest vorläufig. Wir werden Gedichte lesen, aber eure Gedichte müssen nicht so sein wie die, die wir lesen.»

Die sieben schwiegen.

«Heißt das, dass wir über *alles* schreiben können?», platzte Nikki heraus. «Sogar widerliches Zeug?»

«Wenn ihr das wollt», sagte ich. «Lasst uns doch gleich *widerlich* als Auslöserwort benutzen.»

Nach einer kurzen Erklärung zum automatischen Schreiben ließ ich sie ihre Assoziationen zu «widerlich» aufschreiben, alles, was ihnen innerhalb von zehn Minuten durch den Kopf gehen würde. Kacke, Pipi, Rotz und Kotze wurden unverzüglich von mehreren Stiften notiert. Joan bezog «Periodensauerei» mit ein, was Kichern und Japsen provozierte und mich darüber nachdenken ließ, wie viele von ihnen diese Schwelle überschritten hatten. Peyton ließ sich über Kuhfladen aus. Emma, anscheinend unfähig, sich gehenzulassen, kam nur bis zu verschimmelten Apfelsinen und Zitronen, und Alice, die offensichtlich im Reich der unheilbaren Bücherwürmer lebte, schrieb «scharf, grausam, spitz wie durchdringende Messer in meinem weichen Fleisch», eine Zeile, bei der Nikki die Augen rollen und Joan Bestätigung heischend ansehen musste, die auch prompt in Form eines Feixens kam.

Dieser herabsetzende Blick traf wie ein ganz kurzer Nadelstich meine Brust, und ich merkte laut an, dass *widerlich* ein Wort ist, das mehr als

Gegenstände des Ekels umfasst, dass es widerliche Bemerkungen, widerliche Gedanken und widerliche Menschen gibt. Das wurde ohne Einspruch angenommen, und nach weiterem Reden, verlegenem Gekicher, Fragen, meiner Anweisung, ihre Arbeiten in einem einzigen Heft zu verwahren, und der Hausaufgabe, ihre Assoziationen zu dem Wort *kalt* aufzuschreiben, entließ ich sie.

Die Viererbande ging zum Ausgang voran, auf dem Fuß gefolgt von Peyton und Emma mit ihren High Heels. Alice hielt sich noch länger damit auf, vorsichtig und schüchtern ihr Buch in eine große Leinentasche zu stecken. Dann hörte ich Ashley sie mit klarer, kühler Stimme rufen: «Alice, kommst du denn nicht mit?» Ich schaute zu ihr hinüber und sah, wie sich ihr Gesicht veränderte. Sie lächelte kurz, nahm ihr Heft vom Tisch und eilte den anderen hinterher. Ihre unverhohlene Freude zusammen mit Ashleys Ton hatten zum zweiten Mal binnen einer Stunde, mehr körperlich als geistig, einen wunden Punkt in mir berührt. Ich wurde an ein junges und hoffnungslos ernsthaftes Selbst erinnert, ein Mädchen ohne die Distanz der Ironie oder die Begabung, seine Gefühle zu verbergen. Du BIST hypersensibel. Die beiden kurzen Wortwechsel zwischen den Mädchen klangen bis in den Abend in meinem Kopf nach wie eine lästige alte Melodie, eine, die ich, wie mir klarwurde, nie wieder hatte hören wollen.

Die Mädchen und ihre knospenden Körper mögen ein indirekter Beschleuniger für das Projekt gewesen sein, das ich am selben Abend startete. Es diente als Methode, die allnächtlich kommenden Dämonen zu bannen, die alle den Namen Boris trugen und alle verschieden lange Messer schwangen. Dass ich mehr als mein halbes Leben mit diesem Mann verbracht hatte, bedeutete ja nicht, dass es keine Zeit vor Boris (von nun an gekennzeichnet als v. B.) gab. Es hatte in jener lange versunkenen Ära auch Sex gegeben, wollüstigen, schmutzigen, süßen und traurigen. Ich beschloss, mein Fleischesglück und -unglück in einem unberührten Heft zu katalogisieren, die Seiten mit meiner eigenen pornographischen Geschichte zu besudeln und mein Bestes zu tun, sie ehemannfrei zu halten. Die anderen, hoffte ich, würden meine Gedanken von dem einen ablenken.

1. Eintrag. War ich sechs oder sieben? Ich würde sagen, sechs, aber ich bin mir nicht sicher. Im Haus meiner Tante und meines

Onkels in Tidyville. Mein älterer Cousin Rufus fläzt sich auf dem Sofa. Wenn ich sechs war, war er zwölf. Andere Familienmitglieder waren auch da, erinnere ich mich, es herrschte ein Kommen und Gehen. Es war Sommer. Sonnenlicht schien durchs Fenster, machte Staubkörner sichtbar, ein Ventilator blies aus der Ecke. Als ich am Sofa vorbeiging, zog Rufus mich auf seinen Schoß, nichts Ungewöhnliches. Wir waren *Cousin und Cousine*. Er fing an, mich zwischen meinen Beinen zu reiben, oder eher zu kneten, als wäre ich Teig, und ein seltsames warmes Gefühl stellte sich ein, eine Kombination aus gedämpfter Erregung und einem Empfinden des Nichtganz-Richtigen. Ich legte die Hände auf seine Knie, stieß mich ab, rutschte von seinem Schoß und ging weg. Diese Fummelei im Vorübergehen muss als meine erste sexuelle Erfahrung gelten. Ich habe sie nie vergessen. Obwohl es kein bisschen traumatisch war, war es neu, eine Neugier, die einen deutlichen Eindruck in meinem Gedächtnis hinterlassen hat. Meine Sicht des Ereignisses, von dem ich außer Boris nie jemandem erzählte, kann sicher als das gelten, was Freud «Verschiebung» nannte – frühe Erinnerungen, die mit dem Älterwerden eine andere Bedeutung annehmen. Wäre ich nicht so schnell geflohen, wäre ich nicht imstande gewesen, meinen eigenen Willen zu behalten, hätte die Belästigung womöglich eine Narbe hinterlassen. Heutzutage gälte sie als Straftat und könnte bei Entdeckung einem Jungen wie Rufus einen Gefängnisaufenthalt oder eine Sexualtherapie einbringen. Rufus ist Zahnarzt geworden und spezialisiert sich jetzt auf Implantate. Als ich ihn das letzte Mal sah, trug er eine Zeitschrift mit dem Titel *Implantology* bei sich.

2. Eintrag. Lucy Pumper verkündete mir im Schulbus: «Ich weiß, dass sie es *tun* müssen, um Kinder zu kriegen, aber müssen sie sich dabei *ganz* ausziehen?» Lucy war katholisch – eine exotische Kategorie: Weihrauch, Soutanen, Kruzifixe, Rosenkränze (alles heiß begehrt) –, und sie hatte acht Geschwister. Ich beugte mich ihrem überlegenen Wissen. Mein Blick in diesen bestimmten Spiegel war dunkel, und ich hatte nichts zu sagen. Ich war neun Jahre

alt, und mir war vollkommen klar, dass ich irgendeine Spiegelung entdecken würde, wenn ich deutlich genug hinschaute, aber wenn ich nach vorn blickte, hatte ich keine Ahnung, was ich sah. *Ganz* ausziehen?

Ein Nebeneintrag: Ich kann mein Versprechen nicht halten. Sein Haar war damals dunkel, fast schwarz, und es hing kein loses weiches Fleisch unter seinem Kinn. Als er mir im Hungarian Pastry Shop gegenübersaß, erläuterte er mir langsam und deutlich seine Forschung und zeichnete mit seinem Bic-Kugelschreiber ein Modell auf die Serviette. Ich beugte mich vor, um es mir anzusehen, folgte einer der Linien, die er mit meinem Finger gezogen hatte, und blickte zu ihm auf. Elektrisierte Luft. Er legte seine Hand auf meine und drückte meine Finger gegen den Tisch, aber ich spürte es zwischen den Beinen. Ich merkte, wie sich mein Kiefer lockerte und mein Mund aufging. Meine Liebe war gewaltig, nicht wahr? Nicht wahr?

Ich schreie. In all diesen Jahren kamst du immer an erster Stelle! Du, nie ich! Wer hat stundenlang geputzt, den Haushalt gemacht, sich mit dem Einkauf herumgeschlagen? Du? Der gottverdammte Herr des Universums! Der phallische Übermensch mal wieder unterwegs zu einem Kongress. Die neuronalen Korrelate des Bewusstseins! Es ist zum Kotzen!

Warum bist du immer so wütend? Wo ist dein Humor geblieben? Warum schreibst du unser Leben um?

Ich erinnere Stücke, Teile,
Einen Stuhl ohne den Raum,
Einen Satzfetzen, einen Schrei, eine neblige
Szene,
Hippokampale Anfälle,
Die David Hume heraufbeschwören,
Sein Ich so blass und schmal und geisterhaft
Wie meins.

Liebe Mom,

ich denke jeden Tag an Dich. Wie geht es Großmutter? Das Stück endet Anfang Juli, und dann komme ich Dich besuchen, eine ganze Woche lang. Ich spiele die Muriel schrecklich gern. Sie ist ein Naseweis – eine tolle Rolle und endlich eine Komödie! Es wurde enorm viel gelacht. Ich habe Freddy gesagt, die Drehbücher seien furchtbar, aber er hat mich trotzdem weiter zu Castings für so grässliche Filme über gefolterte und gekillte Mädels geschickt. Igitt! Das Theater versucht Sponsoren zu finden, aber das ist nicht leicht hier im Off-Off-Off-Land. Jason geht's gut, außer dass ihn mein Tagesablauf nervt.

Ich war mit Dad Mittag essen, aber es lief nicht so gut. Mom, ich mache mir Deinetwegen große Sorgen. Bist Du okay? Ich hab Dich so lieb.

Ganz die Deinige, Daisy

Ich schickte der Meinigen eine beruhigende Antwort.

Es war nicht leicht, mit einem Mann wie deinem Vater verheiratet zu sein», sagte meine Mutter.

«Ja», sagte ich, «kann ich mir denken.»

Meine Mutter saß in einem Sessel, die Arme um die mageren Knie geschlungen. Im Stillen dachte ich, dass sie vom Alter zwar geschrumpft, aber auch verdichtet worden war, als hätte der Mangel an verbleibender Zeit die Wirkung gehabt, alles Fett abzubauen – körperlich und geistig.

«Golf, die Juristerei, Kreuzworträtsel, Martinis.»

«In der Reihenfolge?», fragte ich lächelnd.

«Möglicherweise.» Meine Mutter seufzte, streckte die Hand aus, um ein vertrocknetes Blatt von einer Topfpflanze auf dem Tisch neben ihr abzuknipsen. «Ich hab's dir nie erzählt», sagte sie, «aber als du noch ganz klein warst, hat sich dein Vater, glaube ich, in eine andere verliebt.»

Ich atmete durch. «Er hatte eine Affäre?»

Meine Mutter schüttelte den Kopf. «Nein, ich glaube nicht, dass sie Sex hatten. Seine Rechtschaffenheit war unbedingt, aber es gab dieses Gefühl.»

«Hat er es dir gesagt?»

«Nein, ich hab's erraten.»

So verliefen die Umwege des Ehelebens, zumindest zwischen meinen Eltern. Irgendeine direkte Konfrontation hatte es äußerst selten gegeben. «Aber er gab es zu.»

«Nein, er hat es weder bestätigt noch geleugnet.» Meine Mutter presste die Lippen zusammen. «Weißt du, er fand es sehr schwierig, über irgendetwas Schmerzliches mit mir zu sprechen. Er sagte immer: ‹Bitte, ich kann nicht. Ich kann nicht.›»

Während sie sprach, tauchte plötzlich ein geistiges Bild von meinem Vater in meinem Kopf auf. Er saß mit dem Rücken zu mir und beobachtete still das Kaminfeuer, zu seinen Füßen ein Rätselheft. Dann sah ich ihn in dem Krankenhausbett liegen, eine lange, skelettartige Gestalt, unter Morphin, nicht mehr bei Bewusstsein. Ich erinnerte mich daran, dass meine Mutter sein Gesicht berührte. Zuerst nur mit einem Finger, als zeichnete sie seine Züge direkt auf seinem Körper nach, eine wortlose Skizze vom Antlitz ihres Gatten. Aber dann drückte sie ihre Handflächen auf seine Stirn, Wangen, Augen, Nase und Hals, drückte sein Fleisch fest, wie eine Blinde, die verzweifelt versucht, sich ein Gesicht einzuprägen. Energisch und verhalten zugleich begann meine Mutter darauf mit zusammengepressten Lippen und vor Dringlichkeit aufgerissenen Augen seine Schultern, seine Arme und dann seinen Brustkorb zu packen. Ich wandte mich ab angesichts dieses intimen Anspruchs an einen Menschen, dieser besitzergreifenden Manifestation miteinander verbrachter Zeit, und verließ das Zimmer. Als ich zurückkam, war mein Vater tot. Tot sah er jünger aus, glatt und unergründlich. Sie saß im Dunkeln, die Hände im Schoß gefaltet. Schmale Lichtstreifen von den Jalousien zeichneten Striche auf ihre Stirn und Wangen, und in diesem Augenblick empfand ich Ehrfurcht, nichts als Ehrfurcht.

Auf mein Schweigen hin fuhr meine Mutter fort: «Ich erzähle dir das jetzt, weil ich mir manchmal gewünscht habe, er hätte es gewagt, hätte sich an sie herangemacht. Er hätte natürlich mit ihr durchbrennen können, andererseits hätte er der Sache überdrüssig werden können ...» Sie atmete hörbar aus, ein langer, bebender Schnaufer. «Er ist zu mir zurückgekehrt, soweit ihm das möglich war, emotional, meine ich. Es hielt ein paar Jahre an – die Distanz –, und ich glaube, dann dachte er nicht mehr an sie, oder wenn doch, hatte sie ihre Macht verloren.»

«Ich verstehe», sagte ich. Ich verstand wirklich. Die Pause. Ich versuchte angestrengt, mich an das Sonett 129 zu erinnern. Es beginnt mit: «Des Geistes Aufwand bei der Schandthat Plan», und dann die Worte über die Lust, «Wird bei der That zur Lust». Irgendwo die Worte «blutig, treulos, mördrisch, voll von Wahn …»

«… und kaum errungen,
Wird sie gehasst …»

Weiß nicht, weiß nicht … dann:

«Begehrend toll und toll auch im Genuß;
Stets zügellos, verlangend wie gestillt;
Im Kosten Glück, gekostet nur Verdruß;
Im Anfang Wonne, dann ein Traum so wild:
Das weiß die Welt, doch Keiner weiß zu meiden
Den Himmel, der uns führt zu Höllenleiden.»

«Wer war sie, Mama?»
«Spielt das eine Rolle?»
«Nein, vielleicht nicht», log ich.
«Sie ist tot», sagte meine Mutter. «Sie ist seit zwölf Jahren tot.»

Als ich an diesem Abend den Hausschlüssel ins Schloss steckte, spürte ich eine Präsenz auf der anderen Seite der Tür, ein schweres, dräuendes Wesen, greifbar und lebendig, das da stand wie ich, mit erhobener Hand. Ich stand auf der Schwelle und hörte mich atmen, spürte die kühler werdende Nacht auf meinen nackten Armen, hörte nicht weit entfernt ein einsames Auto anspringen, aber ich bewegte mich nicht. Es auch nicht. Dumme Tränen stiegen mir in die Augen. Schon einmal, vor Jahren, hatte ich denselben massigen Körper zu Hause am Fuß der Treppe gespürt, ein wartendes Echo. Ich zählte bis zwanzig, zögerte es noch weitere zwanzig Takte hinaus, dann stieß ich die Tür auf und drehte das Licht an, um in die vernünftige Leere der Diele zu treten. Es war weg. Dieses Ding, das kein Aberglaube, keine unbestimmte Ahnung, sondern eine gefühlte Überzeugung war. Warum war es wiedergekommen? Geister, Teufel, Doppelgänger. Ich erinnerte mich, wie ich Boris von der unsichtbaren, aber sich verdichtenden Präsenz erzählt hatte und wie seine Augen interessiert aufleuchteten. Das war damals, als er mich noch gernhatte, bevor seine Augen stumpf wurden, bevor Stefan starb, der kleine Bruder, der gesprungen war und zerschmettert wurde, so klug, o Gott, der junge Philosoph, mit dem es in Princeton niemand aufnehmen konnte, der sie erzittern ließ, der gern mit mir sprach, nicht nur mit Boris, meine Gedichte las, meine Hand hielt, der tot war, ehe er mich im Krankenhaus besuchen konnte, wo auch er gelandet war bei seinen Flügen in den Himmel und Abstürzen in die Hölle. Ich hasse dich für das, was du getan hast, Stefan. Du wusstest, dass er dich finden würde. Du musst es gewusst haben. Und du musst gewusst haben, dass er mich anrufen und ich zu ihm kommen würde. Einen Moment lang sah ich die Urinlache auf dem Boden, vermischt mit den wässrigen Exkrementen, die die Holzdielen besudelten. *Nein.*

Hör auf, daran zu denken. Denk nicht daran. Kehre in die Gegenwart zurück.

Boris hatte mir von Präsenzen erzählt. Karl Jaspers, Wundermensch, hatte das Phänomen «leibhaftige Bewusstheit» genannt, und jemand anders, wahrscheinlich ein Franzose, *hallucination du compagnon.* War ich als Mädchen auch verrückt gewesen? Ein Jahr lang gaga? Nein, nicht ganz ein Jahr, Monate, die Monate der Grausamkeiten, als ich das Ding unten an der Treppe warten spürte. «Nicht unbedingt verrückt», hatte Boris mit seiner von den Zigarren rauen Stimme gesagt, und dann hatte er gelächelt. Präsenzen würden sowohl von Patienten in Psychiatrie und Neurologie als auch von ganz normalen Leuten gespürt, hatte er erklärt. Ja, von Scharen von Unschuldigen ohne Diagnose, genau wie Sie, liebe Leser, deren Verstand nicht gesprungen, nicht zerrüttet oder in Stücke geschreddert ist, sondern bloß die eine oder andere Marotte hat.

Als ich dann präsenzfrei auf dem Sofa lag, versuchte ich angestrengt, mich zu erinnern, die weit zurückliegenden Grausamkeiten in der sechsten Klasse «ruhig und sachlich», wie es im Fernsehen und in schlechten Büchern heißt, zutage zu fördern. Es hatte eine oder mehrere Verschwörungen gegeben, ein bombastisches Wort für die Taten kleiner Mädchen, aber spielt das Alter der Täter oder der Tatort der Intrige wirklich eine Rolle? Spielplatz oder königlicher Hof? Ist der menschliche Umgang dabei nicht derselbe?

Wie und wann hatte es angefangen? Bei einer Pyjamaparty. Nur noch Bruchstücke. Eins ist gewiss: Ich wollte nicht einatmen, bis ich ohnmächtig wurde, wollte nicht wieder und wieder Luft schlucken, bis es mich platt nach vorn auf die Matratze warf. Es war blöd, und Lucys bleiches Gesicht hatte mich erschreckt.

«Sei kein Frosch, Mia. Komm schon. Komm.»
Quengelnde Kumpanei.

Nein, ich wollte nicht. Warum sollte man
ohnmächtig werden wollen? Ich fühlte mich zu
verletzlich. Ich war ungern schwindlig.

Das Flüstern der Mädchen neben mir. Ja,
ich kann sie hören, aber nicht verstehen. Mein
Schlafsack war blau mit einem karierten Futter.
Daran erinnere ich mich genau. Ich bin müde,
so müde. Es geht irgendwie um Mai, dass Mai
dran ist, dann etwas mit Mai und einem Messer.
Ein rätselhafter Scherz.

Ich lache mit, weil ich nicht ausgeschlossen
sein will, und die Mädchen lachen erst richtig
los. Meine Freundin Julia lacht am allerlau-
testen. Danach schlafe ich ein. Verwirrtes, ah-
nungsloses kleines Mädchen.

Der Zettel im Klassenzimmer: «MAI,
schmutzige Fingernägel und fettige rote Haare.
Wasch dich, du Ferkel.» Ich sah sofort meinen
verdrehten Namen: Mia zu Mai.

«Meine Nägel sind sauber und meine Haare
auch.»

Unbändiges Gelächter. Ein Gackern ohne
Ende von der Gruppe, das mich in ein Loch hin-
unterdrückt. Sag nichts. Tu so, als hörtest und
sähest du nichts.

Das Kneifen auf der Treppe.

«Hör auf, mich zu kneifen.»

Julias ausdrucksloses Gesicht: «Was hast du denn? Ich hab dich gar nicht berührt. Du bist ja verrückt.»

Noch mehr heimliches Kneifen im Mädchenumkleideraum und meine «Einbildung».

Tränen in der Toilettenkabine.

Danach existiere ich meistens nicht.

Abweisen, ausschließen, ignorieren, exkommunizieren, vertreiben, ausstoßen. Die kalte Schulter. Bestrafung durch Schweigen. Einzelhaft. Auszeit.

In Athen war Ostrakismos ein Verfahren, jene loszuwerden, die verdächtigt wurden, zu viel Macht angehäuft zu haben, von *ostrakon*, dem Wort für Scherbe. Sie schrieben die Namen der Bedrohlichen auf Tonscherben. *Wortscherben*. Die Paschtunenstämme in Pakistan vertreiben abtrünnige Angehörige, schicken sie in ein staubiges Nirgendwo. Die Apachen ignorieren Witwen. Sie fürchten Gefühlsausbrüche und tun so, als existierten die Trauernden nicht. Schimpansen, Löwen, Wölfe, alle haben Formen von Ostrakismos, indem sie einen der Ihren, der entweder zu schwach oder zu aufmüpfig ist, um von der Gruppe toleriert zu werden, hinausdrängen. Wissenschaftler beschreiben dies als eine «angeborene und anpassungsfähige» Methode sozialer Kontrolle. Der Schimpanse Lester gierte nach Macht über seinem Rang und versuchte Weibchen außerhalb seiner Liga zu bespringen. Er kannte seinen Platz nicht und wurde am Ende ausgestoßen. Ohne die anderen verhungerte er. Die Forscher fanden seinen abgemagerten Körper unter einem Baum. Die Amischen nennen es *Meidung*. Wenn ein Mitglied ein Gesetz bricht, wird es gemieden. Jede Interaktion endet, und der, gegen den sie sich gewandt haben, verelendet oder schlimmer. Ein Mann kaufte ein Auto, um sein krankes Kind zum Arzt zu bringen, aber die Amischen dürfen nicht Auto fahren. Nach diesem Verstoß verhängten die Mächtigen den Kirchenbann gegen ihn. Niemand erkannte ihn. Alte Freunde und Nachbarn schauten durch ihn hindurch. Er existierte nicht mehr unter ihnen, und so verlor er sich in sich selbst. Er schreckte vor den leeren Gesichtern zurück. Seine Haltung veränderte sich; er krümmte sich nach innen; und er stellte fest, dass er nicht mehr essen konnte. Sein Blick verlor seinen Fokus, und wenn er mit seinem Sohn sprach, merkte er, dass er flüsterte. Er nahm sich einen Anwalt und verklagte die

Ältesten. Kurz darauf starb sein Sohn. Einen Monat später starb er. *Meidung* ist auch als «der langsame Tod» bekannt. Zwei der Ältesten, die der *Meidung* zugestimmt hatten, starben ebenfalls. Die Bühne war übersät mit Leichen.

Damals schien es mir, als wäre ich unter einen bösen Zauber geraten, dessen Ursache nicht bewiesen, nur erraten werden konnte, weil die Untaten klein und zumeist heimlich waren – Kneifen, das nicht stattgefunden hatte, von niemandem geschriebene verletzende Mitteilungen: «Du bist eine Riesenschwindlerin», die mysteriöse Zerstörung meiner Englischarbeit, die Zeichnung, die ich auf meinem Platz liegengelassen hatte und überkritzelt wiederfand, Gestichel und Geflüster, anonyme Anrufe, mit Schweigen am Ende der Leitung. Wir finden uns in den Gesichtern anderer, und daher spiegelte eine Zeitlang jeder Spiegel eine Fremde, eine verachtete Außenseiterin, die es nicht wert war zu leben. Mia, nicht Mai. Ich ordnete es wieder richtig. Ich schrieb es wieder und wieder in mein Heft. Ich bin Mia. Im Bücherschrank meiner Mutter fand ich eine Anthologie und darin John Clares Gedicht «Ich bin».

Ich bin. Doch was ich bin, wer will das
wissen?
Von Freunden ganz verlassen, vergessen vor
der Zeit,
Verzehr' ich mich in meinen Kümmernissen,
Die nah'n und schwinden in Verlorenheit,
Schatten von Leben, des' Seele ist verraucht,
Und doch bin ich, leb' ich – wie eingetaucht
Ins Nichts von lautem Hohngelächter …

Ich hatte keine Ahnung, was «Verzehr' ich mich
in meinen Kümmernissen» bedeutete. Vielleicht
hätte es geholfen. Ein bisschen Ironie, Kind, ein
bisschen Distanz, ein bisschen Humor, ein bisschen Gleichmut. Gleichmut wäre das Heilmittel
gewesen, aber ich konnte ihn nicht in mir finden. Das tatsächliche Heilmittel war dann die
Flucht. So einfach. Meine Mutter organisierte
sie. St. John's Academy in St. Paul, ein Internat.
Dort lächelte man mir zu, erkannte mich, freun-
dete sich mit mir an. Dort fand ich Rita, die
Mitverschworene mit langen schwarzen Zöpfen
und Leserin von *Mad*, Fan von Ella, Piaf und
Tom Lehrer. Jede in ihrer Schlafkabine, sangen
wir schmachtend und mal mehr, mal weniger in
Harmonie Ritas Lieblingsschlagertexte. «Jeden
Sonntag könnt ihr sehn / Wie meine Süße und

ich gehn / Tauben vergiften im Park!» (Die fiktiven Tauben taten mir eigentlich leid, aber Ritas reizende Kameradschaft überwog bei weitem die Anflüge von Mitleid.) Ihre blassbraunen Beine. Meine weißen mit ein paar Sommersprossen. Meine schlechten Gedichte. Ihre guten Cartoons.

Ich erinnere mich an meine Mutter, wie sie am ersten Tag in der Tür zu unserem Zimmer stand. Sie war so viel jünger, und ich kann ihre genauen damaligen Gesichtszüge nicht wachrufen. Ich erinnere mich jedoch an den besorgten, aber hoffnungsvollen Blick in ihren Augen, bevor sie ging, und dass ich bei unserer Umarmung mein Gesicht an die Schulter ihres Blazers presste und mir befahl einzuatmen. Ich wollte ihren Geruch behalten – diesen vermischten Duft von losem Puder, Shalimar und Wolle.

Es ist unmöglich, den Verlauf einer Geschichte vorherzusagen, während man sie erlebt; sie ist formlos, eine unfertige Prozession von Worten und Dingen, und ehrlich gesagt: Wir können *nie* wiederherstellen, was war. Das meiste verschwindet. Und doch, während ich hier an meinem Schreibtisch sitze und versuche, ihn zurückzubringen, jenen nicht weit zurückliegenden Sommer, weiß ich, dass Wendungen stattfanden, die sich auf das Folgende auswirkten. Einige stehen vor wie Höcker auf einer Reliefkarte, aber damals war ich unfähig, sie wahrzunehmen, weil meine Sicht der Dinge in der undifferenzierten Flachheit, einen Augenblick nach dem anderen zu leben, untergegangen war. Zeit ist nicht außerhalb von uns, sondern in uns. Nur leben wir mit Vergangenheit, Gegenwart und Zukunft, und die Gegenwart ist zu kurz, um überhaupt erfahren zu werden; sie wird nachher behalten, und dann ist sie entweder kodifiziert oder fällt der Amnesie anheim. Bewusstheit ist das Ergebnis von Verzögerung. Irgendwann Anfang Juni, in der zweiten Woche meines Aufenthalts, machte ich eine kleine Wendung, ohne mir dessen bewusst zu sein, und ich denke, sie fing mit den heimlichen Vergnügungen an.

Abigail hatte sich mit mir verabredet, damit ich mir ihr Kunsthandwerk ansah. Ihre Wohnung war kleiner als die meiner Mutter, und zu Beginn fühlte ich mich überwältigt von den Borden voller Glasfigürchen, den bestickten Kissen und Wandbehängen (Trautes Heim, Glück allein) und den zusammengefaltet auf Möbeln liegenden bunten Quilts. Verschiedene Kunstwerke bedeckten den größten Teil der Wände, und Abigail selbst hatte sich in ein loses langes Gewand geworfen, in dessen Dekor ich Alligatoren und andere Kreaturen zu erkennen meinte. Trotz der Überladenheit hatte der Raum diese gepflegte, frisch abgestaubte, stolze Anmutung, wie ich sie von den Schwänen von Rolling Meadows schon erwartete. Weil Abigail nicht mehr gerade stehen konnte, benutzte sie einen Rollator, mit dem sie sich in ihrer gekrümmten Haltung geschickt hin und her bewegte. Sie öffnete die Tür, neigte den Kopf schräg zur Seite, um mich zu beäugen, und während sie mit der freien Hand an ihrer Hörhilfe herumfingerte, schaute sie konzentriert in meine Richtung. Die Hörgeräte sahen anders aus als die meiner Mutter; sie waren viel größer und standen aus ihrem Ohr hervor wie große dunkle Blumen. Dicke Kabel hingen daran herunter, und ich fragte mich, ob das eine zusätzliche Technik für ihre extreme Taubheit war oder ein Rückblick in eine frühere Epoche. Obwohl nicht annähernd so groß, erinnerten mich die Dinger an im 19. Jahrhundert gebräuchliche Hörrohre. Sie ließ mich in einem Sessel Platz nehmen, bot mir Plätzchen und ein Glas Milch an, als wäre ich sieben, und dann, ohne jede Überleitung, zog sie die zwei Werke heraus, die sie mir zeigen wollte, und legte sie übereinander in meinen Schoß. Dann begab sie sich langsam zu dem grünen Sofa und ließ sich vorsichtig in einer Haltung darauf nieder, die anzusehen weh tat, aber ihre fröhliche, offene Miene linderte mein Unbehagen, und ich nahm mir das oberste Stück.

«Das ist ein altes», sagte sie. «Stört mich nicht. Das ist das Beste, was ich sagen kann. Dieses stört mich wenigstens nicht. Wenn ich sie aufhänge, fangen manche an, mich zu stören, dann muss ich sie wegtun, gleich wieder in den Schrank sperren. Nun, was meinst du?»

Nachdem ich meine Lesebrille aufgesetzt hatte, sah ich eine ausgearbeitete Szene vor mir, die ein Klischee darzustellen schien: Im Vordergrund tanzte ein aus Filzresten ausgeschnittener engelhafter blonder Junge mit einem Bären vor einem Hintergrund wild bewegter Blumenmuster. Über ihm war eine gelbe Sonne mit lächelndem Gesicht. Kitsch as Kitsch can, dachte ich. Die spöttische Wendung stammte von Bea. Doch als ich näher hinsah, bemerkte ich, dass sich hinter dem faden Jungen, fast von dem Laubmuster verborgen, ein auf Stoff gesticktes Mädchen befand, dessen Gestalt mit Garn in gedeckten Farben dargestellt war. Eine überdimensionale Schere als Waffe schwingend, grinste sie eine schlafende Katze böswillig an. Dann bemerkte ich über ihr ein blassrosa Gebiss mit Flügeln, das man bei oberflächlicher Betrachtung für Blütenblätter hätte halten können, und einen graugrünen Dietrich. Als ich die Formen im Blattgrün weiter erkundete, sah ich etwas, was zwei nackte Brüste in einem kleinen Fenster zu sein schienen, und gleich darauf einige Wörter, deren Buchstaben so klein waren, dass ich sie von mir weghalten musste, um sie lesen zu können: *Gedenke, dass mein Leben ein Wind ist.* Ich hatte diese Worte schon einmal gelesen, aber ich wusste nicht, wo.

Als ich aufblickte, lächelte Abigail.

«Es ist nicht das, was es zuerst zu sein scheint», rief ich ihr zu. «Das Mädchen. Die Zähne. Woher stammt das Zitat?»

«Brüllen hilft nicht», sagte sie laut. «Eine

kräftige laute Stimme reicht. *Hiob.* ‹Gedenke, dass mein Leben ein Wind ist und meine Augen nicht wieder Gutes sehen werden.›»

Ich sagte nichts.

«Sie sehen es nicht, weißt du.» Abigail strich über das Kabel ihres Hörgeräts, als sie den Kopf neigte. «Die meisten. Sie sehen nur, was sie zu sehen erwarten, das Süße, nicht das Saure, wenn du verstehst, was ich meine. Sogar deine Mutter hat einige Zeit gebraucht, bis sie es bemerkte. Natürlich steht es in dieser Umgebung mit dem Sehvermögen nicht zum Besten. Ich habe damit, ach, das ist Jahre her, in meinem Bastelclub angefangen, habe meine eigenen Muster entworfen, aber es hätte nichts bewirkt, direkt damit herauszurücken – ohne Umschweife –, weißt du, also fing ich mit etwas an, was ich schließlich die *heimlichen Vergnügungen* nannte, kleine Szenen innerhalb von Szenen, geheime Unterwäsche, wenn du verstehst, was ich meine. Wirf einen Blick auf das Nächste. Es hat eine Tür.»

Ich legte die kleine Decke auf meinen Schoß und blickte auf die Rosen in Gobelinstickerei, gelb und pink auf schwarzem Untergrund, mit verschieden grünen Blättern. Die Stickerei war tadellos. Hier und da waren auch winzige Pastellknöpfe in das Blumenmotiv genäht. Keine Tür.

«Einer von den Knöpfen geht auf, Mia», sagte sie. Ihre Stimme bebte beim Sprechen, und ich spürte ihre Aufregung.

Nachdem ich an mehreren Knöpfen herumgefummelt hatte, sah ich, dass Abigail ihren Rollator packte, zweimal Schwung holte, bevor sie sich von ihrem Sofa hochzog, und langsam zu mir herüberkam – Rollator, Schritt, Rollator, Schritt. Bei mir angekommen, befand sich ihr hängender Kopf direkt über meinem, und sie deutete damit auf einen gelben Knopf. «Der da. Dann ziehen.»

Ich schob den Knopf durch ein Loch und zog. Der rosa Stoff gab den Blick auf etwas anderes frei. Das Bild auf meinem Schoß war wieder eine Gobelinstickerei, aber diese wurde von einem riesigen grau-blauen Staubsauger mit dem dazugehörigen Electrolux-Etikett auf der Seite beherrscht. Das Ding war nicht am Boden, sondern in der Luft, eine Flugmaschine, gelenkt von einer unverhältnismäßig kleinen, nur mit High Heels bekleideten Frau, die im blauen Himmel nebenhersegelte und den langen Schlauch der Maschine dirigierte. Das Haushaltsgerät war damit beschäftigt, eine Miniaturstadt aufzusaugen. Ich betrachtete eingehend die beiden Beine eines winzigen Mannes, die aus dem Unterteil ragten, und die Haare eines anderen, der mit schreckgeweitetem Mund vom Luftstrom nach oben gezerrt wurde. Kühe, Schweine, Hühner, eine Kirche und eine Schule waren entwurzelt und würden gleich allesamt von dem hungrigen Schlauch verschluckt werden. Abigail hatte hart gearbeitet an der Saugkatastrophe, jede Figur und jedes Gebäude war in winzigen, präzisen Stichen wiedergegeben. Dann sah ich das Miniaturschild, auf dem *Bonden* stand, direkt vor dem Maul des Saugers schweben. Ich dachte an die stundenlange Arbeit und an das Vergnügen, das sie angetrieben hatte, ein heimliches Vergnügen, eines, das mit Wut oder Rache zu tun hatte oder zumindest mit der Schadenfreude über eine Ersatzzerstörung. Viele Tage, vielleicht Monate waren in die Erschaffung dieser «Unterwäsche» eingegangen.

Ein leiser Ton kam aus meiner Kehle, aber ich glaube nicht, dass sie ihn hörte. Ich sah sie an, nickte, lächelte anerkennend und hütete mich zu schreien, als ich sagte: «Es ist großartig.»

Abigail ging langsam zurück zum Sofa. Ich wartete die Schritte und das Ritual des Niederlassens ab, das mit einem beidseitigen Festhalten am Rollator begann und mit einem schwingenden Fallenlassen in die Sofapolster endete. «Hab ich siebenundfünfzig gemacht», sagte sie. «Wäre mir heute zu viel. Die Finger machen nicht mehr mit, die Stiche sind zu fein.»

«Mussten Sie es verstecken?»

Sie nickte, dann lächelte sie. «Ich war damals fuchsteufelswild. Das hat mir geholfen.»

Abigail ging nicht ins Detail, und ich fühlte mich zu sehr als Außenstehende, um sie auszufragen. Eine Weile saßen wir zusammen, ohne zu reden. Ich beobachtete, wie der alte Schwan fein säuberlich sein Plätzchen aß und mit einer bestickten Serviette sorgsam ein paar Krümel im Mundwinkel abwischte. Nach einigen Minuten kündigte ich an, ich müsse gehen, und als sie nach ihrem Rollator griff, sagte ich, sie brauche mich nicht zur Tür zu bringen. Und dann, in einem Anfall von Bewunderung, beugte ich mich vor, fand ihre Wange und küsste sie herzlich.

Was wissen wir wirklich über andere?, dachte ich. Was zum Teufel wissen wir über irgendwen?

Nach nur einer Woche Kurs traten meine sieben Mädchen hinter ihren jugendlichen Garderoben und Marotten hervor, und ich merkte, dass sie mich interessierten. Ashley und Alice, die beiden Einser-Mädels, waren befreundet. Beide waren gescheit, hatten Bücher gelesen, sogar einige Dichter, und wetteiferten im Unterricht um meine Aufmerksamkeit. Ashley jedoch war auf eine Art selbstsicher, die Alice nicht hatte. Sie war nach innen gekehrt. Ein paarmal bohrte sie geistesabwesend in der Nase, während sie an einem Gedicht arbeitete. Sie neigte zu gestelzten romantischen Bildern – Moore, wilde Tränen und unbändige Brüste –, die auf ihre intensive Beschäftigung mit den Schwestern Brontë hinwiesen, aber oft bloß albern klangen, wenn sie ihr Werk mit einem Tremolo in der Stimme vortrug, sodass ihre Mitschülerinnen sich vor Verlegenheit wanden. Aber trotz ihrer Hochgestochenheit schrieb sie grammatisch korrekt und viel raffinierter als alle anderen und kam auf einige Zeilen, die mir wirklich gefielen: *Schweigen ist ein guter Nachbar* und *Ich sah mein missmutiges Ich fortgehen*. Ashley dagegen hatte ein starkes Gespür für das, was die anderen wohl cool fanden. Sie mochte Reime, war von Rapmusik beeinflusst und beeindruckte ihre Freundinnen mit ihrer Wendigkeit, wenn sie zum Beispiel *Unheil* mit *E-Mail* und *sprechen* mit *Verbrechen* kombinierte. Das Mädchen hatte genau den richtigen Umgangston für Workshops und teilte Lob, Trost und feinfühlige Kritik in wohltuenden Dosen an ihresgleichen aus. Emmas Schüchternheit ließ etwas nach, sie schob ihr Haar zur Seite und offenbarte Humor: «Tu nie einen Regenbogen in ein Gedicht. Reime niemals *treu* auf *scheu*, aber *Schal* und *Qual* sind neu.» Nach ein paar Stunden war Peyton so entspannt, dass sie ihre langen Beine auf einen Extrastuhl legte. In ihrer körperlichen Entwicklung hinkte sie wie Alice den anderen hinterher. Es gab keine Anzeichen dafür, dass der hormonelle Ansturm der Pubertät sie bereits heimgesucht hatte, und obwohl ich mir sicher bin, dass sie das bekümmerte, konnte ich nicht umhin, Zurückgebliebenheit in diesem Bereich ganz vorteilhaft zu finden. Jedenfalls deutete ich so die Grasflecken auf ihren Shorts und die Tatsache, dass Pferde, nicht Jungs, ständig Eingang in ihre Gedichte fanden. Jessie sah man schon das Weibchen an, aber ich spürte, dass sie einen inneren Kampf führte. Der reife Körper musste schnell gekommen sein. Die Seite, die ihn willkommen hieß, putzte sich heraus und roch nach Moschus, während das andere Lager weite T-Shirts trug, um üppige Brüste zu kaschieren, die von Woche zu Woche größer zu werden schienen. Was sonst noch in Jessies Innenleben stattfand, blieb hinter Klischees verborgen. Die knirschende Beschränktheit von Sätzen wie «Du musst einfach an dich glauben» und «Lass dich nicht unterkriegen» kehrte ununterbrochen wieder, und mir wurde bald klar, dass es keine faulen, sondern von einem Dogma diktierte Redensarten waren und dass sie sie nicht kampflos aufgeben würde. Nach ihren ersten Bemühungen hatte ich ihr freundlich vorgeschlagen, sie solle ihre Formulierungen überdenken, und beobachtet, wie sich ihre Züge verhärteten. «Aber es ist *wahr*», kam jedes Mal dieselbe Leier. Ich gab klein bei. Was macht es aus?, fragte ich mich. Wahrscheinlich brauchte sie diese Sprüche, um ihren Krieg zu beenden. Nikki und Joan blieben ein Team, obwohl ich irgendwann merkte, dass Nikki dominierte. Eines Tages kamen beide mit kalkweißen Gesichtern, dickem Lidstrich und schwarzem Lippenstift an, ein Experiment, das ich nicht zu bemerken beschloss. Die Halloween-Aufmachung wirkte sich jedoch nicht auf ihre Personae aus, sie blieben quietschvergnügt. Ihr Gekicher konnte sich nur mit ihrer übergroßen Begeisterung für Furzgedichte messen, was meistens ansteckend war, und sie reagierten freundlich auf meinen kurzen Vortrag über das Skatologische in der Literatur. Rabelais. Swift. Beckett.

Ich machte mir keine Illusionen darüber, zu wissen, was im Leben dieser sieben vorging. Am Ende der Stunde tauchten plötzlich Telefone in ihren Händen auf, und ich beobachtete, wie die Daumen der Mädchen rasend schnell Botschaften eingaben, von denen die Hälfte anscheinend an Freundinnen am anderen Ende des Raumes gerichtet war. Nach einem Dienstagskurs fand ich eine E-Mail von Ashley vor.

Liebe Ms. Fredricksen,
ich muss Ihnen einfach sagen, wie toll der Kurs ist. Meine Mom sagte, er würde mir gefallen, aber ich glaubte ihr nicht. Sie hat recht gehabt. Sie sind wirklich anders als andere Lehrer, wie eine Freundin. Nein, wie ein ENGEL. Ich lerne eine Menge. Das musste ich Ihnen einfach sagen. Auch Ihre Haare sind toll.
Ihre sehr ergebene Schülerin
Ashley

Und dann noch eine Botschaft von einer Adresse, die ich nicht erkannte.

> Ich weiß alles über Dich. Du bist geistes-
> krank, verrückt, übergeschnappt.
> Mr. Niemand

Das empfand ich als Schlag ins Gesicht. Ich erinnerte mich an das Schild der Nationalen Allianz gegen Geisteskrankheiten NAMI an der Wand der kleinen Bücherei der Station: KAMPF GEGEN DAS STIGMA DER PSYCHISCHEN ER-KRANKUNG. Stigma, griechisch στίγμα, von einem scharfen Instrument gezeichnet, Wundmal. Irgendwann viel später, im 15. Jahrhundert vielleicht, bekam es dann auch die Bedeutung eines Schandmals. Christi Wunden und die Heiligen und die Hysterikerinnen, die an Händen und Füßen bluteten. Stigmata. Ich fragte mich, wer mich anonym würde belästigen wollen – und zu welchem Zweck? Es wussten wohl unzählige Leute, dass ich in der Klinik gewesen war, aber ich konnte mir nicht denken, wer mir so eine Nachricht würde schicken wollen. Ich versuchte mich zu erinnern, ob ich meine E-Mail-Adresse einer anderen Patientin gegeben hatte, Laurie vielleicht, der traurigen, traurigen

Laurie, die, ihr Tagebuch an die Brust gedrückt und kurze klagende Laute von sich gebend, in ihren Schlappen herumgeschlurft war. Es war möglich, aber unwahrscheinlich.

Als ich in jener Nacht im Bett lag und von den üblichen Stürmen in Aufruhr versetzt wurde – Stefans Mitteilung: *Es ist zu schwer*; die Pause, die mir im Labor lächelnd die Hand schüttelt, die Erinnerung an Boris im Bett und das Gewicht des Schlafes in seinem Körper; dann seine Leichenbittermiene, als er mit seiner Entscheidung herausrückt; und Daisy, tränenüberströmt, ihr stoßweises Atmen und Schniefen; sie schluchzt, weil ihr Vater ihre Mutter verlässt, und ich denke an die Leidenschaft meines eigenen unergründlichen Vaters für eine andere –, kam das Wort verrückt wieder, und ich schob es weg, und dann tauchte einen Moment lang das von Ashley großgeschriebene Wort, ENGEL, auf dem Bildschirm hinter meinen geschlossenen Lidern auf. Ich dachte an Blakes himmlische Besucher, an die Legende von Rilkes übernatürlicher Begabung, die ersten Worte der *Duineser Elegien* und dann an Leonard, meinen Mitpatienten in der Psychiatrie. Er hatte sich zum Propheten des Nichts ausgerufen. Er dozierte und hielt Reden und liebte offensichtlich den

Stentorklang seiner eigenen Bassstimme, mit der er jedem, der ihm nahe kam, Erklärungen abgab. Aber niemand hörte ihm zu, weder seine Mitpatienten noch das Personal. Sogar sein Psychiater hatte ihn ausdruckslos angesehen, als er bei einer Zusammenkunft, die ich durch eines der großen Glasfenster sehen konnte, Leonard gegenübersaß. Er interessierte mich jedoch, und seine grandiosen Appelle hatten etwas wirklich Brillantes. Am Morgen meiner Entlassung hatte ich mit ihm im Aufenthaltsraum gesessen. Mit seinem kahl werdenden Kopf, umringt von ergrauenden Locken, die ihm fast bis auf die Schultern fielen, sah Leonard zu seiner Rolle passend aus. Er wandte sich mir zu und begann mit seinen Prophezeiungen. Er sprach über Meister Eckart als einen Botschafter des Nichts, der Schelling, Hegel und Heidegger beeinflusst hatte. Und er sagte mir, dass Kierkegaards Angst eine Begegnung mit dem Nichts gewesen sei, dass wir in einer Zeit des aktualisierten Nichts lebten und dass dies essenziell und mystisch sei. «Es würde nicht schaden», sagte er und schüttelte den Zeigefinger, «uns der Wahrheit zu öffnen, dass das Nichts der Urgrund dieser Welt ist.» Leonard mochte verrückt gewesen sein, aber seine Gedanken waren nicht annähernd so

wirr, wie die Herrschaften im Krankenhaus an-
nahmen. Er setzte seinen Vortrag mit der Erklärung fort, dies alles habe Bezüge zu den tieferen
Ebenen des Buddhismus, und als ich auf Daisy
zuging, die zur Tür hereingekommen war, um
mich abzuholen, war er zu Goethes *Faust* und
dessen Abstieg ins Reich der Mütter und seiner
Vereinigung mit dem Nichts gedriftet, und das
war das Letzte, was ich von ihm hörte.

Einsamer Mann. Er konnte nicht Mr. Niemand sein, oder? Nachdem ich das Krankenhaus verlassen hatte, tat es mir leid, ihm nicht
klargemacht zu haben, dass ich zumindest einigen seiner Sprünge folgte, doch alles, woran ich
damals denken konnte, war das Gesicht meiner
Tochter. Dieses Etwas war alles, worauf es ankam.

Mich meiner als sie zu erinnern,
Schaukelnd in Zimmern
Von Eierschalenweiß.
Ein Untergrund aus Schnur –
Diese heftigen Zeilen
Dessen, was einmal das
Herz hieß, verloren an
Meinen nun bitteren Mund.
«Ein Gewirr», sagte er.

Nein, Knoten.
Nicht dieser oder diese.
Sie war eindeutig,
Glaube ich. Ausrangiert.
Tu sie weg.
Unbelebtes Ding.
Tu sie weg.
Und lass sie schaukeln.

Liebe Mia», schrieb Boris. «Was auch zwischen uns geschehen mag, es ist sehr wichtig für mich zu wissen, wie es Dir geht. Auch um Daisys willen müssen wir miteinander kommunizieren. Bitte antworte, wenn Du diese Nachricht bekommst.» So vernünftig, dachte ich, so steife Prosa: *miteinander kommunizieren*. Ich hatte Lust, auf etwas zu beißen. Offensichtlich machte er sich Sorgen. Er hatte mich an dem Tag gesehen, als ich im Krankenhaus landete, als ich *akut* war, wahnhaft und halluzinierend, *bouffée délirante*, und davon überzeugt, er würde die Wohnung stehlen, mich auf die Straße setzen, eine Verschwörung, die er mit der Pause und den anderen Wissenschaftlern im Labor ausgeheckt hatte, und als er mir zusammen mit Dr. P. gegenübersaß, sagte eine Stimme: «Natürlich hasst er dich. Alle hassen dich. Man kann mit dir nicht zusammenleben.» Und dann: «Du wirst enden wie Stefan.» Ich schrie: «Nein!», und ein Krankenwärter zog mich weg, und sie gaben mir noch eine Haldol-Spritze, und ich wusste, auch *sie* hatten ihre Hand im Spiel.

Sein Bruder *und* seine Frau. Armer Boris, hörte ich sie sagen. Armer Boris, er hat lauter Verrückte um sich. Ich erinnere mich, dass ich mit Felicia faselte, die zum Putzen gekommen war. Ich erinnere mich, dass ich den Duschvorhang herunterriss und ihr schreiend das Komplott erklärte. Ich erinnere mich genau, aber jetzt ist es so, als wäre ich jemand anders, als schaute ich von weitem auf mich. Das alles ließ nach, als Bea kam. Aber ich hatte Boris erschreckt, und weil er mich in der Station «aufgeregt» hatte, sollte er mich nicht wieder besuchen. Jetzt starrte ich seine Nachricht lange an, ehe ich zurückschrieb: «Ich bin nicht mehr verrückt. Ich bin verletzt.» Die Worte schienen wahr, aber als ich ausführlicher werden wollte, schien jeder weitere Kommentar bloß ausschmückend. Was gab es zu *kommunizieren*? Und die Ironie, dass Boris kommunizieren wollte, war fast nicht auszuhalten.

Ich will nicht darüber sprechen. Ich wache gerade auf. Lass mich erst meinen Tee trinken. Wir reden später. Ich kann nicht darüber sprechen. Wir haben das tausendmal durchgekaut. Wie oft hatte er diese Sätze von sich gegeben? Wiederholung. Wiederholung, nicht Gleichheit. Nichts wird exakt wiederholt, nicht einmal Wörter, weil sich im Sprechen und im Zuhören etwas verändert hat, weil bei einmal und dann wieder und wieder Gesagtem die Wiederholung selbst die Wörter verändert. Ich gehe auf demselben

Boden auf und ab. Ich singe dasselbe Lied. Ich bin mit demselben Mann verheiratet. Nein, eigentlich nicht. Wie viele Male hatte er mitten in der Nacht Stefans Anrufe entgegengenommen. Jahr um Jahr voller Anrufe und Rettungen und Ärzte und der Abhandlung, die die Philosophie für immer verändern sollte. Und dann das Schweigen. Zehn Jahre kein Stefan. Er war siebenundvierzig, als er starb. Boris war fünf Jahre älter, und einmal, nur ein einziges Mal, hatte der ältere Bruder mir nach zwei Scotch zugeflüstert, das Schrecklichste sei, dass es auch eine Erleichterung war, dass der Selbstmord seines geliebten Bruders auch eine Erleichterung gewesen war. Und dann, als seine Mutter starb – die extravagante, komplizierte, wehleidige Dora –, war Boris der einzige Überlebende. Sein Vater war mit Herzversagen tot umgefallen, als die Jungen noch klein waren. Boris trauerte nicht irgendwie auffällig. Stattdessen wich er zurück. Was hatte mein Vater gesagt? «Ich kann nicht. Ich kann nicht.» Ich hatte mich danach gesehnt, beide Männer zu finden, nicht wahr? Meinen Vater und meinen Mann, die beide zu langen Abhandlungen über Delikte beziehungsweise Gene neigten und sich über ihr eigenes Leiden ausschwiegen. «Ihr Vater und Ihr Mann hatten einige gemeinsame Züge», hatte Dr. S. gesagt. In der Vergangenheitsform: hatten. Ich sah mir die Nachricht an. *Ich bin verletzt.* Boris war auch verletzt worden. Ich fügte hinzu: «Ich liebe dich. Mia»

Das Sex-Tagebuch verschaffte mir nicht die erhoffte Befreiung. Der Bericht über meine frühen masturbatorischen Ausflüge auf einen Berg, der sich ziemlich plötzlich als *etwas zu Erkletterndes* dargeboten hatte; die Zungentauchgänge mit M. B., von denen mein Mund noch am nächsten Morgen weh tat, weil weder ich noch der besagte Jüngling sich in tiefer gelegene Gefilde getraut hatte; die späteren wagemutigen Annäherungen von J. Q. unter BHs und in Jeans, während er weiterdrängte, trotz des kolonialen Widerstandes, dessen Kraft zugegebenermaßen mit der Zeit nachließ, hatten etwas Abgedroschenes bekommen, was ich nur schwer übersehen konnte. Wen kümmert's?, dachte ich. Und doch, warum blickte die reife Frau mit solcher Kühle, mit so einem Mangel an Sympathie auf das Mädchen zurück? Warum produzierte die Älterwerdende nur Ausflüge in die Ironie? Hatte ich nicht geseufzt und gestöhnt und geweint? Hatte ich meine Jungfräulichkeit nicht in einem hitzigen, aber zutiefst verwirrten Zustand verloren, trotz meiner Abenteuer mit M. B. und J. Q. noch immer in Unkenntnis darüber, wie genau alles funktionierte? Ich erinnere mich an die Holztreppe zum ersten Stock, an die zerwühlten Laken und Decken, aber an keine Farbe, keine Einzelheiten. Nur daran, dass gedämpftes Licht durch das Fenster schien und die Äste des Baumes davor sich bewegten und das Licht mit ihnen. Ein bisschen Schmerz, aber kein Blut und kein Orgasmus.

Die zweite Nachricht lautete bloß: *Anstaltsreif.*
Mr. Niemand

Obwohl sie mich verunsicherte, beschloss ich, mir keine Gedanken zu machen. Diese Schriebe hatten etwas Kindisches an sich, und welchen Schaden konnten sie schon anrichten? Ohne Antwort würde der Absender müde werden und wieder in den Nebeln verschwinden, aus denen er gekommen war. Er war nicht bedrohlicher als die Präsenz hinter der Tür – nichts als eine gefühlte Abwesenheit.

Ab und zu hörte ich meine Nachbarn zur Linken, die Eltern des Mini-Harpo, der auf meinem kleinen Rasenstück aufgetaucht war, laut streiten. Worum es bei diesen Zankereien ging, war meistens nicht hörbar. Was bis in meinen Bereich herüberklang, war Zorn – ihre kreischende Stimme, die sich überschlug, wenn sie in Schluchzen umkippte, und sein dröhnender Tenor, beide gelegentlich durch ein Krachen betont. Das Krachen war erschreckend, und ich ertappte mich dabei, wie ich mir das Haus und seine Bewohner genauer ansah. Es war ein junges, rosiges, rundliches Paar. Von ihm sah ich wenig. Er fuhr morgens in einem Toyota zu irgendeiner Arbeit und kam manchmal tagelang nicht zurück – ein junger Mann, der für seinen Job wohl fahren musste. Die junge Frau blieb zu Haus mit ihrem Marx Brother und einem höchstens sechs Wochen alten Säugling, einem Wesen in der noch schlaffen, von visuellen Reizen überwältigten, mit Armen und Füßen strampelnden, grunzenden, grimassierenden Lebensphase. Wie sehr ich dieses Stadium auf dem Werdepfad meiner Daisy geliebt hatte! Eines Nachmittags, als ich draußen auf der wackligen Liege saß, die mein Lesemöbel geworden war, sah ich die Mutter durch eine Lücke in den Büschen. Während sie das sich herumwerfende, schreiende Baby auf dem Arm hielt, beugte sie sich über ihre Dreijährige mit Perücke und führte mit ihr harte, wenn auch kontrollierte Verhandlungen wegen der falschen Haare. «Du kannst sie nicht immer tragen. Dein Kopf muss total verschwitzt sein. Was ist mit deinen eigenen Haaren? Ich kann mich kaum noch dran erinnern, wie sie aussehen.» – «Ich bin nicht verschwitzt! Ich bin nicht verschwitzt!» Ich legte meine Ausgabe von der *Wiederholung* hin, die ich zum sechsten Mal las, und ging die paar Meter hinüber, um meine Hilfe anzubieten.

Meine Intervention bewirkte, dass die Gruselperücke auf dem jungen Kopf blieb. Die Mutter hieß Lola, Harpo eigentlich Flora, und das Wesen in einer Papierwindel, mit dem ich eine krähende, nickende und lächelnde Konversation führte, die ich äußerst befriedigend fand, war Simon. Am Ende saßen wir vier Limonade trinkend im Garten des Professors, und ich fand heraus, dass Lola am Swedenborg College Kunst studiert hatte, Schmuck herstellte und verkaufte, dass Pete, ihr Mann, für eine Firma in Minneapolis arbeitete, die ständig mehr Personal abbaute – eine Tatsache, die Lola «irgendwie beängstigend» fand –, dass er wirklich viel unterwegs war und dass Lola müde war. Sie sprach das nicht so aus, aber die Erschöpfung war ihrem ganzen weichen, runden, sechsundzwanzigjährigen Gesicht abzulesen. Während wir zusammensaßen, stillte sie Simon lässig und mit sichtlicher Erfahrung und erwehrte sich Floras gespielt fürsorglicher Einmischungen, die den Mund ihres Sohnes von ihrer Brustwarze zu lösen drohten. Ich versuchte Flora abzulenken, indem ich ihr Fragen stellte. Zuerst weigerte sie sich zu antworten. Ich redete mit ihrem Rücken und ihrer Perücke, doch nachdem ich sie mit mehreren Fragen angestachelt hatte, wechselte sie die Rolle, und ich wurde Zeugin einer plappernden, tanzenden, singenden Angeberei. «Schau, meine Füße! Sieh mal, wie ich springe. Simon kann nicht springen. Guck mal, Mom. Schau mir zu! Guck mal, Mom!» Lola schaute matt lächelnd zu, während die Lider ihres kahlköpfigen Babys flatternd auf- und zu-, auf- und zugingen und seine Ärmchen sich rudernd nach nichts streckten, bevor es wieder an ihre Brust und in den Schlaf sank.

Boris schrieb zurück:

> Danke, dass Du geantwortet hast, Mia.
> Ich habe im Juli einen Kongress in
> Sydney. Halte Dich über alle Daten auf
> dem Laufenden. Boris

Da war keine Rede von Liebe als Antwort auf meine. Ich verstand, dass er unsere Beziehung um des geliebten gemeinsamen Sprösslings willen auf eine höfliche, aber kühle Ebene zu verschieben hoffte, und ich phantasierte kurz, wie ich im Labor über ihn und die Pause hereinbrach und von einem Käfig zum anderen sauste. Mia, die Furie des immerwährenden Zorns, lässt all die gequälten Ratten aus ihren Gefängnissen frei und sieht mit hämischer Schadenfreude zu, wie ihre milchweißen Körper über den Boden schießen.

Der Kurs ging in seine zweite Woche, und als wir acht um den Tisch saßen und schrieben und redeten, begann ich eine unsichtbare Unterströmung zwischen den Mädchen zu spüren, die mich beklommen machte. Ich wusste, dass der wirkliche Sog dieser Kraft vor und nach dem Unterricht stattfand, in den Stunden ihres Lebens, die nichts mit mir zu tun hatten, und dass ihre Dynamik Teil der notwendigen Heimlichkeiten und Bündnisse der frühen Jugend war. Es wurden Blicke und kaum wahrnehmbare Kopfbewegungen zwischen ihnen ausgetauscht, bei denen ich mich manchmal so fühlte, als sähe ich einem Theaterstück hinter Gaze zu. Die Gesprächsfetzen, die ich mitbekam, waren äußerst stereotyp, ein primitives Geplänkel, durchsetzt mit den Wörtern *voll* und *krass*, die hauptsächlich als Kürzel für Billigung oder Missbilligung benutzt wurden.

Wieso das denn? Ich finde, das ist *voll zurückgeblieben.*

Stimmt's, ey? Manno, weißt du nicht, dass das *krass uncool* ist?

Hast du Frannies Bruder gesehen? Der ist *voll* süß!

Nein, Dummi, er ist fünfzehn, nicht sechzehn.

Hast du ihre Tasche gesehen? Sieht *voll* gruselig aus.

Du hast mich Lesbe genannt! Das ist krank. Gott.

Wenn ich ihrem Gerede in den Minuten bevor wir anfingen und nachdem ich sie entlassen hatte, untätig zuhörte, hatte ich oft den Eindruck, die Sprache der Mädchen sei austauschbar, ohne jegliche Individualität, eine Art Herdensprech, auf den sich alle geeinigt hatten, mit Ausnahme von Alice, deren Diktion nicht von so vielen *voll* und *krass* infiziert war, doch auch sie verfiel in den seltsamen, stumpfsinnigen Dialekt der frühen Weiblichkeit. Aber nachdem sich alle Kinder gesetzt hatten, unterschieden sie sich plötzlich voneinander, als wäre ein Zauber gelüftet und sie könnten nun für sich selbst sprechen. Nach und nach tauchten Bruchstücke ihrer Familiengeschichten auf, die meine Wahrnehmung von ihnen änderten. Ich fand heraus, dass Ashley eins von fünf Kindern war und dass ihre Eltern sich hatten scheiden lassen, als sie drei war; dass Emmas kleine Schwester an Muskelschwund litt; und dass Peytons Vater in Kalifornien lebte. Sie würde ihn wie jeden Sommer Ende August besuchen. Er war der Elternteil mit Pferden. Alice wohnte erst seit zwei Jahren in Bonden. Davor

hatte sie in Chicago gewohnt, und ihre wieder-
holten Bezüge auf diese verlorene Metropole
lösten unter den anderen unweigerlich epidemi-
sche Blickwechsel aus. Joan und Nikki waren in
der dritten Klasse dicke Freundinnen geworden.
Jessicas Eltern waren irgendwelche ernsthaften
Christen, vielleicht diese neue Abart, die Pop-
Psychologie und Religion vermischte, aber ich
war mir nicht sicher.

Um an ihren inneren Welten zu kratzen, die,
wie ich spürte, so eigen waren wie ihre Geschichten, begannen wir an den Gedichten über «mein
geheimes Ich» zu arbeiten. Ich führte sie an die
Kluft zwischen äußerer Wahrnehmung und
unserem eigenen Gefühl für die innere Realität
heran, an die Missverständnisse, die manchmal
unsere Beziehung zu anderen Menschen prägen
können, an das Gefühl eines verborgenen Selbst,
das die meisten von uns haben, dass das soziale
Selbst anders ist als das einsame Selbst und so
weiter. Ich betonte, dass dies nicht «Wahrheit
oder Pflicht» sei, ein Spiel, an das ich mich aus
meiner eigenen Jugend erinnerte, keine Übung
in Sachen Beichte oder Verrat von Geheimnis-
sen, die wir für uns behalten wollten. Ich schlug
vor, in zwei Zeilen einen Gegensatz zu bilden: Ihr
denkt, ich bin ... aber eigentlich bin ich ... Wir

diskutierten Metaphern, den Gebrauch eines Tieres oder Gegenstands an Stelle eines Adjektivs.

Ich lobte Joans Zeilen:

Ihr denkt, ich sei fad und ein Schnulli.
Doch eigentlich bin ich wie Chili.

Emma verglich ihr inneres Selbst mit Schlamm, doch es war Peyton, die das verblüffendste Bild schuf. Sie schrieb, ihr Inneres gleiche dem «abgeplatzten Stück einer Tür, das aussieht wie eine Insel auf einer Karte». Als Peyton das vorlas, zeigte ihr mageres, schmales Gesicht einen nachdenklichen, angespannten Ausdruck. Sie zögerte, dann erklärte sie es uns. Als sie acht gewesen sei, erzählte sie, hätten ihre Eltern sich furchtbar gezankt und angebrüllt, während sie im Bett lag. Ihr Vater habe wütend das Haus verlassen und die Tür so fest zugeschlagen, dass sich ein Stück gelockert habe und ein Splitter abgesprungen sei. Am nächsten Morgen habe sie das heruntergefallene Stück Holz genommen und es aufbewahrt. Wir schwiegen eine Weile. Dann sagte ich, mitunter könne ein kleiner Gegenstand, sogar ein Stück Abfall, eine ganze Welt von Gefühlen bedeuten. «Danach war nichts mehr wie zuvor», sagte sie leise.

Als ich nach der Stunde auf den Ausgang zuging, bemerkte ich, dass Ashley und Alice auf den Stufen draußen vor dem Gebäude in ein Gespräch vertieft waren. Ich sah Alice nicken und lächeln und ihrer Freundin dann ein Buch oder Heft überreichen. Danach trat Ashley zur Seite und tippte wie wahnsinnig auf ihrem Handy herum. Als ich beim Hinausgehen an ihr vorbeikam, blickte sie zu mir auf und lächelte. «Echt guter Kurs.»

«Danke, Ashley», sagte ich.

Als ich in jener Nacht im Bett lag, ging ein Junigewitter über der Stadt nieder, und es donnerte laut, berstendes Krachen wie eine Reihe von Detonationen, vermischt mit einem wieder und wieder nachhallenden Dröhnen über mir. Bald darauf kam das Brausen von dichtem, schnellem Regen draußen. Ich erinnerte mich an die starken Winde meiner Kindheit und daran, dass ich morgens beim Erwachen auf die Straße gestürzte Äste sah. Ich erinnerte mich an die verzauberte Stille, die vor dem Wirbelsturm oder Gewitter eintrat, als hielte die ganze Erde den Atem an, und an das unheimliche Grün, das den Himmel färbte. Ich erinnerte mich an die Unermesslichkeit der Welt.

Dr. S. sagte: «Hört sich so an, als würden Sie sich gut unterhalten.»

Ich war schockiert. Wie konnte ich mich gut unterhalten? Eine Frau, die von ihrem Mann verlassen worden und dazu, wenn auch «kurzfristig», noch übergeschnappt war; wie konnte die sich gut unterhalten?

«Sie scheinen bei Ihren jungen Dichterinnen eine Saite zum Klingen gebracht zu haben.» (Ich hörte eine Gitarrensaite – Metaphern erzeugen das oft bei mir, sogar die allerabgedroschensten.) «Sie scheinen gern mit Ihrer Mutter zusammen zu sein. Abigail hört sich sehr interessant an. Sie haben die Nachbarn kennengelernt. Sie schreiben gut. Sie haben Boris' E-Mail beantwortet.» Sie machte eine Pause. «Das höre ich Ihrer Stimme an.»

Störrisch machte ich ein ablehnendes Geräusch.

Dr. S. wartete.

Ich dachte: Könnte sie recht haben? Hatte ich mich an eine Vorstellung von tiefem Unglück geklammert, während ich mich insgeheim gut unterhielt? Heimliche Vergnügungen. Unbewusstes Wissen. *Es war einmal ein Mädchen, das hatte auf der Stirn ein Löckchen. Wenn es brav war, war es sehr, sehr brav ...* «Vielleicht haben Sie recht.»

Ich konnte sie atmen hören.

«Heute Nacht gab es ein Gewitter», sagte ich, «ein schweres. Das hat mir gefallen.» Ich schweifte ab, aber das war gut, freies Assoziieren. «Es war, als lauschte ich meiner eigenen Wut, aber Wut mit echter Power, einem lauten, männlichen, gottgleichen, gebieterischen, väterlichen Poltern im Himmel, der Art donnernder Wut, nach der Lakaien tanzen müssen, einem Bariton-Gebrüll, das den Himmel erschüttert. Fast konnte ich spüren, wie die Stadt erzitterte.»

«Sie denken, wenn Ihre Wut Macht hätte, väterliche Macht, dann könnten Sie Ihre Angelegenheiten mehr nach Ihrem Geschmack gestalten. Meinen Sie das?»

Meinte ich das? «Ich weiß nicht.»

«Vielleicht fanden Sie, dass Ihr Vater in der Familie mit seinen Gefühlen Macht ausübte, Macht über Ihre Mutter, Ihre Schwester und Sie, und Sie sind ihm ständig ausgewichen und haben versucht, ihn nicht aufzuregen. Und dasselbe haben Sie vielleicht in Ihrer Ehe empfunden, haben es reproduziert und sind dabei wütender und wütender geworden?»

Meine Güte, ist die Frau scharfsinnig, dachte ich. Ich antwortete mit einem kurzen, kleinlauten «Ja».

Weiterer Versuch eines Eintrags über Sex:

Es begann in der Bibliothek mit Kant. Bibliotheken sind sexuelle Traumfabriken. Das kommt von der Schläfrigkeit. Der Körper muss Haltung annehmen – ein Bein über das andere geschlagen, das Kinn auf eine Hand gestützt, gestreckter Rücken –, aber der Körper tut nichts. Es kommt vom Lesen und Aufblicken; der Geist verlässt das Buch und schlängelt sich zu einem Oberschenkel oder Ellbogen – real oder vorgestellt. Es kommt vom Dunkel der Bücherstapel mit seiner Andeutung von etwas Verborgenem. Es kommt vom trockenen Duft des Papiers und der Einbände und höchstwahrscheinlich vom Geruch von altem Leim. Es war der nicht schwierige Kant: Die *Kritik der praktischen Vernunft*, viel leichter als die *Reine Vernunft*, aber ich war zwanzig, und die praktische war schon schwierig genug, und er beugte sich über mich, um zu sehen, welches Buch es war. Sein warmer Atem, sein Bart, ganz nah. Professor B. in seinem weißen Hemd, seine Schulter nur wenige Zentimeter von meiner. Mein ganzer Körper versteifte sich, und ich sagte nichts. Dann las er leise, aber das einzige Wort, woran ich mich erinnere, ist *Vormundschaft.* Er sagte es langsam, sprach jede Silbe deutlich aus, und ich war sein. Es endete schlecht, wie man so sagt, wer immer «man» ist, aber seine Augen, die mich beim Ausziehen beobachteten – *nein, erst deine Bluse. Jetzt den Rock. Langsam –*, seine langen Finger, die in meine Schamhaare krochen, sich zurückzogen, mich scharfmachten, mich zur Verzweiflung brachten – diese frevelhaften Lüste in der Bibliothek, nachdem sie geschlossen hatte, bewahre ich sicher in meiner Erinnerung.

George ist tot», sagte meine Mutter und presste einen Moment lang den Zeigefinger auf ihren Mund. «Sie wurde heute Morgen im Bad auf dem Fußboden gefunden.»

«Arme George», sagte Regina. Sie schob die Lippen vor. «Ich bezweifle, dass ich es bis hundertzwei schaffe; es ist wirklich außergewöhnlich, wenn man darüber nachdenkt, sogar einen Augenblick lang.»

Dachten Leute einen Augenblick über etwas nach?

«Nicht mit meinem Bein», fuhr sie fort. «Ich hatte von dem, was ich habe, noch nie gehört, weißt du. Der Doktor hat mir gesagt, wenn ich nicht vorsichtig bin, geht es eines Tages direkt in Ihr Gehirn, in Ihre Lunge oder sonst wohin.» Ihre Augen machten einen feuchten Eindruck. «Wenn ich das Coumadin vergesse, dann, tja, ist es vorbei.»

«Sie erzählte Leuten so gern, wie alt sie war.» Abigail stützte ihren buckligen Körper mit einer Hand auf der Tischkante ab. Sie wandte mir den Kopf zu. «Sie wurde es nie leid. Ihre älteste Tochter ist neunundsiebzig.» Sie atmete ein. «Es scheint, als würde jeden Tag eine von uns gehen. Im Augenblick noch lebendig. Im nächsten tot.»

Peg betrachtete ihre Hände auf dem Tisch. Sie waren voller Altersflecken und von dicken, vorstehenden Adern durchzogen. «Sie ist bei ihrem Schöpfer.» Peg hatte einen richtigen Triller in der Stimme, wie das kehlige Gurren einer Taube. «Und bei Alvin», fügte sie hinzu.

«Möge Gott sie vor Alvin bewahren, es sei denn, sie haben den Mann im Himmel neu gemacht», sagte Abigail entschieden. «Der pingeligste kleine Tyrann, den ich je gesehen habe. Seine Stifte mussten immer genau zwei Zentimeter auseinanderliegen, seine Kragen mussten glatt, glatt, glatt gebügelt werden. Das Bett, Gott, das Bett und seine Ecken. George hatte Glück, ihn los zu sein. Hatte siebenundzwanzig gesegnete Jahre ohne diesen kahlköpfigen, gemeinen kleinen Despoten.»

«Abigail, es ist nicht recht, so über Tote zu sprechen», sagte Peg mit ihrem süßen Trällern.

Abigail hörte nicht zu. Sie drückte mir unter dem Tisch einen Zettel in die Hand. Ich nahm ihn und steckte ihn in die Tasche.

Meine Mutter schüttelte den Kopf. «Ich fand es auch nie richtig, Leute nach ihrem Tod in einen Ausbund an Tugend zu verwandeln.»

Ich murmelte etwas Zustimmendes.

«Es ist nicht schlimm, die Dinge optimistisch

zu sehen.» Beim drittletzten Wort hob sich Pegs Stimme um eine ganze Oktave. Sie lächelte.

«Ganz und gar nicht», sagte Regina mit ihrer eigentümlichen Betonung. «Mit meinem Bein muss ich ja optimistisch und hoffnungsvoll bleiben. Was bleibt mir anderes übrig? Wenn da was platzt, ist es aus, dann geht es direkt ins Gehirn oder ins Herz, ein Sekundentod.»

Wir saßen im Spielzimmer um den Bridgetisch. Das Sommerlicht schien durchs Fenster, und ich blickte hinaus auf die Wolken, von denen eine wie ein Rauchring nach oben trieb. Ich hörte einen Trockner irgendwo hinten im Flur Wäsche herumschleudern, und das leise Brummen eines Motorrollers, aber das war alles.

Vier Schwäne.

Mia,
ich habe Ihnen noch mehr zu zeigen.
Würde Ihnen Donnerstag passen?
Grüße
Abigail

Jedes Wort war ein zitterndes, aber sorgfältiges Gekrakel. Ich erinnerte mich an etwas, was meine Mutter einmal gesagt hatte: «Alt werden ist schön. Das einzige Problem ist, dass dein Körper in die Binsen geht.»

Deine Poesie ist hirnrissig», hatte mein anonymer Quälgeist geschrieben. «Niemand kann sie verstehen. Niemand will so eine aufgeblasene Scheiße. Für wen hältst Du Dich?!#* Mr. Niemand»

Ich las die Nachricht mehrmals. Je öfter ich sie las, umso absonderlicher klang sie. Das wiederholte Niemand, gefolgt von dem Pseudonym Niemand, klang, als würde *er*, Niemand, sie verstehen und tatsächlich *aufgeblasene Scheiße* wollen. *Für wen hältst Du Dich?* wurde in diesem Fall zu einer völlig anderen Frage. Sich verschiebende Bedeutungen. Es schien unwahrscheinlich, dass das Phantom ironisch war und einen Metawitz über das neue Diktum für «zugängliche» Gedichte machte oder mit den Worten *aufgeblasene Scheiße* und *hirnrissig* spielte. Außer, es war Leonard, aus der Psychiatrie entlassen, der mich aus irgendeinem absonderlichen, nur ihm bekannten Grund belästigte. Es stimmte ja, dass ich mich jahrelang mit Arbeiten herumgequält hatte, die wenige wollten oder verstanden, dass meine Isolation zunehmend schmerzlicher geworden war und dass ich Boris mit meinen Schimpfkanonaden gegen unsere seichte, minderwertige, erbittert antiintellektuelle Kultur, die Mittelmäßigkeit verehrt und ihre Dichter verachtet, überschüttet hatte. Wo war in New York die Whitman Street? Ich hatte über die Dichter gejammert, die für die wenigen verbliebenen geistigen Normalverbraucher in den Vereinigten Staaten schrieben, welche sich die Mühe machten, einen Blick auf ein oder zwei schwache Zeilen in ihrem *New Yorker* zu werfen und sich daran hochzuziehen, dass sie gerade ein Häppchen anspruchsvollen poetischen Empfindens oder Esprits über Rasen, alte Uhren oder Wein genascht hatten, weil das es schließlich *in* die Zeitschrift geschafft hatte. Ablehnung staut sich auf; nistet sich wie schwarze Galle im Bauch ein, die ausgekotzt zu einer Tirade wird, zum leeren Gerede einer rothaarigen Dichterin gegen die Ignoranten und Insider des Kulturbetriebs, die es versäumt haben, sie anzuerkennen, und der arme Boris hatte mit ihrem/meinem grölenden Geheul gelebt, Boris, dem jeder Konflikt ein Gräuel war, ein Mann, dem die erhobene Stimme, der leidenschaftliche Ausruf wie Sandpapier an der Seele schabten. Paranoia ist auf Ablehnung aus. War ich in den Tagen meiner vollständigen klinischen Gestörtheit nicht paranoid gewesen? *Sie* hatten sich gegen mich verschworen. Jetzt hatten diese Wörter auf dem

Bildschirm, Niemands Wörter, den Platz der anklagenden Stimmen in meinem Kopf übernommen. Alle hassen dich. Du bist nichts. Kein Wunder, dass er dich verlassen hat. Es war, als wüsste Mr. Niemand Bescheid, als wäre ihm klar, wohin er schlagen musste. Ich dachte an George, die am selben Morgen auf dem Badezimmerfußboden gelegen hatte, und die Zukunft wurde plötzlich unermesslich und öde zugleich, und die Zweifel, die ständig nagenden verzerrenden Zweifel, dass meine Gedichte Mist waren, eine Verschwendung, dass ich mich nicht zur Erkenntnis hinaufgelesen hatte, sondern in ein unergründlich tiefes Vergessen, dass ich und nicht Boris an der Pause schuld war, dass mein wirklich großes Werk, Daisy, hinter mir lag – diese Zweifel schienen alle zu stimmen. In der Menopause, verlassen, abgetakelt und vergessen, wie ich war, blieb jetzt nichts mehr für mich übrig. Ich legte den Kopf auf den Schreibtisch, dachte verbittert, dass nicht einmal der mir gehörte, und fing an zu weinen.

Nach einigen Minuten des Schluchzens aus voller Kehle spürte ich jemandes warmen Atem auf meinem Arm und schreckte auf. Flora und Giraffi standen ganz dicht neben mir. Die Augen des Kindes waren gerundet vor Aufmerksamkeit. Ein Teil ihres hellbraunen Haars hing unter der Perücke heraus, und die Haut rund um ihren Mund war von einer unbekannten Substanz rosa gefärbt. Wir sahen uns an. Keine sagte etwas, aber ich spürte, dass sie mich mit den kalten Augen einer Wissenschaftlerin, vielleicht einer Zoologin, beobachtete. Ihr nüchterner Blick nahm das ganze Tier in sich auf, schätzte sein Verhalten ab, und dann, ohne ein Wort, handelte sie. Sie hob Giraffi hoch und streckte sie mir entgegen. Es war keineswegs klar, was sie mit dieser Geste beabsichtigte, also wischte ich mir, statt Giraffi zu nehmen, mit dem Handrücken die Augen ab und tätschelte dem schmuddeligen Geschöpf den Kopf.

Gleich darauf hörte ich Lola laut und dringlich ihre Tochter rufen, ich nahm Floras Hand, was sie problemlos, unbefangen geschehen ließ, und wir gingen in das andere Zimmer, um Lola und Simon (im Buggy) draußen vor der offenen Fliegengittertür zu begrüßen. Ich sah, dass Lola mein Gesicht auffiel; ich habe keine Ahnung, wie es aussah – rot und verschmiert mit Tränen und Wimperntusche vermutlich –, aber ihre Stirn legte sich für einen Sekundenbruchteil mitfühlend in Falten. Die junge Mutter sah in dem Moment recht ungepflegt aus, beinahe schlampig in ihren abgeschnittenen Jeans, dem rosa Neckholder-Top und selbstgebastelten Ohrgehängen; zwei goldene Vogelkäfige hingen an ihren Ohrläppchen. Sie hatte ihr gebleichtes Haar zurückgebunden, und ich bemerkte, dass sie auf der Nase ein wenig sonnenverbrannt war. Ich erinnere mich an diese Details, weil mir auf einmal klarwurde, wie froh ich war, sie zu sehen, und durch dieses Gefühl haben sich mir die Einzelheiten der Begegnung eingeprägt. Inzwischen war es halb sieben am Abend. Pete war wieder einmal weg, und sie wollte versuchen, die Kinder ins Bett zu kriegen, und dann, sagte sie mit einem offenen Lächeln, plane sie, eine Flasche Wein zu köpfen und die Quiche zu essen, die sie am selben Tag gemacht hatte, und sie würde sich sehr freuen, wenn ich mitäße; ich nahm mit einer Begeisterung an, die mir unter fast allen anderen Umständen peinlich gewesen wäre, mir in diesem Fall aber völlig «normal» vorkam. Meine Mutter war in ihrem Lesezirkel und diskutierte bei einer Käseplatte Austens *Emma*, und ich hatte keinerlei Verpflichtungen.

Und so kam es zu dem Abend, an dem wir zusammen das parallele Schlafenlegen in Angriff nahmen. Meinerseits erforderte dies eine komplexe Strategie, den frisch gestillten Simon, der anscheinend Koliken hatte, zu wiegen, zu schaukeln und gelegentlich zu schütteln. Der kleine rote Mann wand sich vor Beschwerden, spuckte Milch auf meine Schulter und entließ dann, nachdem er sich mächtig angestrengt hatte, mit einem einzigen glückseligen Stoß einen Klumpen sahniger gelber Kacke in seine Windel, die ich zufrieden wechselte, während ich seinen winzigen, reizenden Penis und seine erstaunlich dazu passenden Testikel untersuchte und seinen Po in Pampers verpackte, worauf ich einen Schaukelstuhl fand, in dem wir uns niederließen, und den kleinsten Spross der Familie, Schlaflieder singend, in Morpheus' Arme oder vielmehr Schoß wiegte. Unterdessen führte Lola einen parallelen Kampf mit dem plappernden, noch nicht vierjährigen Früchtchen Flora, das auf dem Weg zu dem, was Sir Thomas Browne einst den «Bruder des Todes» nannte, herumtrödelte, -kasperte und -feilschte. Tapfer, oh, so tapfer, kämpfte Flora mit jeder nur möglichen List gegen den Verlust des Bewusstseins an: Gutenachtgeschichten und noch ein Glas Wasser und nur noch ein einziges Lied, bis auch sie, von den Härten des Kampfes erschöpft, zusammenklappte, den Knöchel des zusammengerollten Zeigefingers im Mund, den freien Arm auf der

Bettdecke mit einem großen lila Dinosaurier darin, während Giraffi und sein Genosse, das vom Kopf des schlummernden Kämpen gestohlene wasserstoffblonde Biest, vom Nachttisch aus Wache hielten.

Lola und ich aßen die Quiche und gaben uns im Verlauf der nächsten paar Stunden die Kante. Sie lag auf dem Sofa, die Vogelkäfige im Licht glitzernd, die gebräunten rundlichen Beine ausgestreckt. Ab und zu wackelte sie mit ihren bloßen Füßen, deren Sohlen nicht ganz sauber waren, als wollte sie sich vergewissern, dass sie noch fest an ihren Knöcheln hingen. Spätestens um elf Uhr hatte ich herausgefunden, dass Pete ein Problem war, «auch wenn ich ihn liebe». Lola hatte von meinem Ehefiasko erfahren, und ein oder zwei Tränen waren unsere Nasen hinuntergelaufen. Wir hatten auch über unsere «Problemfälle» gelacht, laut über den ihnen gemeinsamen Hang zu riechenden Socken gegluckst, die, besonders im Winter, von irgendeiner unbekannten männlichen Absonderung steif wurden. Das Mädchen hatte ein gutes Lachen, tief und überraschend, das von irgendwo unterhalb der Lunge zu kommen schien, und eine direkte Art zu sprechen, die mich entzückte. Kein indirekter Diskurs, keine Kierkegaard'schen Ironien für diese Tochter Minnesotas. «Ich wünschte, ich wüsste, was du weißt», sagte sie irgendwann. «Ich hätte fleißiger lernen sollen. Jetzt, mit den Kindern, habe ich keine Zeit mehr.» Darauf murmelte ich irgendeine Binsenweisheit, aber eigentlich war der Inhalt unseres Gesprächs an jenem Abend von geringer Bedeutung. Wichtig war, dass zwischen uns ein Bündnis, eine empfundene Kameradschaft entstanden war, von der wir beide hofften, sie möge weitergehen. Das Unausgesprochene führte an jenem Abend Regie. Als wir uns trennten, umarmten wir uns, und in einem vom Alkohol verstärkten Anfall von Zuneigung nahm ich ihr rundes Gesicht in die Hände und dankte ihr von Herzen für alles.

Die Vergänglichkeit menschlicher Gefühle ist nichts weniger als lachhaft. Bei meinen schwankenden Launen im Verlauf eines einzigen Abends fühlte ich mich, als hätte ich einen Charakter aus Kaugummi. Ich war in die hässlichen Untiefen des Selbstmitleids gefallen, eine Region nur knapp oberhalb der noch abscheulicheren Niederungen der Verzweiflung. Gleich danach hatte ich mich, leicht ablenkbare Gans, die ich bin, auf Gipfeln der Mütterlichkeit wiedergefunden, wo ich beim Hätscheln und Tätscheln des Leih-Homunculus von nebenan praktisch vor Wonne in Verzückung geriet. Ich hatte gut gegessen, zu viel Wein getrunken und eine junge Frau umarmt, die ich kaum kannte. Kurzum, ich hatte mich bestens unterhalten und hatte die feste Absicht, es wieder zu tun.

Es mag keine Überraschung für Sie sein, dass sich unser Gehirn gar nicht so sehr von dem unserer Säugetierverwandten, der Ratten, unterscheidet. Mein eigener Rattenmann hat sein Leben damit verbracht, ein Arten übergreifendes, subkortikal primäraffektives Selbst zu propagieren und unsere gemeinsamen Hirnareale und gemeinsame Neurochemie herauszustellen. Erst in späteren Jahren begann er, diesen Kernpunkt mit dem Rätsel höherer Ebenen von Reflexion, Spiegelung und Selbstbewusstsein bei Affen, Delphinen, Elefanten, Menschen und (seit neuestem) auch Tauben in Zusammenhang zu bringen, Artikel über die verschiedenen Systeme jenes geheimnisvollen Etwas zu publizieren, das wir Selbstsein nennen, seine Erkenntnisse mit Phänomenologie, mit Zitaten des leuchtenden Merleau-Ponty und des dunkleren Edmund Husserl zu bereichern, freundlicherweise zur Verfügung gestellt von SEINER FRAU, die ihn Schritt für Schritt durch die Philosophie führte, wenn nötig bis zu Hegel, Kant und Hume zurückging (obwohl der alte Mann für dergleichen weniger Verwendung hat, er interessiert sich für *Verkörperlichung*, jawohl, für den *Leib,* das *schéma corporel*) und jedes seiner Worte sorgfältig las, peinlich genau Fehler korrigierte und an der

Prosa feilte. Nein, stöhnen Sie, nicht sie, nicht die von der kleinen Gestalt, die mit den roten Locken und dem wohlgeformten Busen! Nicht die Dichterin! Doch, es ist so, ich sage es Ihnen in aller Feierlichkeit. Der große Boris Izcovich hat wiederholt das Gehirn seiner eigenen Frau geplündert, hat ihre Beiträge sogar anerkannt. So? So?, sagen Sie. Ist das denn nicht in Ordnung? Es ist NICHT in Ordnung, weil SIE ihm das nicht glauben. Er ist der Philosophenkönig und *der* Mann der Rattenwissenschaft. Ich frage Sie allerdings, liebe Leser, wie viele Männer ihren Frauen für diesen oder jenen Beitrag gedankt haben, gewöhnlich am Ende einer langen Liste von Kollegen und Stiftungen? «Ohne die unermüdliche Unterstützung und unschätzbare Geduld meiner Frau Muffin Pickle sowie meiner Kinder Jimmy junior und Topsy Pickle wäre dieses Buch nicht geschrieben worden.»

Ohne den beidseitigen präfrontalen Cortex meiner Frau Mia Fredricksen würde es dieses Buch nicht geben.

Diese Phase ist vorbei», sagte meine Mutter, als ich sie nach Männern in ihrem Leben fragte. «Ich will nicht noch einmal für einen Mann sorgen.» Ich stand hinter ihr, als sie dies sagte, massierte ihr den Rücken und sah nur die Linie ihres gerade geschnittenen weißen Haars. «Dein Vater fehlt mir», sagte sie. «Unsere Freundschaft, unsere Gespräche fehlen mir. Er konnte schließlich über vieles sprechen, aber, nein, ich sehe keinen Vorteil darin, mich jetzt noch mal mit jemandem einzulassen. Witwer heiraten wieder, weil es ihr Leben leichter macht. Witwen häufig nicht, weil es ihr Leben schwerer macht. Regina ist eine Ausnahme. Ich vermute, sie braucht Aufmerksamkeit. Sie flirtet mit jedem.»

Während ich meine Finger sanft in ihren Hals drückte, setzte meine Mutter mit nach vorn gebeugtem Kopf das Thema Geschlechterbeziehungen mit einer Geschichte fort: Als sie am Abend zuvor von ihrem Lesezirkel zurückgekommen war, hatte sie zufällig Oscar Busley getroffen, einen der ständig weniger werdenden männlichen Bewohner von Rolling Meadows. Obwohl seine Wanderjahre hinter ihm lagen, hatte sich Oscar seine Beweglichkeit bewahrt und seine persönliche Geschwindigkeit mit Hilfe eines Elektro-Rollstuhls erhöht. Busley war, liebenswürdig plaudernd, neben meiner Mutter den Korridor zu ihrer Wohnung entlanggeschwirrt. Als sie an der Tür ankamen, war sie stehen geblieben, um ihre Schlüssel aus der Handtasche zu holen. Der Mann hatte wohl die Lenkstange des Rollstuhls losgelassen und jäh ausgeholt, denn meine Mutter stellte zu ihrer Überraschung fest, dass Oscar in Höhe ihres Bauches hing. Er umschlang sie fest mit den Armen und schmiegte sein Haupt unter ihre Brüste. Ebenso jäh und mit wahrscheinlich größerer Kraft (sie machte zweimal in der Woche Gewichtheben) hatte sich meine Mutter aus der unwillkommenen Umarmung befreit, schnell ihre Wohnung betreten und die Tür zugeschlagen.

Wir diskutierten kurz über die Enthemmung, die manchmal bei Demenz auftritt. Doch meine Mutter beharrte darauf, dass der Mann «geistig völlig gesund» sei, nur der Rest von ihm müsse im Zaum gehalten werden. Dann setzte sie der Oscar-Busley-Geschichte die Robert-Springer-Story entgegen. Sie hatte in St. Paul an einem Dinner teilgenommen und Springer, einen alten Bekannten meines Vaters aus der Juristerei, getroffen, «ein großer, gutaussehender Mann» mit «schönem, vollem Haar», der mit seiner Gattin

Mrs. Springer da war. Diese völlig gewaltlose Begegnung bestand aus einem Händedruck, der mit einem bedeutsamen Blick einherging. Inzwischen hatte sich meine Mutter, nachdem die Rückenmassage vorbei war, in einem Sessel niedergelassen und saß mir gegenüber. Gleichsam zur Eröffnung drehte sie beide Handflächen nach oben. «Er hielt sie zu lange fest, verstehst du, nur ein kleines bisschen länger, als es sich gehört.»

«Und?», sagte ich.

«Ich bin fast ohnmächtig geworden. Sein Händedruck ging mir durch und durch. Ich bekam weiche Knie. Mia, es war herrlich.»

Ja, dachte ich, die elektrisch aufgeladene Luft.

… heb deine Finger weiß
Und zieh mich aus, berühr mich leis,
Leis am ganzen Leib.

D. H. Lawrence in meinem Kopf. Berühr mich leis.

Das schmale, faltige Gesicht meiner Mutter sah nachdenklich aus. Ihr und mein Geist bewegten sich auf parallelen Wegen. Sie sagte: «Ich mache es mir zum Prinzip, meine Freundinnen zu berühren, weißt du, ein Tätscheln, eine Umarmung. Es ist ein Problem. An einem solchen Ort bekommen viele Leute nicht genug Berührung.»

Die Mädchen waren nicht gut aufgelegt. Es mochte am Wetter liegen. Drinnen war es kühl, aber draußen war der Tag schwül, Sumpfwetter. Alice sah besonders schlapp aus, und ihre großen braunen Augen hatten eine wässrige Glasur. Als ich sie fragte, ob es ihr nicht gutgehe, sagte sie, ihre Allergien würden sie plagen. Sie schnatterten über Facebook, und es fielen die Namen von Jungen: Andrew, Sean, Brandon, Dylan, Zack. Ich hörte mehrmals den Satz «später im Schwimmbad», «Bikinis» und jede Menge Geflüster und Getuschel. Über die prickelnde Aussicht hinaus, Mitglieder des anderen Geschlechts zu treffen, herrschte zwischen ihnen jedoch noch eine zusätzliche Spannung, die nicht ohne Erregung war, aber diese Aufgedrehtheit hatte etwas Unterdrücktes, Gehässiges, was ich so sicher spürte wie die Feuchtigkeit außerhalb des Raums. Besonders Nikki schien völlig daneben zu sein. Sie konnte sich nicht bremsen, bei jeder sich bietenden Gelegenheit albern zu grinsen. Jessies blassblaue Augen waren schwer vor Bedeutsamkeit, und einmal formte sie an Emma gerichtet lautlos ein Wort, aber ich konnte es ihr nicht von den Lippen ablesen. Peyton legte wiederholt den Kopf auf den Tisch, als litte sie an einem plötzlichen Anfall von Schlafsucht. Obwohl Ashleys Miene unergründlich war, hatte ihre stets gerade Haltung etwas zusätzlich Starres, und sie trug binnen einer Stunde dreimal Lipgloss auf ihren ohnehin schon glänzenden Mund auf. Auch Emma schien von irgendeinem unbekannten, nur halb unterdrückten Scherz abgelenkt. Ich hatte den starken Eindruck, dass unter alldem ein Text eingeschrieben war, aber ich schaute auf ein so vielfach beschriebenes Palimpsest, dass nichts lesbar war.

Während des Unterrichts musste ich meine Verärgerung verbergen. Nikkis rundliches Gesicht mit dem glitzernden Lidschatten und der dicken Wimperntusche, das mir zwei Tage zuvor noch so gut gelaunt vorgekommen war, sah jetzt nur noch dämlich aus. Joans kaum sichtbares Grienen und gleichartiges Make-up fielen mir eher auf die Nerven, als dass sie mich amüsierten. Während sie ihre Gedichte über Farbe schrieben, musste ich mir vor Augen führen, dass einige der Mädchen noch keine dreizehn waren – dass ihre Selbstkontrolle begrenzt war und dass der ganze Kurs scheitern würde, wenn ich mich von ihnen abschrecken ließ. Ich wusste auch, dass meine Überempfindlichkeit für die atmosphärischen Zwischentöne um den Tisch herum, zusammen mit meiner eigenen traurigen

Erfahrung in ihrem Alter, meine Wahrnehmung leicht verzerren konnte. Wie oft hatte Boris gesagt: «Mia, du bläst das viel zu sehr auf», und wie oft hatte ich mich dann mit einem schlaffen Ballon zwischen den Lippen gesehen, in den ich hineinblies, worauf er zu einer dicken Birne oder einem langen Wiener Würstchen anschwoll und sich so von einem Ding in ein anderes verwandelte. Nein, in dasselbe Ding, nur dicker: mehr Luft.

Nach einer nicht gänzlich langweiligen Diskussion über Farbe und Gefühl – bitteres, gemeines Grün; tristes, tröstendes oder gewaltiges Blau; scharfes, schreiendes Rot; berstendes Gelb; ausdrucksloses, kaltes Weiß; mürrisches Braun; schauriges, tödliches Schwarz und luftiges, süß schmeckendes Pink – gingen sie davon, und ich, selbsternannte erwachsene Spionin, stand auf der heißen Eingangstreppe des kleinen Gebäudes und schaute zu.

Vor mir entfaltete sich eine Art Tanz, ein rempelndes, lebhaftes Hin und Her von Annäherungen, Rückzügen und verschiedenen Zweier-, Dreier- und Vierergrüppchenbildungen. Nur wenige Meter entfernt, am Ende des kurzen Häuserblocks, konnte ich eine Gruppe von sich ausgelassen gegenseitig schubsenden, schlagenden, stoßenden und zum Stolpern bringenden fünf Jungen sehen und sie rufen hören: «Du Wichser, für wen hältste dich eigentlich?», und: «Nimm deine Hände weg, du Schwuchtel!» Mit einer einzigen Ausnahme, einem großen Jungen in weiten Shorts und einer verkehrt herum auf dem Kopf sitzenden Basecap, waren sie mickrige Liebschaften, viel kleiner als die meisten Mädchen, aber alle fünf – der sie überragende Junge eingeschlossen – waren sie mit etwas beschäftigt, was wie eine tollpatschige, von Testosteron gespeiste Gruppengymnastik aussah. Auch meine sieben waren unterdessen in Performanceform. Nikki, Joan, Emma und Jessie kreischten vor verlegenem Lachen und warfen über die Schulter Blicke auf ihre untersetzten Verehrer. Peytons Schläfrigkeit schien weggeblasen. Ich sah, wie sie sich aggressiv zwischen Nikki und Joan drängte, sich vorbeugte und Nikki irgendeinen Gedanken ins Ohr flüsterte, was bei Nikki auf der Stelle ein weiteres schrilles Kreischen auslöste. Ashley, stocksteif, die Brüste hoch-, aus- und vorgestreckt, schüttelte ihr Haar mit zwei kurzen Bewegungen ihres Halses auf den Rücken, bevor sie auf Alice zuging, um ihr etwas anzuvertrauen. Die lauschte ihr gespannt, und unmittelbar danach sah ich Emma Ashley anblicken. Es war ein funkelnder, spöttischer Blick, aber auch, wie ich mit einem Anflug von Unbehagen bemerkte, ein unterwürfiger.

Während sie in einem lockeren Rudel auf die immer noch lärmenden Wilden an der Ecke zugingen, empfand ich eine Mischung aus Mitleid und Furcht. Mitleid, ganz einfach weil ich mich erinnerte – weder an einen bestimmten Tag noch an einen bestimmten Jungen oder an ein bestimmtes Mädchen, nicht einmal an die bedrückende Phase, als mich Julia und ihre Anhängerinnen ausgestoßen hatten. Vielmehr erinnerte ich mich an jene Zeit im Leben, wo fast alles, was zählt, mit dem Ausdruck «die anderen Jugendlichen» zusammengefasst werden kann, und es kam mir armselig vor. Das mit der Furcht war komplexer. In seinem Tagebuch schreibt Kierkegaard, Furcht sei anziehend, und er hat recht. Furcht ist ein Köder, und ich konnte sein Ziehen spüren, aber wieso? Was hatte ich eigentlich gesehen oder gehört, was diesen leisen, aber eindeutigen Zug in mir erzeugte? Wahrnehmung ist nie passiv. Wir sind nicht nur Empfänger der Welt; wir stellen sie auch aktiv her. An jeder Wahrnehmung ist etwas Halluzinatorisches, und Illusionen sind leicht herzustellen. Selbst Sie, liebe Leser, können von einem reizenden

Neurologen mit ein paar Tricks aus dem Ärmel oder den Taschen seines weißen Kittels leicht davon überzeugt werden, dass ein Gummiarm Ihr eigener Arm ist. Ich musste mich fragen, ob meine Situation, meine ungewollte *Pause* vom «wirklichen» Leben, mein postpsychotischer Zustand mich in einer Art und Weise tangiert hatten, deren ich mir nicht bewusst war und deren Wirkung ich nicht voraussagen konnte.

Und so sahen die zwei anderen Vergnügungen aus, die Abigail mir am Donnerstag offenbarte:

Ein handgestrickter Teewärmer mit Blumenmuster, der, umgestülpt, ein Gobelinfutter aus weiblichen Ungeheuern mit Triefaugen, loderndem Atem, Brüsten mit Speerspitzen und langen, schwertartigen Krallen enthüllte.

Ein mit weißen Weihnachtsbäumen bestickter langer grüner Tischläufer. Wenn man ihn umdrehte und den Reißverschluss aufmachte, zeigte er (von links nach rechts verlaufend) fünf fein wiedergegebene Onanistinnen auf schwarzem Hintergrund. (Onan, der in Ungnade gefallene biblische Charakter, bekam Ärger, weil er seinen Samen auf dem Boden verspritzte, was mich, während ich mir die Reihe der Wollüstigen anschaute, auf die Frage brachte, ob dieser Ausdruck auch für uns, die ohne Samen, aber voller Eier sind, gelten könnte. Wir vergeuden diese Eier natürlich wie verrückt, indem wir sie jeden Monat an Blutungstagen hinausspülen, aber andererseits sind auch die meisten Spermien völlig nutzlos, ein Gedanke, der anderweitig ausführlicher untersucht werden soll.)

Schlanke Nymphe, in Sessel gelehnt, zieht Feder strategisch zwischen ihren gespreizten Beinen hin und her.

Dunkle Lady, auf der Bettkante liegend, Beine in der Luft, beide Hände zwischen in Unordnung geratenen Unterröcken vergraben.

Stämmige Rothaarige rittlings auf einer Trapezstange, Kopf zurückgeworfen, Mund in orgiastischem Außer-sich-Sein geöffnet.

Grinsende Blondine mit Duschkopf – Wasserstrahlen in sauberen Fächerlinien aus blauem Garn gestickt.

Und schließlich eine weißhaarige Frau in einem langen Nachthemd, im Bett liegend, die Hände über dem Stoff auf ihre Genitalien gedrückt. Diese letzte Figur veränderte die Arbeit völlig. Das Spaßhafte der vier jüngeren Feiernden kippte plötzlich ins Ergreifende, und ich dachte an die Einsamkeit masturbatorischer Tröstungen, an meine eigenen einsamen Tröstungen.

Als ich von dem Gobelin mit den sich selbst Lust bereitenden Frauen zu Abigail aufblickte, stellte sie eine zugleich pfiffige und traurige Miene zur Schau. Sie sagte mir, sie habe die Masturbierenden niemandem außer mir gezeigt. Ich fragte, warum nicht. «Zu gewagt», lautete ihre knappe Antwort.

Seltsam, wie schnell ich mich an die eingeknickte Haltung der Frau gewöhnt hatte und wie wenig ich daran dachte, wenn ich mit ihr sprach. Ich stellte jedoch fest, dass ihre Hände stärker zitterten als bei unserer letzten Begegnung. Dreimal wiederholte sie, dass niemand außer mir «den Läufer» gesehen hatte, als wollte sie sich meiner Vertrauenswürdigkeit vergewissern. Ich sagte, ich würde ohne ihre Erlaubnis nie darüber sprechen. Abigails scharfe Augen vermittelten mir den starken Eindruck, dass sie mich nicht aus einer Laune heraus zur Treuhänderin ihres künstlerischen Geheimnisses erwählt hatte. Sie hatte einen Grund, und sie kannte ihn. Dennoch erklärte sie wenig und führte an jenem Nachmittag bei Zitronenkeksen und Tee ein ausuferndes, konturloses Gespräch mit mir, wobei sie von ihrem Besuch in New York im Jahr 1938 und ihrer Liebe zur Frick Collection sprunghaft dazu überleitete, dass sie sechs Jahre alt gewesen war, als die Frauen das Wahlrecht bekamen, und weiter zu dem armseligen Künstlerbedarf, den Kunstlehrer seinerzeit erhielten, und wie sie ihn entweder selbst kaufen oder ihren Schülern vorenthalten musste. Ich hörte ihr geduldig zu, wohl wissend, dass mich trotz der geringen Bedeutung dessen, was sie erzählte, eine Dringlichkeit in ihrem Ton auf meinem Platz festhielt. Nach einer Stunde merkte ich, dass sie müde wurde, und schlug vor, uns auf ein andermal zu vertagen.

Beim Abschied schloss Abigail meine Hände in ihre. Ihr Druck war schwach und zittrig. Dann hob sie meine Hände an den Mund, küsste sie, legte den Kopf zur Seite und drückte ihre Wange fest an meine Handgelenke. Draußen vor der Tür lehnte ich mich an die Flurwand und spürte Tränen aufsteigen, doch hatte ich keine Ahnung, ob sie Abigail oder mir galten.

Ich wusste, dass Pete wieder da war, weil ich ihn hörte. Jetzt, wo ich mich mit Lola angefreundet hatte, machte mir der Lärm mehr aus. Ich saß im Garten auf meinem Stuhl nach einem langen Telefonat mit Daisy, der angehenden Komödiantin mit dem netten, aber übermäßig besitzergreifenden Freund, «der, wenn er nicht arbeitet, jede Minute mit mir zusammen sein will». Sie hatte angerufen, weil sie dringend über diplomatische Fragen sprechen wollte. Sie wollte die beste Art finden, ihm zu sagen: «Ich brauche Raum.» Als ich darauf hinwies, dass der Satz, den sie gerade verwandt hatte, unaufdringlich genug zu sein schien, stöhnte sie: «Er wird ihn *hassen*.» Auch Pete hasste irgendetwas, aber zum Glück hörte sein Gebrüll nach wenigen Minuten auf, und im Haus nebenan wurde es still. Vielleicht hatten die Kampfhähne Gefallen an den wortlosen Stößen und Paraden der Kopulation gefunden. Mein Vater war kein Schreihals gewesen, Boris war auch keiner, aber auch im Schweigen kann Macht liegen, manchmal sogar mehr. Das Schweigen zieht einen in das Geheimnis des Mannes hinein. Was geht dadrin vor? Warum sagst du es mir nicht? Bist du fröhlich, traurig oder zornig? Wir müssen behutsam mit dir umgehen, sehr behutsam. Deine Launen sind unser Wetter, und wir möchten doch, dass es immer sonnig ist. Ich will dir gefallen, Dad, ich will Kunststücke machen und tanzen, Geschichten erzählen, Lieder singen und dich zum Lachen bringen. Ich will, dass du mich, Mia, *siehst. Esse est percipi.* Ich bin. Mit Mama war es so leicht, ihre Hände auf meinem Gesicht, ihr Blick verschränkt mit meinem. Sie konnte auch mit mir schimpfen, wegen meiner Unordnung und meiner chaotischen Art, meiner Heulanfälle und Ausbrüche, und dann tat es mir so leid, und es war leicht, sie zurückzugewinnen. Und mit Bea auch, aber du warst zu weit weg, und ich konnte deine Augen nicht finden, oder wenn ich sie fand, kehrten sie sich nach innen, und an diesem geistigen Himmel wurde es finster. Harold Fredricksen, Rechtsanwalt. Es war ein in der Familie oft erzählter Witz, dass ich mit vier Jahren das Vaterunser folgendermaßen aufsagte: ‹Vater unser, der Du bist im Himmel, Harold werde Dein Name.› Und Boris, ja, Boris auch, Ehemann, Vater – Vater, Ehemann. Eine Wiederholung des Ziehens. Was geht dadrin vor? Warum sagst du es mir nicht? Dein Schweigen zieht mich zu dir hin, aber dann sind Wolken in deinen Augen. Ich will die Festung dieses Blicks schleifen, mich hindurchsprengen, um dich zu finden. Ich bin der kämpfende Geist der Teilnahme. Du aber hast Angst, dass in dich eingebrochen wird; vielleicht hast du auch Angst, gefressen zu werden. Die verführerische Dora, die Glamourmieze-Mutter, beschwert mit den Myriaden von Gesten und Anhängseln der Weiblichkeit, dem Schmollen, Gurren, Wimpernklimpern und Schulterrollen, den Andeutungen und Um-die-Ecke-Methoden, mit denen sie bekommt, was sie will. Ich höre ihre goldenen Armbänder klingeln. Wie sehr sie dich liebte, ihr Bubele, ihr Jungchen, ihren Liebling, aber es war etwas Gefühlsduseliges in dieser Liebe, etwas Theatralisches und Selbstsüchtiges, und du wusstest es, und sobald du groß genug warst, hast du sie auf Abstand gehalten. Stefan wusste es, und er wusste auch, dass er für sie in allem an zweiter Stelle kam. Zwei Jungen mit einem Vater im Himmel. Und so kam es, Boris, dass wir einander unsere Eltern mitbrachten. Auch die Pause wird Vater und Mutter haben, aber ich kann nicht an sie denken. Ich will nicht an sie denken.

Die Präsenz hinter der Tür kam und ging. Sie war da, und dann war sie nicht mehr da. Immer wenn ich sie spürte, überredete ich mich hineinzugehen, benutzte die Vernunft, um das mächtige Gefühl zu übertrumpfen. Ich hielt die Präsenz weiter für eine stumme Version von Mr. Niemand, einem Verrückten, der regelmäßig Botschaften schickte, aber seinen Ton von dem eines gemeinen Belästigers zu dem eines Borderline-Philosophen geändert hatte, weshalb ich wieder Leonard verdächtigte. «Realität ist immateriell, besteht aus Ereignissen, Handlungen, Möglichkeiten. Sieh Dir diese mysteriösen Subjektivitäten an, die die Geisteswelt verändern, den Quanten-Zeno-Effekt! Gib dies an Izcovich weiter, Deinen treulosen Gatten. Dein Niemand.»

Verärgert und bestürzt über die Anspielung auf Boris, gab ich schnell eine Antwort ein und schickte sie ab, was ich sofort bereute: «Wer sind Sie, und was wollen Sie von mir?»

Schon als ich ihn geheiratet habe, wusste ich, dass er schnell aufbraust», sagte Lola am späten Nachmittag, während Simon auf ihrem Schoß döste und Flora in ein kleines türkisblaues Aufblas-Schwimmbecken und wieder heraus sprang. «Aber damals hatte ich noch keine Kinder. Er jagt Flora große Angst ein.» Diese drei Sätze schienen in der heißen Luft zwischen uns zu schweben und machten mich traurig. Ich wollte sagen: *Aber er schlägt doch niemand, oder? Er ist doch nicht gewalttätig?* Doch die in mir aufsteigenden Fragen sanken in mich zurück, und ich sprach die Worte nicht aus. Lola trug einen grünen Badeanzug, dazu eine Sonnenbrille und eine Basecap. Ihr Körper hatte die Prallheit der Schwangerschaft noch nicht ganz verloren, und ihre Brüste waren voller Milch. Sie war ein kräftiges Mädchen, aber wenn ich sie ansah, fand ich sie attraktiv. Vermutlich war es ihre Jugend – ihre glatte Haut, ihre Kurven, ihr faltenloses Gesicht mit den grauen Augen, die ein bisschen platte Nase und der volle Mund – nichts an ihr war vom Alter angegriffen: keine Altersflecken, vorstehenden Adern, Falten oder schlaffe Haut.

«Ich frage mich, ob sie jemals diese Perücke abnehmen wird. Pete kann sie nicht ausstehen. Ich sage ständig: Wen juckt's? Sie hat sie ja nicht in der Kirche auf. Ich glaube, er wollte so ein süßes kleines Ding …» Lola sprach den Satz nicht zu Ende. «Er macht sich Sorgen, dass irgendwas mit ihr nicht in Ordnung ist, Hyperaktivität oder so.»

Flora war damit beschäftigt, Giraffi ein ziemlich unsanftes Bad zu verpassen. Sie kniete in dem Planschbecken, schleuderte sie hoch und runter und sang: «Da, da, Giraffili, buh. Bumba, bumba! Baby, du!» Dann ließ sie Giraffi kopfunter im Wasser treiben und begann ein neues Spiel – stützte sich, nach hinten gelehnt, auf den Ellbogen ab und strampelte fest genug, dass mir das Wasser auf die Beine spritzte. «Schau mal, Mom! Guck mal, Mom! Guck mal, Mia!»

Mein Eindruck von Pete wurde immer schlechter. Was für ein Idiot!

Petes Sohn rekelte sich wach. Er fuchtelte sich mit seinen Fäustchen vor dem Gesicht herum, streckte die Beine und die Wirbelsäule, und als ich ihn dann kurz darauf im Arm hielt, war er vollständig munter, und seine dunklen Augen, wie Kerne, fixierten sich auf meine. Ich streichelte den Flaum auf seinem Kopf, untersuchte seinen schmollenden, grimassierenden Mund. Ich sprach zu ihm, und er antwortete mit leisen Lauten. Nicht lange darauf drehte er sich und fing an, nach Nahrung zu wühlen, und ich verspürte den Schatten einer vertrauten Empfindung in meinen Brüsten, eine körperliche Erinnerung. Ich reichte ihn Lola. Sobald ihr Sohn gemütlich nuckelte, sah sie zu mir herüber und sagte: «Als ich schwanger wurde, wollte er sie zuerst nicht. Die Hochzeit war schon geplant, daran lag es nicht. Es war einfach zu früh für ihn.» Lola lehnte sich auf ihrem Stuhl zurück. «Pete ist ein ängstlicher Mensch. Auch das wusste ich. Er hatte eine ältere Schwester, bei der eine Menge nicht in Ordnung war, als sie auf die Welt kam; sie war richtig zurückgeblieben. Sie mussten sie in ein Heim geben. Sie lernte nie gehen oder sprechen oder sonst was. Mit sieben starb sie. Pete spricht nicht gern darüber.» Lola überprüfte ihren Nagellack. «Ihr Vater hat sie nie besucht, nicht ein einziges Mal. Für seine Mom war das Ganze wirklich schrecklich. Kannst du dir sicher vorstellen.»

Das konnte ich. Ich schaute zu den Wolken auf, ein dichtes Zirrengeflecht, und während ich beobachtete, wie dort oben ein Kopf, von dem lange Haare strömten, ganz langsam von einem dünnen, langgezogenen Hals wegbrach, wurde mir klar, dass mir Pete, der wütende Nichtsnutz, lieber gewesen war als dieser neue Mensch, der junge Mann mit der toten Schwester.

Vielleicht war es die allgemeine Leere des Ausblicks – Mais und Himmel. Vielleicht war es die Hitze, meine stille Verzweiflung oder bloß ein Bedürfnis, die heillos langweilige Gegenwart mit Schwatzen und Schwadronieren auszufüllen, aber als Lola mich nach dem Leben in New York fragte, unterhielt ich sie mit einer Geschichte nach der anderen und lauschte ihrem Lachen. Ich hob das Derbe, das Laszive und das Ausgefallene hervor. Ich verwandelte die Stadt in einen Nonstop-Karneval von Poseuren, Profitmachern und Clowns, deren Reinfälle und Eskapaden für beste Unterhaltung sorgten. Ich erzählte ihr von Charlie und Wayne, zwei Dichtern, die sich im Zuge einer ausgedehnten Saufeskapade fast wegen Ezra Pound in die Haare gerieten, den Streit schließlich aber mit einem prosaischen Pinkelwettstreit auf dem Dach eines Gebäudes in SoHo beilegten. Ich erzählte ihr von Miriam Stalk, der alternden Erbin mit dem großen Geld, den kleinen Brüsten, dem chirurgisch gestrafften Gesicht und den Hermès-Taschen, die ihrem Namen gerecht wurde, indem sie sich an auf ihr Geld erpichte junge Wissenschaftler heranmachte und ihnen süße Wichtigkeiten ins Ohr hauchte: «Wie viel, sagten Sie, würde das Forschungsprojekt kosten, das Sie beantragt haben?» Ich erzählte ihr von meinem Freund Rupert, der auf halbem Weg durch eine Geschlechtsumwandlung innehielt und entschied, zwei in einem sei das Richtige. Ich erzählte ihr von dem achtzigjährigen Milliardär, neben dem ich bei einem Fundraising-Dinner saß, der furzte und stöhnte, furzte und stöhnte, und der während des ganzen Essens nichts tat als furzen und stöhnen, als säße er allein zu Hause auf der Toilette. Ich erzählte ihr von meinem obdachlosen Kumpel Frankie, dessen Kinder, Geschwister, Cousinen, Tanten und Onkel im Rhythmus von zwei pro Woche starben, nachdem sie sich exotische und seltene Krankheiten zugezogen hatten wie Skorbut, Lepra, Dengue-Fieber, Klinefelter-Syndrom, Leptospirose, tödliche familiäre Schlaflosigkeit und die Chagas-Krankheit. Allerdings war Frankies Vorrat an Verwandten so groß, dass er von einer unserer Begegnungen auf der Seventh Avenue zur nächsten die Namen der frisch Verstorbenen vergaß.

Lolas Augen leuchteten vor Vergnügen und Interesse, während sie meinen Kosmopolitengeschichten lauschte, die alle wahr waren, aber dennoch lauter Fiktionen. Unserer Intimität entkleidet und aus erheblichem Abstand gesehen, sind wir alle komische Figuren, lächerliche Clowns und wursteln uns durchs Leben, wobei wir unterwegs hübsche Schlamassel hinterlassen, aber bei näherem Hinsehen wird das Lächerliche schnell vom Schmutzigen oder Tragischen oder einfach Traurigen überblendet. Es spielt keine Rolle, ob man im Provinznest Bonden festsitzt oder über die Champs-Élysées schlendert. Das einfach Traurige an mir war, dass ich bewundert werden, mich als strahlenden Abglanz in Lolas Augen sehen wollte. Ich war nicht anders als Flora. Schau mal, Mommy! Guck mal, wie ich Rad schlage, Dad! Schaut Mia bei ihren Wort- tänzen in Sheri und Allan Burdas von Unkraut überwuchertem Garten mit dem schnell er- schlaffenden Planschbecken zu.

Nachts bekam ich dann eine Nachricht von Boris, der mir mitteilte, dass Roger Dapp aus London zurückkam, was bedeutete, dass er seine befristete Bude verlieren und bei der Pause einziehen würde. Bis auf Weiteres war das *praktisch*. Er wollte, dass ich das wusste. Es war nur *fair*. Ich nahm es wie eine Frau. Ich weinte.

Man mag sich fragen, warum ich Boris überhaupt wollte, einen Mann, der seiner Noch-Ehefrau mitteilt, dass er aus «praktischen» Gründen mit seiner neuen Tussi zusammenzieht, als wäre diese schockierende neue Regelung bloß eine New Yorker Immobiliensache. Ich fragte mich selbst, warum ich ihn wollte. Hätte Boris mich nach zwei oder auch zehn Jahren verlassen, wäre der Schaden erheblich geringer gewesen. Dreißig Jahre sind eine lange Zeit, und eine Ehe bekommt etwas Eingefleischtes, beinahe Inzestuöses, mit einer komplexen Rhythmik von Gefühlen, Gesprächen und Assoziationen. Es war so weit gekommen, dass wir in unseren Köpfen gleichzeitig dasselbe dachten, wenn wir bei einer Dinnerparty eine Geschichte oder Anekdote hörten; es ging nur noch darum, wer von uns den Gedanken zuerst laut aussprechen würde. Auch unsere Erinnerungen hatten sich allmählich vermischt. Boris schwor Stein und Bein, dass er es gewesen war, der auf den Graureiher vor dem Eingang unseres gemieteten Hauses in Maine stieß, und ich bin genauso sicher, dass ich den riesigen Vogel allein sah und ihm davon erzählte. Es gibt keine Antwort auf das Rätsel, keinen Beleg – nur den dünnen, veränderlichen Stoff aus Erinnerung und Imagination. Einer von uns hatte den anderen die Geschichte erzählen hören, hatte sich in seiner oder ihrer Phantasie die Begegnung mit dem Vogel ausgemalt und aus den geistigen Bildern, die mit der gehörten Erzählung einhergingen, eine Erinnerung geschaffen. Innen und außen werden leicht verwechselt. Du und ich. Boris und Mia. Geistige Überlappung.

Ich erzählte meiner Mutter nichts vom neuen Status der Pause. Dadurch würde er wirklich werden, wirklicher, als ich vorerst bereit war zu akzeptieren. Schade, dass ich wirklich bin, hatte Flora gesagt. Sie hatte in das Häuschen klettern und bei ihren Spielsachen wohnen wollen. Schade, dass ich keine Figur in einem Buch oder einem Theaterstück bin, nicht, dass es für die meisten von ihnen so gut liefe, aber dann könnte ich anderswo geschrieben sein. Ich werde mich anderswohin schreiben, dachte ich, werde die Geschichte in einem neuen Licht neu erfinden:

Ohne ihn bin ich besser dran. Hat er in seinem Leben außer Spülen jemals Hausarbeit gemacht? Hat er dich nicht regelmäßig abgestellt, als wärst du ein Radio? Hat er dich nicht unzählige Male mitten im Satz unterbrochen, als wärst du ein wesenloses Nichts, eine Ms. Niemand, bei Tisch gar nicht anwesend? Bist du nicht – in den Worten deiner Mutter – «noch schön»? Bist du nicht noch großer Dinge fähig?

Glück und Unglück der berühmten Mia Fredricksen, die, in Bonden geboren, nach vollendeter Kindheit noch sechzig wechselvolle Jahre durchlebte; dichterische Buhle und Mätresse von Gott und der Welt, dreißig Jahre lang Gespons (eines Naturforschers und Schuftes); erlangte schließlich durch die vielstimmigen Bemühungen ihrer Feder Reichtum und Ruhm, lebte zumeist ehrbar und starb reuelos.

Oder: «Keiner wusste, wer Fredricksen war. Sie ritt im Sommer 2009 in die Ortschaft Bonden ein, eine stille Fremde, die ihren gut geölten Colt in der Satteltasche aufbewahrte, ihn bei Bedarf aber mit tödlicher Wirkung gebrauchen konnte.»

Oder: «Ich erkannte ihren Schritt, der rastlos das Zimmer durchmaß, und häufig zerriss sie die Stille mit einem tiefen Atemzug, der einem Stöhnen glich. Sie murmelte abgerissene Wörter, das Einzige, was ich aufschnappte, war der Name Boris, gepaart mit irgendeinem ungezügelten Kosenamen oder Ausdruck des Leidens und so gesprochen, wie man mit einem Anwesenden sprechen würde – leise und ernst und der Tiefe ihrer Seele abgenötigt.» Mia als Heathcliff – ein schrecklicher, höhnisch grinsender, Geist gewordener Leichnam, der in einer Wohnung in der East 70th Street spukt und in einem fort wiederkehrt, um Izcovich und seine Pause zu quälen.

Die ganze Geschichte findet in meinem Kopf statt, oder? Ich bin philosophisch nicht so naiv zu glauben, man könnte eine empirische Realität DER GESCHICHTE erstellen. Himmelherrgott, wir können uns ja nicht einmal darauf einigen, was wir erinnern. Wir fuhren in einem Taxi, als die zehnjährige Daisy uns von ihren Theaterambitionen kündete. Nein, wir waren in der Subway. Taxi. Subway. Taxi! Das Problem war, dass sich zig Borise IN MEINEM KOPF befanden. Er lief überall herum. Selbst wenn ich ihn leibhaftig nie wieder sehen würde, war Boris als Denkmaschine unvermeidlich. Wie oft hatte er mir die Füße massiert, wenn wir uns zusammen einen Film ansahen, hatte geduldig die Sohlen, die Zehen und das von Arthritisschmerzen gequälte, früher einmal schlimm gebrochene Fußgelenk geknetet und gestreichelt. Wie oft hatte er mit dem Ausdruck eines glücklichen Kindes zu mir aufgeblickt, wenn ich ihm in der Badewanne die Haare gewaschen hatte? Wie oft hatte er mich in die Arme genommen und gewiegt, wenn ein Brief mit einer Ablehnung gekommen war? Auch das war Boris, wissen Sie. Auch das war Boris.

Ich kam ein paar Minuten zu spät zum Kurs. Auf der Treppe hörte ich schallendes Gelächter und das gewohnte, spöttisch gedehnte «O Gooott!». Als ich eintrat, verstummten die Mädchen sofort. Im Näherkommen sah ich, dass aller Augen auf mir ruhten und dass mitten auf dem Pult etwas lag: ein befleckter Bausch. Was war das? Ein blutiges Kleenex.

«Hatte jemand Nasenbluten?»

Stille. Ich sah nacheinander ihre sieben verschlossenen Gesichter an, und ein Spruch, den ich seit meiner Kindheit nicht mehr verwendet hatte, fiel mir ein: *Was'n das'n?* Keine der Nasen sah irgendwie geschädigt aus. Ich hob das verdreckte Papiertaschentuch an einer noch unbenutzten Stelle zwischen Daumen und Zeigefinger hoch und trug es zum Papierkorb. Dann fragte ich, ob mich jemand über «das Geheimnis des blutigen Kleenex» aufklären wollte, während ein geistiges Bild von Nancy Drew in ihrem blauen Roadster vorbeisauste.

«Wir haben es da gefunden, als wir reinkamen», sagte Ashley, «aber es war so ekelhaft, dass keine es anfassen wollte. Der Hausmeister oder sonst wer muss es da hingelegt haben.»

Ich sah Jessie die Lippen zusammenpressen.

«Abstoßend», sagte Emma. «Wie konnte jemand es einfach so liegen lassen?»

Alice starrte unverwandt auf den Tisch.

Nikki warf einen Blick auf den Papierkorb und verzog das Gesicht. «Manche Leute sind einfach nicht sauber.»

Joan nickte eifrig. Peyton sah verlegen aus.

«Es gibt viel schlimmere Dinge als ein Kleenex mit ein bisschen Blut dran. Lasst uns zur wirklichen Aufgabe des Tages kommen: Unsinn.»

Ich war mit Gedichten bewaffnet: Kinderreime, Ogden Nash, Christopher Isherwood, Lewis Carroll, Antonin Artaud, Edward Lear, Gerard Manley Hopkins. Ich hoffte, ihre Aufmerksamkeit vom Unrat auf das Vergnügen am Untergraben von Bedeutung zu lenken. Wir alle schrieben. Die Mädels schienen Spaß zu haben, und ich lobte Peytons «Geschmackvolles Gedicht».

Schlamm dir den Pampen im Munderumm,
Leck im und schleck im und schlung im
dann reim,
Ich stibbe dem Knibben und stibbe dem
Seim,
Dann pluntzt mir die Wumpe, krawumm!

Gegen Ende der Stunde, als Alice ihren eher trau-rigen Nonsens «Alleinige in wilder Wüste …» vorlas, fing Ashley stark an zu husten. Sie ent-schuldigte sich, sagte, sie brauche etwas zu trin-ken, und ging hinaus.

Nach der Stunde stürmten sie alle hinaus, außer Alice, die herumtrödelte. Wenn auch mürrisch, sah sie an dem Tag in einem weißen T-Shirt und Shorts besonders hübsch aus, und ich ging zu ihr und wollte gerade etwas sagen, als ich hinter mir jemanden kommen hörte.

Es stellte sich heraus, dass es Jessies Mutter war, eine rundliche Mittdreißigerin mit ge-styltem, gespraytem dunkelblondem Haar. Ihre Miene setzte mich augenblicklich davon in Kenntnis, dass es um eine Angelegenheit von großer Bedeutung ging. Weder Jessies Mutter noch anscheinend Jessie selbst hatten *meine* Art von Lyrik-Kurs erwartet. Sie war darauf aufmerk-sam geworden, dass ich den Mädchen ein Ge-dicht von, tiefes Atemholen, «D. H. Lawrence» gegeben hatte. Schon der Name des Schriftstel-lers verhieß anscheinend Gefahr für die bisher unbestäubten Blumen Bondens. Als ich erklärte, dass «Die Schlange» ein Gedicht über einen Mann sei, der das Tier aufmerksam beobachte und sich schuldig fühle, es aufgescheucht zu haben, bekam sie fast eine Kiefersperre. «Wir haben unsere Überzeugungen», sagte sie. Die Frau sah nicht dumm aus. Sie sah gefährlich aus. In Bonden konnte sich ein Gerücht, eine Klatschgeschichte, sogar eine glatte Verleumdung mit übernatürlicher Geschwindigkeit verbreiten. Ich beruhigte sie, indem ich meine Hochachtung vor jeglichem Glauben beteuerte – eine glatte Lüge –, und gegen Ende unseres Gesprächs hatte ich das Gefühl, sie beschwichtigt zu haben. Einen Satz habe ich jedoch behalten: «Gott missbilligt das, sage ich Ihnen. Er missbilligt es.» Ich sah ihn, Mrs. Lorquats eigenen Gottvater, den Himmel füllen, ein glattrasierter Bursche in Anzug und Krawatte, mit zusammengezogenen Augenbrauen, unerbittlich streng, ein völlig humorloser Liebhaber der Mittelmäßigkeit. Gott als Inbegriff des amerikanischen Kritikers.

Als ich nach Alice ausschaute, war sie verschwunden.

Ich gestehe jetzt, dass ich mit Mr. Niemand schon eine Korrespondenz aufgenommen hatte. Als Antwort auf meine Frage, wer er sei und was er wolle, hatte er geschrieben: «Ich bin irgendeine Deiner Stimmen, such sie Dir aus, eine Orakelstimme, eine Plebejerstimme, eine Redner-für-die-Ewigkeit-Stimme, eine Jungenstimme, eine Mädchenstimme, ein Bellen, ein Heulen, ein Zwitschern. Verletzend, zärtlich, wütend, lieb, bin ich die Stimme aus dem Nirgendwo, die gekommen ist, zu Dir zu sprechen.»

Getrieben von meiner Einsamkeit, einer besonderen Art von schmerzhafter geistiger Einsamkeit, fiel ich darauf herein. Boris war mein Mann gewesen, aber auch mein Gesprächspartner. Wir lernten voneinander, und ohne ihn hatte ich niemanden mehr, mit dem ich verbal tanzen konnte. Ich schrieb Dichterfreunden, aber die meisten waren genauso in die Welt der Dichtung eingesperrt, wie die meisten von Boris' Kollegen im Elfenbeinturm der Neuronen lebten. Dieser Niemand war geistig rege und beweglich. Er sprang, ohne Luft zu holen, von Leibniz' Monadologie über Heisenberg und Bohr in Kopenhagen zu Wallace Stevens, und trotz seiner Überdrehtheit fühlte ich mich gut unterhalten und schrieb zurück, überfiel ihn mit

Widerspruch und ausufernden Argumenten. Er war ein knallharter Antimaterialist, so viel las ich heraus. Er spuckte auf Physikalisten wie Daniel Dennett und Patricia Churchland und warb für eine post-Newton'sche Welt, die die Substanz im Staub hinter sich gelassen hatte. Als intellektueller Allesfresser, der sich an die Grenzen seines eigenen rotierenden Geistes gedrängt zu haben schien, war er zwar nicht ganz bei Trost, aber er unterhielt mich gut. Wenn ich ihm schrieb, sah ich immer ein Bild von Leonard vor mir. Die meisten von uns brauchen schließlich ein Bild, einen Jemand, den sie sehen, und so kam es, dass ich Mr. Niemand ein Gesicht gab.

In jener Nacht träumte mir, ich erwachte in dem Schlafzimmer mit dem Buddha auf dem Schrank, in dem ich schlief. Ich stand auf, und obwohl das Licht schwach war, bemerkte ich, dass die Wände nass waren und glänzten. Ich berührte die feuchte Oberfläche mit den Fingern, steckte sie in den Mund und schmeckte Blut. Dann hörte ich im Zimmer nebenan ein Kind schreien. Ich stürzte hinein, sah ein Bündel weißer Lumpen auf dem Boden und zog daran, um die Stoffe zu entwirren und das Kind freizulegen, doch alles, was ich fand, waren noch mehr Hüllen. Ich wachte schwer atmend auf. Ich wachte in dem Zimmer auf, in dem der Traum angefangen hatte, aber die Geschichte hörte nicht auf. Ich hörte Schreien. Schlief ich etwa noch? Nein. Mein Herz raste, als mir klarwurde, dass das Geräusch von nebenan kam. O Gott, dachte ich, Pete. Ich warf einen Morgenmantel über und hastete durch den Garten. Ohne anzuklopfen oder zu klingeln, stürzte ich hinein.

Da war eine Flora ohne Perücke, mit entblößten braunen Locken, die auf dem Wohnzimmerboden lag und gellend schrie. Ihr Gesichtchen war blaurot vor Wut, und über ihre erhitzten Backen strömten Tränen und Rotz, während sie mit den Hacken gegen einen Stuhl trat und mit den Fäusten auf den Boden schlug. Von Simon oben im Schlafzimmer kam stoßweise verzweifeltes Heulen, und vor mir stand Ashley. Nur ungefähr einen halben Meter von Flora entfernt, schaute sie mit ausdruckslosen, stumpfen Augen auf das Kind hinunter, und ich sah ihren Mund ein einziges Mal zucken. Als ihr klarwurde, dass jemand hereingekommen war, und sie mich im gleichen Moment erkannte, wurde ich Zeuge der augenblicklichen Verwandlung ihrer Miene zu sorgenvoll und hilflos. Ich schnappte mir Flora, nahm sie in den Arm und drückte sie eng an mich. Der Anfall hörte nicht auf, aber ich redete auf sie ein. «Ich bin's, Mia. Was ist denn passiert?» Da merkte ich, dass sie schrie: «Ich will meine Haare! Haare!»

«Wo ist ihre Perücke?»

Ashley sah mich an. «Ich hab sie weggeschmissen. Sie war eklig.»

«Hol sie auf der Stelle her!», knurrte ich sie an.

Flora hörte auf, sich zu winden, sobald ihre «Haare» wieder an ihrem Platz waren, und mit dem schniefenden Kind auf dem Arm ging ich ins Schlafzimmer hinauf, um Simon zu retten. Da ich Flora absetzen musste, um Simon hochzunehmen, wies ich sie an, mein Bein zu umarmen. Der kleine Babykörper krümmte sich vor Schluchzen. Ich hob ihn aus dem Bett und begann ihn zu wiegen, bis er sich beruhigte. Jetzt ein einziger dreiköpfiger Körper, tapsten wir langsam die Treppe hinunter ins Wohnzimmer.

Der Mensch, den ich gesehen hatte, als ich kam, war verschwunden. An seiner Stelle war da jene Ashley, die ich aus dem Kurs kannte, ein Mensch, der erleichtert über mein Eingreifen war, ein überforderter Mensch, ein Mensch, der nicht gewusst hatte, was er tun sollte, als Flora sich Erdnussbutter in die Perücke geschmiert hatte, ein Mensch, der versucht hatte, Simon aus seinem Bettchen zu nehmen, aber Angst gehabt hatte, Flora allein zu lassen. Es war alles völlig logisch. Waren Lola und Pete von allen guten Geistern verlassen, einer Dreizehnjährigen zwei Kinder unter vier Jahren anzuvertrauen? Ich ließ mich auf keine Debatte mit ihr ein. Ich sagte ihr, ich verstände. Was hätte ich sonst sagen sollen? Als ich reinkam, habe ich etwas an dir gesehen, was mich schockiert hat? Ich habe es dir an den Augen, am Mund abgelesen? Solche Einblicke zählen nicht im sozialen Diskurs; sie mögen wahr sein, doch sie auszusprechen wirkt gestört. Nachdem ich es uns dreien auf dem Sofa bequem gemacht hatte, bat ich Ashley,

Simons Fläschchen zu holen, und schickte sie nach Hause.

Beide Kinder waren erschöpft. Simon sank nach dem Füttern in sich zusammen, seine zur Faust geballte winzige Hand an mein Schlüsselbein gepresst. Flora fand etwas tiefer an meinem Körper eine Anschmiegstelle und legte ihren Kopf auf meinen Schoß. Wir schliefen ein.

Ich erwachte von Lolas Berührung. Ihre Hand fuhr über meine Stirn in mein Haar. Ich hörte Schritte in der vorderen Diele, der tyrannische oder zu bemitleidende Pete (je nach meiner Laune), und spürte, wie Lola mir Simon aus den Armen nahm. Sie roch nach Alkohol, und ihre Augen hatten einen wässrigen, sentimentalen Blick. Ich gab ihr eine kurze Zusammenfassung. Sie lächelte nur, meine Madonna vom Einfamilienhaus in ihrem tief ausgeschnittenen Glitzertop, ihren engen Jeans und ihren goldenen Ohrringen – zwei Eiffeltürmen, die leicht schaukelten, als sie auf mich heruntersah.

Dr. S. und ich führten ein ausführliches Gespräch über Boris' Wohnarrangement, in dessen Verlauf ich einen kleinen Eimer voll Tränen vergoss, und dann erzählte ich ihr von dem blutigen Kleenex, von Alice' Flucht, Mrs. Lorquats Beschwerde und Ashleys Gesicht. Ich gebrauchte den Satz: «Ich spüre, dass sich etwas zusammenbraut», und sah Hexen an ihrem Sabbat Kröten dünsten. Dr. S. war auch der Meinung, dass die Mädchen möglicherweise in Beliebtheitskämpfe verwickelt waren, dass sie aber keinen Hinweis auf irgendetwas Unheimlicheres erkennen konnte. Mein Bluttraum interessierte sie mehr. Perioden. Die Veränderung. Keine Kinder mehr. Die Babys nebenan. Es gibt eine sehnsüchtige Traurigkeit, wenn die Fruchtbarkeit endet, ein Sehnen, nicht danach, zu den Tagen des Blutens zurückzukehren, aber ein Sehnen nach der Wiederholung an sich, nach dem stetigen monatlichen Rhythmus, nach dem unsichtbaren Ziehen des Mondes, dem du einst gehörtest: Diana, Ischtar, Mardoll, Artemis, Luna, Albion, Galata – zu- und abnehmend. Jungfrau, Mutter, altes Weib.

Im Unterricht ertappte ich mich dabei, wie ich Ashleys Gesicht nach irgendeinem Anzeichen des erschreckenden Babysitters absuchte, aber es gab keine Spur von ihm. Die anderen Mädchen waren etwas zurückhaltend, merkte ich, aber kooperativ, und ich musste keine Handys beschlagnahmen. Und Alice, Alice sah glücklich aus, mehr als glücklich, geradezu freudig erregt. Ich hatte sie noch nie so strahlen sehen. Ihre Augen leuchteten, und das Gedicht, das sie schrieb, hatte einen poppigen Tonfall, den ich bei ihr niemals vermutet hätte: «Heute knalle ich meine Gedanken heraus / Singe auf einem Kometen / Schreie in den Wolken / Tanze auf der Sonne.» Da ist etwas geschehen, dachte ich. Alice ging, wie so oft, als Letzte. Sie stand an ihrem Tisch, packte sorgfältig Heft und Stifte in die Tasche und summte einige Töne einer unkenntlichen Melodie.

«Du hast ja gute Laune.»

Sie blickte auf und lächelte; einen Moment lang blitzten ihre Brackets im Licht vom Fenster silbrig auf.

«Gibt es gute Neuigkeiten?»

Alice nickte.

Ich sah ihr junges Gesicht ermutigend an.

«Sie finden es vielleicht albern», sagte sie.

«Aber ich habe eine E-Mail bekommen, eine nette E-Mail von einem Jungen, den ich gern mag.»

«Das ist doch nicht albern», sagte ich. «Ich erinnere mich. Ich erinnere mich, wie schön das war.»

Als wir zur Tür gingen, sagte ich ihr, sie solle weiter schreiben. Sie lachte. Es war womöglich das erste Mal, dass ich sie lachen hörte. Draußen sprang sie die Stufen hinunter, drehte sich zu mir um, winkte und lief davon. Ein Stück weiter wurde sie langsamer, aber an ihrem hüpfenden Gang konnte man ihre Freude weiterhin erkennen.

Der Titel, *Überredung*, war ein Denkanstoß für mich. Meine Mutter las das Buch für das nächste Treffen ihres Lesezirkels mit den anderen Schwänen, und sie hatten mich, Mia, die Frau Doktor, eingeladen, einige einführende Worte zu sprechen. Eine Geschichte von aufgeschobener Liebe, gefundener Liebe, verlorener und wiedergefundener Liebe. Austens Heldin wird dazu überredet, IHN aufzugeben. Überredung: beeinflussen, einflößen, bewegen, einreden, einblasen, einimpfen, einflüstern, bedrängen, überzeugen, das Werk von Worten, meistens Worten, die Schwächen, wunde Punkte ausnutzen. Honigsüße Zungen wedeln, wenn Männer Frauen umschmeicheln, damit sie ihre Schenkel öffnen, das geschmeidige Palaver, das weiblichen Widerstand niederreißt. Gewiefte Frauen drängen Männer zu diesem oder jenem Verbrechen; die kühle Verführerin des Kinos mit einem winzig kleinen Revolver mit Perlmuttergriff in der Handtasche. In *Sein Mädchen für besondere Fälle* wirft die schnell sprechende Rosalind Russell Cary Grant Sprüche an den Kopf. Liebe als verbaler Krieg. Scheherazade redet und redet und lebt noch eine Nacht weiter. Die Troubadoure schmalzen und balzen um die Gunst einer Dame. Ich werde sie mit Worten und Musik erringen. Ich werde die menschliche Anatomie in Rosen und Sterne und Meere verwandeln. Ich werde den Körper der Angebeteten in Metaphern zerlegen. Ich werde ihr Artigkeiten sagen. Ich werde sie mit Esprit locken. «Hätten wir Welt genug und Zeit …» Ich werde Geschichten erzählen. Ich werde noch eine Nacht weiterleben. Komödien enden mit der Hochzeit, Tragödien mit dem Tod. Ansonsten sind sie nicht so verschieden. Scheherazade bekommt den Mann, der sie töten wollte, aber inzwischen ist er liebesblöde. Anne Elliot bekommt Captain Wentworth. Er lässt sich schnell einwickeln. Was zählt, ist das Zurückbekommen und das Heiraten, aber im Geiste, weiß Austen, waren sie schon vorher vermählt und litten sechs lange Jahre unter der Leere der Trennung. Diese Geschichte hier von Mia und Boris beginnt tief in einer Ehe, nach Jahren mit Sex und Reden und Streiten. Wenn es eine Komödie werden soll, muss sie in Stanley Cavells Gebiet fallen, die Komödien der Wiederholung, der Schon-verheiratet-Gewesenen, die wieder zusammenkommen. Der Philosoph bietet uns eine pointierte Parenthese: «(Können sich Menschen ändern? Der Humor und das Traurige an Wiederheirats-Komödien mögen sich aus der

Tatsache ergeben, dass wir keine gute Antwort auf diese Frage haben.)»

Die Eleaten glaubten nicht an Veränderung, an Bewegung. Wann hört ein Ding auf, es selbst zu sein und ein anderes zu werden? Diogenes geht schweigend auf und ab.

Können wir uns verändern und dieselben bleiben? Ich erinnere mich. Ich wiederhole.

Lieber Boris,

ich denke an Dich, wie Du in der Badewanne eine Zigarre rauchst. Ich denke an
den Tag in Berkeley, als Dein Reißverschluss kaputtging; es war Sommer, und
Du hattest keine Boxershorts an und muss-
test einen Vortrag halten, also zogst Du
Dein Hemd aus der Hose und hofftest,
dass kein Luftzug kommen und Sidney den
dreihundert oder mehr Zuhörern enthüllen
würde, und ich denke an die Zeit und an
Zerwürfnisse und Pausen und daran, dass
Du mich manchmal Rote, Wuschelkopf und
Feuerkopf nanntest, und ich nannte Dich
Ollie, nachdem Dein Bauch ein bisschen
rund geworden war, und Izcovich-ohne-
Stich im Bett, und das ist alles, außer dass
Bonden nicht so schlimm ist, wenn auch ein
bisschen träge und verschlafen. Ich warte auf
den Besuch von Bea und dann Daisy, und
Mama ist lieb, und ich habe auch an Stefan
gedacht, aber an die hellen Tage, an unser
Lachen, die drei Musketiere in der alten
Wohnung am Tompkins Place, und das
war's eigentlich schon.
In Liebe,
Mia

Dr. S. sprach mit mir über magisches Denken. Sie hatte recht. Wir können unsere Welt nicht herbeiwünschen. Vieles hängt vom Glück ab, von dem, was wir nicht kontrollieren können, von anderen. Aber sie sagte nicht, Boris zu schreiben sei eine schlechte Idee. Andererseits urteilte sie nie über irgendetwas. Das war *ihre* Magie.

Lola hat mir Ohrgehänge mitgebracht, zwei Miniatur-Chrysler-Buildings. Ich hatte ihr erzählt, dass das Chrysler mein Lieblingsgebäude in New York sei, und sie hatte es zweimal aus zartem Golddraht gestaltet. Als ich die Ohrgehänge hochhielt, konnte ich nicht umhin, an jene Gebäude in der Stadt zu denken, die als Paar, als Zwillinge dagestanden hatten, und ein Gefühl der Trauer brachte mich einen Moment zum Schweigen, doch dann dankte ich ihr begeistert, probierte die Ohrgehänge an, und sie lächelte. Als ich ihr Lächeln sah, ging mir auf, wie ruhig sie war, wie gelassen, durch nichts aus der Fassung zu bringen, und dass diese an Trägheit grenzenden, miteinander verwandten Eigenschaften es waren, die mich zu ihr hinzogen. Wahrscheinlich lief der Diskurs in ihrem Kopf ebenso beschaulich ab. Mein eigener Kopf war ein multilogisches Lagerhaus, der *flux de mots* von Myriaden von Querdenkern, die miteinander stritten, diskutierten, einander in ätzenden Debatten filetierten und am Ende wieder von vorn anfingen. Manchmal machte mich dieses innere Geschwätz völlig fertig. Dabei war Lola nicht langweilig. Ich hatte Leute getroffen, die mich zu Tode langweilten, weil ihnen jede Befähigung zu innerer Einrede und Reflexion entzogen zu sein schien (die SELBSTGEFÄLLIGEN DUMMEN), und andere, die, wie groß ihre innere Kapazität für komplexes Denken auch sein mochte, in einem unzugänglichen Gehäuse lebten, immun gegen Dialoge (die INTELLIGENTEN, ABER TOTEN). Lola gehörte zu keinem der beiden Lager, und obwohl ihre Äußerungen weder originell noch witzig waren, spürte ich in ihrem Körper eine Klugheit, die in ihrem sprachlichen Ausdruck nicht zum Zuge kam. Kleine Veränderungen in ihrer Mimik, eine langsame Bewegung ihrer Finger oder eine neue Spannung in ihren Schultern, wenn ich mit ihr sprach, machten mir bewusst, wie intensiv sie zuhörte, und sie schien sogar zuhören zu können, während sie Floras Shorts zurechtzog oder Simon ein frisches Lätzchen umband. Ich vermute, sie wusste, ohne es sich selbst zu sagen, dass ich sie bewunderte.

Dass sie mir die Chrysler Buildings schenkte, passierte an einem Sonnabend, wenn ich mich nicht irre, und ich irre mich oft mit Tagen und Daten, aber soweit ich mich erinnere, schlief Simon ordentlich angeschnallt in einem Sportkinderwagen, und Floras Perücke war nicht auf ihrem Kopf. Zuerst hielt sie sie fest in den Armen, danach lutschte sie an einem dicken

Bündel Strähnen, wobei sie tief über ein nur ihr geläufiges Thema nachdachte, und einmal ließ sie sie ganz fahren und lief ins Schlafzimmer, um den Buddha des Professors zu untersuchen. Alle drei sahen außergewöhnlich sauber und ordentlich aus. Sie wollten Lolas Eltern in White Bear Lake besuchen. Als ich die Outfits der Kinder bewunderte, seufzte Lola und sagte: «Wenn es nur so bliebe. Ich kann dir gar nicht sagen, wie oft wir dort ankommen, und Flora hat Traubensaft verschüttet, oder Simon hat gespuckt, und ich bin verschmiert. Ich habe noch saubere Sachen für sie im Auto.»

Am selben Tag stellte Flora mir Moki vor. Als sie mir von ihm erzählte, schaukelte sie vor und zurück, schob die Unterlippe vor, spitzte den Mund, ließ den Kopf kreiseln und atmete zwischen den Sätzen heftig ein und aus.

«Er war heute böse. Zu laut. Zu laut. Und hüpfig.»

«Hüpfig?»

Mit vor Aufregung leuchtenden Augen grinste Flora mich an. «Er ist auf das Haus gehüpft. Und dann ist er geflogen.»

«Kann er denn fliegen?»

Sie nickte eifrig: «Aber nicht so schnell. Er ist so langsam gefliegt.» Sie zeigte es mir, indem sie Beine und Arme bewegte, als schwimme sie in der Luft.

Sie kam ganz nah an mich heran und sagte: «Er ist an die Decke gesprungen und ins Fenster und aufs Auto!»

«Toll!», sagte ich.

Sie quasselte weiter über ihn, und ihre Mutter lächelte. Sie mussten auf Moki warten, weil er trödelte. Moki liebte Kekse mit Schokosplittern, Bananen und Limonade, und er hatte schöne lange blonde Haare. Stark war er und konnte schwere Sachen heben, «sogar Laster!».

Moki war lebendig. Nachdem sie abgefahren waren, dachte ich eine Weile über das Imaginäre und das Reale nach, über Wunscherfüllung, über Phantasie, über Geschichten, die wir uns über uns erzählen. Das Fiktive ist, wie sich zeigt, ein weites Feld mit unbestimmten Grenzen, und es ist höchst ungewiss, wo es anfängt und endet. Wir zeichnen Einbildungen mittels kollektiver Übereinkunft auf. Von dem Mann, der glaubt, er sende giftige Strahlen aus, von denen jedoch kein Mensch um ihn herum im Mindesten betroffen zu sein scheint, kann mit Sicherheit gesagt werden, dass er an irgendetwas Pathologischem leidet, und wir können ihn in die geschlossene Abteilung einweisen. Doch sagen wir mal, die Phantasie desselben Mannes wäre so lebhaft, dass sie sich auf seinen Nachbarn überträgt, der an Kopfschmerzen und Brechanfällen zu leiden beginnt, und dass daraus eine ansteckende Hysterie entsteht – die ganze Stadt ist am Würgen –, ist daran nicht etwas ZWEIDEUTIGES? Das Erbrechen ist real. Ich dachte an die wild um sich schlagenden und sich selbst verletzenden rasenden Frauen im Kirchhof von Saint Médard, an ihre grausigen Delirien und Konvulsionen, ihre abscheulichen Lüste, ihre herrliche Subversion von ALLEM. Und was dachte ich in meiner Verrücktheit? Ich dachte, Boris wäre gemeinsam mit «ihnen» gegen mich, und das war in der Tat eine Wahnvorstellung. Und doch, war es nicht auch ein Aufheulen dagegen, wie die Dinge für mich stehen, ein *cri de cœur*, richtig GESEHEN zu werden und nicht begraben zu sein unter den Klischees und Illusionen der Gelüste anderer, bis zum Hals eingegraben wie Becketts arme Winnie. Beckett wusste Bescheid. Haben *sie* mich nicht mit meinem geheimen Einverständnis verzerrt? Ibsens Nora tanzt Tarantella, aber sie ist außer Kontrolle geraten. Sie ist zu stürmisch. Abigail versteckt ihren Staubsauger, der die Stadt aufsaugt. Er ist zu wild. Ich kann an den Augenbrauen meines Vaters sehen, dass es nicht recht ist, am Mund meiner Mutter, dass es unpassend ist, an Boris' Stirnrunzeln, dass ich zu laut bin – zu forsch. Ich bin zu wild. Ich bin Moki. Ich hüpfe auf das Haus, aber ich kann nicht fliegen.

Ich glaube ja, dass Du an jenem
23. März 1998 die Einzige warst,
die Sidney gesehen hat.
Boris

Ich lächelte, als ich das las. Natürlich kannte er das Datum. Sein Gehirn ist ein gottverdammter Kalender. Ich war froh, dass er sich daran erinnerte, wie ich durch das unreißverschlossene Tor über den kleinen Soldaten hergefallen war, der strammstand, sobald ich das Kommando gab. O Sidney, was hast du da jetzt angerichtet? Warum hast du dich unerlaubt von der Truppe entfernt, alter Freund? Klar, besonders helle warst du nie. Wie alle deine Brüder hast du zu wenig mehr als einem stupiden Werkzeug des Alligatorhirns deines Eigentümers gedient. Trotzdem kann ich nicht umhin, mich zu fragen, weshalb jetzt, mein alter Kumpel?

Bald, sagen Sie, werden wir an einen Pass oder eine Weggabelung kommen. Dort ist dann ACTION. Dort ist mehr als die Personifizierung eines sehr geschätzten, alternden Penis, mehr als Mias ausschweifende Exkurse über dieses oder jenes, mehr als Präsenzen und Niemande und erfundene Freunde oder Tote oder Pausen oder abwesende Männer, Herrgott noch mal, und eine dieser alten Damen oder Mädchen-Dichterinnen oder die sanfte junge Nachbarin oder die fast vier Jahre alte Version von Harpo Marx oder sogar der winzige Simon wird etwas TUN. Und ich verspreche Ihnen, sie werden es. Da köchelt etwas, o ja, da köchelt ein Hexeneintopf. Ich weiß es, weil ich es erlebt habe. Aber bevor ich darauf zu sprechen komme, möchte ich Ihnen, dem freundlichen Menschen da draußen, sagen, dass, wenn Sie jetzt hier bei mir auf dieser Seite sind, ich meine, wenn Sie bis zu diesem Absatz gekommen sind, wenn Sie nicht aufgegeben haben und mich, Mia, nicht im hohen Bogen durchs Zimmer geworfen haben, oder, selbst wenn, Sie sich dennoch fragen, ob nicht bald etwas passiert, und wenn Sie mich wieder aufheben und weiterlesen, dann möchte ich die Hände nach Ihnen ausstrecken und Ihr Gesicht in beide Hände nehmen und es mit Küssen bedecken, Küsse auf Ihre Wangen und Ihr Kinn und über Ihre ganze Stirn und einen auf den Rücken Ihrer (jeweils unterschiedlich geformten) Nase, weil ich die Ihre bin, ganz die Ihre.

Ich wollte nur, dass Sie das wissen.

Alice kam nicht zum Unterricht. Es waren nur sechs, und als ich fragte, ob eine von ihnen wisse, ob Alice krank sei, sagte Ashley von sich aus, es könne eine Allergie sein; Alice sei gegen alles Mögliche allergisch, und ein Kichern breitete sich unter ihnen aus, eine kleine Humor-Epidemie, was mir Gelegenheit gab zu fragen: «Sind Allergien witzig?»

Die Mädchen verstummten, und so stürzten wir uns auf Stevens und Roethke und auf die Frage, was es bedeutet, sich etwas, irgendetwas wirklich anzusehen, und wie das Ding nach einer Weile immer befremdlicher wird, und ich machte sie zu lauter Phänomenologinnen und ließ sie Stifte, Radiergummis, meine Packung Kleenex und ein Handy ansehen, und wir schrieben über das Sehen und über Dinge und Licht.

Nach dem Kurs warteten Ashley, Emma, Nikki und Nikkis Schatten Joan mit der Nachricht auf, Alice sei in letzter Zeit etwas «seltsam» gewesen und habe «gestern erst eine Szene gemacht, weil sie keinen Spaß vertragen» könne. Als ich fragte, was für ein Spaß das gewesen sei, schaute Peyton belämmert drein und wandte den Blick ab. Jessie sagte mit ihrer hohen, dünnen Stimme, ich müsste mittlerweile doch wissen, dass Alice «irgendwie anders» sei.

Ich lavierte mich mit der Bemerkung durch, dass Alice eben Alice sei und dass mir keine beunruhigenden Unterschiede besonders aufgefallen seien, wir alle hätten unsere Eigenarten. Ich äußerte vorsichtig, dass sie in der letzten Stunde «gut gelaunt» gewirkt (ohne zu erkennen zu geben, dass ich wusste, warum) und ein amüsantes Gedicht geschrieben habe, daher sei ich überrascht, dass sie keinen Spaß vertragen könne.

Ashley lutschte ein Pfefferminz oder ein anderes Bonbon, und ich sah ihrem Mund zu, der sich bewegte, als sie den Drops mit nachdenklichem Blick darin herumschob. «Na ja, sie nimmt Pillen gegen irgendwas mit ihrer Stimmung, wissen Sie, weil sie ein bisschen …» Ashley ließ den Finger vor der Stirn kreisen.

«Das wusste ich gar nicht», sagte Peyton laut.

«Willst du damit sagen, sie hat ADHS?», sagte Nikki.

«Sie hat nicht gesagt, wie es heißt; es ist irgendwas …», sagte Ashley mit umflortem Blick.

«Die halbe Schule nimmt doch irgendwelches Zeug, Ritalin oder so», verkündete Peyton. «Das ist nichts Besonderes.»

Ich sah, wie Emma Peyton einen harten, tadelnden Blick zuwarf. Subtilität war nicht Emmas Sache.

Die Aufklärung darüber, was mit Alice los war, kam nicht voran. Ich lächelte die um mich versammelte kleine Gruppe an und sagte sehr langsam: «Vielleicht könnt ihr es nur schwer glauben, aber ich war auch einmal jung, und mehr noch, ich *erinnere* mich daran. Ich erinnere mich sogar daran, wie ich genau in eurem Alter war, und ich erinnere mich auch an solche *Späße*.» Es war ein filmischer Moment, und ich war mir dessen vollkommen bewusst. Ich tat mein Bestes, meinen allwissendsten, autoritären Ausdruck der von ihren Schülerinnen geliebten guten Lehrerin aufzusetzen, eine Kreuzung zwischen Mr. Chips und Miss Jean Brodie, und dann klappte ich Theodore Roethke zu, stand auf und ging ab. Im Film würde jetzt die Kamera meinem Rücken bis zur Tür folgen, während meine High Heels – in Wirklichkeit Sandalen – flott über die Dielen klappern, und dann bleibe ich stehen, nur einen Augenblick, drehe mich um und werfe einen Blick über die Schulter zurück. Die Kamera ist jetzt nah. Nur mein Gesicht ist sichtbar, und auf der Leinwand ist es riesig, vielleicht vier Meter groß. Ich strahle Sie, das Publikum, an, drehe mich wieder um, und die Tür schlägt mit einem lauten nachgemachten Klick hinter mir zu.

Mit Abigail schien etwas nicht in Ordnung zu sein. Meine Mutter saß neben ihr auf dem Sofa und streichelte ihren Rücken. Regina machte Geräusche: ein hohes, abgehacktes Gejammer.

«Sie ist gestürzt», sagte Mama mit bleichem Gesicht. «Gerade eben.»

Abigail untersuchte ihre Knie; sie sah verwirrt aus, und mich durchzuckte die Angst. Ich beugte mich über sie, nahm ihre Hand und stellte die üblichen Fragen, angefangen mit: «Geht es Ihnen gut?», und dann weiter zu Details über Schmerzen und ungewohnte Empfindungen. Sie antwortete nicht, sondern starrte stur weiter nach unten und schüttelte nur langsam den Kopf.

Regina fuchtelte mit den Händen in der Luft herum. «Ich ziehe jetzt sofort die Hilfeklingel. Ich gehe ins Bad und reiße daran. Sie kann nicht sprechen. O Gott. Ich muss Nigel anrufen. Er wird wissen, was zu tun ist.» (Nigel war der Engländer, und was genau er in Leeds für Abigail in Bonden tun sollte, war ein nur Regina bekanntes Geheimnis.)

Abigail wandte sich ihrer panischen Freundin zu und sagte laut und gelassen: «Regina, halt den Mund. Helf mir lieber mal jemand, meinen BH zu richten, bevor er mir die Luft abschnürt.»

Regina sah gekränkt aus. Sie faltete die Hände

und sank mit einem damenhaften Schmollen in ihrem immer noch erstaunlich hübschen Gesicht auf das Sofa zurück.

Gemeinsam schafften es meine Mutter und ich, das störende, in der Aufregung hinaufgerutschte Kleidungsstück herunterzuziehen und unsere gemeinsame Freundin auf das Sofa zu betten.

«Abigail, ich bin ja so erschrocken», sagte meine Mutter. Die Angst vor Stürzen war verbreitet in Rolling Meadows. Manche, wie George, kamen nie wieder auf die Beine. Hüften wurden ausgerenkt, Knöchel gebrochen, und nie wieder wurden sie wie vorher. Alte Knochen. Dass Abigail sich nicht irgendein Teil ihres hinfälligen Skeletts gebrochen hatte, kam mir wie ein Wunder vor. Später erfuhr ich, dass meine Mutter, vielleicht unklugerweise, mit ihrem eigenen Körper dazwischengetreten war und den Sturz in einen langsamen Fall verwandelt hatte.

Irgendwann im Lauf des folgenden Gesprächs merkte ich, dass Abigail sich erheblich besser fühlte, denn sie begann mir mit den Augenbrauen Signale zu geben, worauf sie den Blick auf ihren Schoß richtete. Ich hatte keine Ahnung, was das sollte, bis ich sah, dass sie die Hände in die Taschen ihres bestickten Kleides steckte und einen Teil des roten Futters nach außen kehrte. Die Frau trug tatsächlich eine heimliche Vergnügung. In den Taschen ihres Kleides war irgendeine subversive Botschaft verborgen, eine erotische Stickerei oder so etwas, zweifellos vor Jahren entstanden. Ich telegraphierte mein stummes Verständnis der Tatsache, dass das Kleid sozusagen geladen war, eine weitere Geheimwaffe aus Abigails Privatarsenal, und dieses stillschweigende Wissen zwischen uns schien ihr aufrichtige Freude zu machen, denn sie lächelte listig und schickte mir ein paar zusätzliche Augenbrauenhebungen, um unsere Komplizenschaft zu bekräftigen. Dann kam Peg, und nachdem sie die Geschichte gehört hatte, reagierte sie typgerecht, indem sie Abigail als «gesegnet» und meine Mutter als «Heldin» bezeichnete (eine Bezeichnung, die meine Mutter entschieden zurückwies, die ihr aber sichtlich gefiel), und dann wandte Peg sich Robin Womack zu, einem lokalen Fernsehstar mit üppigem Haar. Sie beendete ihre Lobrede mit dem Satz: «Der kann jederzeit seine Schuhe unter mein Bett stellen!» Obwohl ich den Hinweis auf die Schuhe überflüssig fand, vermittelte diese Erlaubnis eindeutig, wie sehr ihr Womack und sein volles Haar gefielen.

Ich bin mir nicht sicher, wie genau wir bei der Lyrik landeten, aber die Schwäne erinnerten sich liebevoll einiger Zeilen, die sie in früheren Tagen bezaubert hatten. Peg wandert' einsam wie die Wolke, und meine Mutter las aus Stevens' «Der Leser» vor, das so endet: «Die düst'ren Seiten trugen keine Schrift, / Nur der verglüh'nden Sterne Spur / An frost'gem Himmel.» Regina erinnerte sich an Joyce Kilmers unsterblichen amerikanischen «Baum», und ich sagte Ron Padgetts Gedicht «Haiku» auf: *«Das ging aber schnell / ich meine / das Leben.»* Über dieses Gedicht hatte ich immer lauthals lachen müssen, aber keinem der Schwäne entlockte es auch nur das leiseste Kichern oder Schnauben. Meine Mutter lächelte traurig. Abigail nickte. Pegs Augen wurden glasig, vermutlich von Erinnerungen. Regina schien den Tränen nahe zu sein, doch dann verlieh sie laut der Hoffnung Ausdruck, dass ich «dieses Gedicht» nicht meinen Mädchen gegeben hätte, worauf ich antwortete, die könnten ja doch nichts damit anfangen, weil in ihrem Alter das Leben noch wirklich lang sei. Zeit ist sowohl eine Frage von Prozenten wie von Glauben. Wenn du vor einem halben Leben sechs oder sieben warst, ist die Zeitspanne dieser Jahre länger, als es fünfzig Jahre für einen

Hundertjährigen sind, weil junge Menschen die Zukunft als endlos erleben und Erwachsene normalerweise für Angehörige einer anderen Art halten. Nur die Altgewordenen haben Einsicht in die Kürze des Lebens.

Dann teilte Regina mir in einer konfusen, frustrierend andeutungsschwangeren Rede mit, dass einem der Mädchen in meinem Kurs etwas «zugestoßen» sei. Sie konnte sich bloß nicht an den Namen des Kindes erinnern. «Vielleicht Lucy, nein, Janet, nein, das auch nicht.» Aber wie immer das Mädchen auch heißen mochte, Regina hatte die Sache von Adrian Bortwaffles Schwager erfahren, der ein enger Freund von Tony Rosterhaus war (Tonys Beziehung zu meinem Kurs war mir und Regina völlig schleierhaft), und der wiederum hatte gehört, dass es da irgendeinen Unfall gegeben und das Mädchen eine Nacht im Krankenhaus verbracht habe.

Es gibt Zeiten, wo die Zerbrechlichkeit alles Lebenden so offensichtlich ist, dass man jeden Augenblick auf einen Stoß, Sturz oder Bruch zu warten beginnt. Ich war in diesem Zustand, seit Boris mich verlassen hatte und meine Nerven aus den Fugen geraten waren, nein, schon früher, seit Stefans Selbstmord. Es gibt keine Zukunft der Vergangenheit, weil was sein wird, nicht vorgestellt werden kann, außer als eine Form der Wiederholung. Ich hatte angefangen, mit Schicksalsschlägen zu rechnen.

Meine Mutter und ich brachten Abigail zu ihrem Apartment und halfen ihr, es sich auf ihrem Sofa gemütlich zu machen. Sie befahl uns mehrere Male, mit dem «Getue» aufzuhören, aber ich las ihr die Erleichterung darüber, dass sie nicht, noch nicht, allein war, am Gesicht ab. Sie versprach, zum Arzt zu gehen, und küsste uns beide, bevor wir gingen.

Später an jenem Abend sah ich den bunt-schillernden Bluterguss, den meine Mutter an der Seite davongetragen hatte, als sie ihre Freundin vor dem Sturz bewahrt hatte. Der Rollator war irgendwie dazwischengeraten, und meine Mutter musste hart dagegengestoßen sein. «Du darfst das Abigail gegenüber nicht erwähnen», sagte sie. Sie sagte es mehrmals, und ich versprach es mehrmals. Wir saßen im Wohnzimmer, und ich spürte die Stille in dem fast lautlosen Gebäude – nichts als der Ton eines Fernsehgeräts weit weg.

«Mia», sagte sie, kurz bevor ich ging. «Ich möchte, dass du weißt, dass ich es genauso wie-der machen würde.»

Meine Mutter tat manchmal so, als hätte

ich Zugang zu ihren Gedanken. «Was denn, Mama?»

Sie sah überrascht aus. «Deinen Vater heiraten.»

«Du meinst, trotz eurer Differenzen?»

«Ja, es wäre schön gewesen, wenn er ein bisschen anders gewesen wäre, aber er war es eben nicht, und es gab so viele gute Tage neben den schlechten, und manchmal war das, was ich an ihm ändern wollte, genau das, was an einem anderen Tag etwas anderes, Gutes, nicht Schlechtes, möglich machte, wenn du verstehst, was ich meine.»

«Zum Beispiel?»

«Sein Gefühl für Pflicht und Ehre, seine Rechtschaffenheit. Weswegen ich an dem einen Tag hätte schreien mögen, darauf war ich am nächsten Tag stolz.»

«Ja», sagte ich. «Ich verstehe.»

«Ich wollte dir sagen, wie gut es ist, dich bei mir zu haben, wie glücklich ich bin. Es macht mir Spaß. Es kann hier ziemlich einsam sein, und du bist mein Glück, mein Trost, meine Freundin.»

Diese eher förmliche kleine Ansprache machte mich froh, doch ich erkannte in dem Anflug von Feierlichkeit den allgegenwärtigen Druck der

Zeit. Meine Mutter war alt. Sie könnte morgen stürzen, oder es könnte ihr plötzlich etwas passieren. Sie könnte morgen tot sein. Als wir uns an der Tür verabschiedeten, trug meine kleine Mutter einen geblümten Baumwollschlafanzug. Die Hosenbeine bauschten sich um ihre schmalen Oberschenkel und endeten direkt über den Höckern ihrer mageren Fußknöchel. Sie hielt eine graubraune Wärmflasche im Arm.

Daisy schrieb:

Liebe Mom,
ich habe Dad zum Lunch getroffen,
und er sah nicht besonders gut aus. Sein
Hemd war voller Flecken, er roch wie ein
Aschenbecher und war nicht rasiert. Ich
meine, ich weiß, dass er oft einige Tage
damit wartet, aber er sah aus, als hätte er
sich eine Woche nicht rasiert, oder noch
schlimmer. Es schien mir, als habe er
womöglich geweint, bevor er mich traf.
Ich sagte ihm, er sehe schlecht aus, wie
ein Clochard, aber er sagte einfach immer
wieder, es gehe ihm gut. Es geht mir gut.
Es geht mir gut. Mr. Verleugnung. Was
denkst Du? Sollte ich weiter versuchen,
ihn zum Sprechen zu bringen? Einen
Detektiv losschicken? Jetzt dauert es nicht
mehr lange, Mamacita, bis ich Dich sehe!
Einen dicken Kuss von Deiner etwas
benommenen und immer noch von
Daddy enttäuschten Daisy

Ich antwortete:

Es ist unmöglich, dass Dein Vater geweint hat. Er weint nur im Kino. Aber
kümmere Dich um ihn.
In Liebe, Mom

Ich kannte Boris ungefähr eine Woche, als er mich in Elia Kazans *Ein Baum wächst in Brooklyn* ins Thalia an der 95th Street Ecke Broadway ausführte. An einer Stelle des Films betritt die junge Heldin, gespielt von Peggy Anne Garner, einen Friseurladen, um die Rasierschale ihres toten Vaters abzuholen. Es ist eine bewegende Szene. Das Mädchen vergötterte den versoffenen, sentimentalen Vater mit seinen falschen Hoffnungen und untauglichen Träumen. Ihn zu verlieren ist ein schwerer Schlag für sie. Ich glaube nicht, dass Boris schniefte, obwohl es schon so gewesen sein mag, aber aus irgendeinem Grund sah ich ihn an. Aus dem Mann neben mir quollen Tränen in zwei starken Bächen, und die Flüssigkeit tropfte vom Kinn auf sein Hemd. Ich war so erstaunt über diesen Gefühlsausbruch, dass ich ihn höflich ignorierte. Mit der Zeit begriff ich, dass Boris viel direkter auf Indirektes reagierte, seine wahren Gefühle kamen also nur durch Irreales vermittelt an die Oberfläche. Immer wieder hatte ich trockenen Auges neben ihm gesessen, während er schniefend Schauspieler auf einer großen flachen Leinwand beweinte. Niemals hatte ich ihn in der sogenannten wirklichen Welt weinen sehen, weder wegen Stefan noch wegen seiner Mutter, noch wegen mir oder

Daisy, noch wegen toter Freunde oder sonst irgendwelcher Menschen, die nicht aus Zelluloid waren. Angesichts dessen erschütterte mich der seltsam beängstigende Gedanke, Boris sei ein anderer geworden und die Pause – falls das Treffen mit Daisy nicht unmittelbar nach einem Kinobesuch stattgefunden hatte (was unwahrscheinlich schien, da er die ganze Zeit arbeitete und sich in den letzten Jahren Filme meistens auf DVD angesehen hatte) – könne die Tiefenstruktur seines Charakters verändert haben. Weinte er ihretwegen, der nach neuen Neuropeptiden suchenden Französin? War die Wand ihretwegen zusammengebrochen?

Niemand lief Amok. Niemand verstand Niemand – das war des Pudels Kern. Wir zwei waren auf «das schwere Problem» gestoßen: Bewusstsein. Was ist das? Warum haben wir es? Mein hochgradig bewusster Brieffreund eiferte gegen die monumentalen Dummheiten des Szientismus und gegen die Atomisierung von Prozessen, die eindeutig ein Ganzes waren, «ein Fluss, eine Flut, eine Welle, ein Strom, keine in einer Reihe angeordneten soliden Kieselsteine! Jeder Idiot sollte in der Lage sein, diese Wahrheit intuitiv zu erfassen. Lies Deinen William James, diesen umwerfenden Melancholiker!» Als eine Art Thomas Bernhard der Philosophie erging sich Niemand in giftigen Wutanfällen, die auf mich seltsam beruhigend wirkten. Auch ich verehrte den umwerfenden Melancholiker, lenkte Niemand aber zu Plutarchs Flux und Fließen und darauf, wie er in *De communibus notitiis* mit griechischem Scharfsinn auf die Stoiker schimpfte:

1. Alle individuellen Stoffe sind im Fluss
   und in Bewegung, wobei sie Teile
   von sich loslassen und andere von
   anderswo herkommende aufnehmen.
2. Die Zahl und Menge, mit denen sie

kommen oder gehen, bleiben nicht
konstant, sondern ändern sich mit der
Bereitschaft des Stoffes, die besagten
Kommenden und Gehenden zu trans-
formieren.

3. Dass diese Veränderungen durch
Brauch allgemein Wachstum und
Schrumpfung genannt werden, ist
nicht richtig. Es wäre sachgemäßer, sie
stattdessen Schöpfung und Zerstörung
(phthorai) zu nennen, weil sie ein Ding
aus seinem bestehenden Charakter in
einen anderen treiben, wohingegen
Wachstum und Schrumpfung einem
Körper widerfahren, der der Veränderung unterliegt und währenddessen
ganz bleibt.

Die Geschichte ist alt. Wann wird ein Ding ein
anderes? Woher wissen wir es? Niemand griff
auch Boris als naiv an, als einen Mann, dessen
Ideen von einem Sub- oder Primärselbst absurd,
unangebracht seien. «Man kann das Selbst nicht
in neuralen Netzen lokalisieren!» Ich verteidigte
mein abspenstiges Familienmitglied mit einigem Nachdruck mit dem Argument, das Selbst
sei zwar gewiss ein elastischer Begriff, Boris drü-

cke aber ganz präzise aus, was er meine – indem er nämlich von einem für ein Selbst notwendigen biologischen Basissystem spreche. Meinem unsichtbaren Kameraden zufolge stellten nicht nur Boris, sondern alle die falschen Fragen, mit Ausnahme von Niemand selbst, dem einsamen Befürworter einer synthetischen Sicht, die alle Bereiche vereinen, die Expertenkultur beenden und das Denken zu «Tanz und Spiel» zurückführen würde. Ein utopischer Nihilist war er, ein utopischer Nihilist in einer manischen Phase. Immer wieder dachte ich, dass er in Wirklichkeit eine ordentliche Abreibung brauchte. Und doch, dachte ich, als ich verrückt war, war ich da ich selbst oder nicht? Wann wird ein Mensch ein anderer?

Erinnerst Du Dich an jenen Abend vor zwei Jahren, schrieb ich an Boris, *als wir merkten, dass wir gerade haargenau denselben Gedanken gehabt hatten, keineswegs einen offensichtlichen, eine eher exzentrische Idee, die von einem gemeinsamen Katalysator hervorgerufen worden war, und Du zu mir sagtest:* «Wenn wir noch hundert Jahre zusammenlebten, würden wir ein und dieselbe Person werden»*?*

Ton amie Mia

Als Alice nicht im Kurs aufgetaucht war und ich um Auskunft gebeten hatte, hatten die Mädchen sich dumm gestellt, oder zumindest nahm ich das an. Ich wusste nicht, ob das Gerücht vom Krankenhaus stimmte, und es schien unsinnig, es so stehenzulassen, also begab ich mich an die Quelle. Ich schaute bei Alice vorbei, ihre Mutter öffnete mir und erzählte, Alice sei mit starken Magenschmerzen ins Krankenhaus eingeliefert worden, die Ärzte hätten aber nichts gefunden und sie nach einer Reihe von Untersuchungen am nächsten Tag wieder nach Hause geschickt. Als ich fragte, wie es ihrer Tochter gehe, sagte sie, sie scheine keine Schmerzen zu haben, sei aber apathisch und bedrückt und weigere sich, wieder in den Kurs zu gehen. Mit all dem Zartgefühl, das ich aufbringen konnte, erwähnte ich, die Mädchen hätten von einem «Spaß» mit Alice gesprochen, und das habe mich beunruhigt. Ich wolle gern mit Alice sprechen. Die Mutter war entgegenkommend, sogar begierig, schien es mir, und ich vernahm in ihrer Stimme diesen besonderen Ton mütterlicher Angst, die nicht auf Indizien, sondern auf einem Gefühl beruht.

Alice war nicht bereit, für mich aufzustehen. Ich wurde in ihr unnormal sauberes zartblaues Zimmer geführt, wo sie auf ihrer zartblauen Tagesdecke mit weißen Kumuluswolken lag und an die Decke starrte, die Arme über der Brust verschränkt wie ein für die Beerdigung herge-richteter Leichnam. Ich zog einen Stuhl an ihr Bett, setzte mich und hörte, wie ihre Mutter diskret die Tür hinter sich zuzog. Das Gesicht des Mädchens war maskenhaft. Während ich zu ihr sprach, bewegte sie keinen Muskel. Ich sagte ihr, wir hätten sie im Kurs vermisst, er sei ohne sie nicht mehr wie vorher, es tue mir leid, dass sie krank gewesen sei, ich hoffte aber, sie werde bald zurückkommen, sobald sie ganz wiederher-gestellt sei.

Ohne mir den Kopf zuzuwenden, sagte sie in Richtung Zimmerdecke: «Ich kann nicht zu-rückkommen.»

Nicht zu reden kann genauso interessant sein wie reden, habe ich herausgefunden. Warum Sprechen, diese kurze verbale Reise von innen nach außen, unter bestimmten Umständen so quälend sein kann, ist faszinierend. Ich drängte sie freundlich, aber ich drängte eben. Alice schüttelte immer nur den Kopf. Dann erwähnte ich den «Spaß», und ihr Gesicht verzerrte sich vor Schmerz. Ihre Lippen verschwanden fast, weil sie sie nach innen saugte, und aus jedem Auge sah ich eine Träne quellen. Da sie lag, fiel keine hinunter. Vielmehr sanken sie in die Haut ihrer Wangen.

Wir verlassen Alice mit ihren glänzenden Wangen auf ihrer bewölkten Tagesdecke. Wir gönnen uns eine Ruhepause, denn obwohl ich leibhaftig dort sitzen blieb, verließ ich mindestens eine halbe Stunde lang mich selbst. Ich unternahm eine geistige Wanderung. Es ist nicht leicht, mit einer Dreizehnjährigen zu sprechen, die nicht mit dir sprechen will oder, wenn sie doch mit dir sprechen will, für die wenigen kostbaren Äußerungen, die das Geheimnis des Verbrechens lüften werden, trotzdem verhätschelt und umschmeichelt und beschwatzt werden muss. Um ehrlich zu sein, es ist ein bisschen langweilig, deshalb verzichten wir auf die lange und qualvolle Aufgabe, dem Kind die Worte zu entreißen, und kehren zu ihm zurück, sobald es sie hervorgebracht hat.

Warum ich an jene erotische Explosion dachte, kann ich nicht sagen. Die Wolken, das Bett, das Licht, das an jenem Nachmittag durch das Fenster des Mädchenzimmers schien, ein dichter Dunst sommerlicher Beleuchtung – irgendetwas davon oder alles zusammen mag es gewesen sein. Boris war mit mir zu einem Poesie-Festival gefahren, wo ich vor einer Menge von zwanzig Zuhörern gelesen hatte (ganz gut, fand ich), und wir waren in der nebligen Luft durch San Francisco spaziert. Ein Dichterkollege hatte einen Heilmasseur empfohlen, einen hervorragenden Mann, der mit seinen Händen menschliche Körper veränderte. Das war eine attraktive Vorstellung für eine wie mich, deren überladener, rasender Kopf mitunter den Körper weit unten aus den Augen verlor. Der Mann hieß Bedgood. Archibald Bedgood. Ich lüge nicht. Vielleicht war es sein Name, der die ganze Unternehmung ins Rollen brachte. Was weiß ich. Wie auch immer, während Boris in den Kulissen wartete (einem beruhigenden Raum mit New-Age-Musik, darauf angelegt, alle Menschen in Schlafwandler zu verwandeln), legte ich mich nackt, bis auf ein Handtuch, das meinen Rumpf bedeckte, auf Bedgoods Massagebett, nicht ohne Beklommenheit, wenn ich ehrlich sein soll, und der Mann fing an zu rubbeln. Er war methodisch und diskret – wie durch ein Wunder verlor das Handtuch nie seinen Zweck als züchtige Hülle. Er nahm sich jeden Körperteil einzeln vor, alle vier Glieder, Füße und Hände, Rück- und Vorderseite, am Ende sogar mein Gesicht. Ich hatte keine sexuellen Regungen, keine erotischen Anwandlungen oder Phantasien. Ich hatte keine Gedanken, an die ich mich erinnere, aber nach eineinhalb Stunden hatte Bedgood mich zu Wackelpudding geschmolzen. Mia war verschollen, sozusagen im Einsatz verschollen. Die Person, die aus dem Massageraum kam und Boris schnarchend auf einem weichen rosa Sofa vorfand, war transformiert, genau wie versprochen. Sie war in ein schlaffes, hohlköpfiges, aber ganz und gar euphorisches Wesen verwandelt worden. Nachdem sie Izcovich von seinem pastellfarbenen Diwan hochgescheucht hatte, schlenderte diese neugeschaffene Figur (die einen neuen Namen verdiente: Fifi oder Didi oder Puppenschnute oder einfach Püppchen) Arm in Arm mit Ehemann ins Dichterhotel, und dort geschah es auf dem etwas zu weichen Bett, dass sie (oder ich) gespalten, in lodernde Stücke zerbrochen und viermal schnell hintereinander ins Paradies befördert wurde.

Die Erfahrung verdient einen Kommentar, von dem kein Wort irgendeine konventionelle Vorstellung von einem Liebeserlebnis bedient. Nach Bedgood-Verabreichungen hätte mich jeder Mensch – nein, ich berichtige –, jeder Mensch, jeder Vogel, jedes Tier oder sogar jedes unbelebte Ding (vorausgesetzt, es war nicht kalt) in die höheren Gefilde erotischen Erlebens katapultieren können. Daraus lernen kann man, dass äußerste Entspannung lustfördernd ist und äußerste Entspannung zu einem Zustand totaler Offenheit für alles führt, was zufällig daherkommt. Es ist auch die Abwesenheit jedes Gedankens. Ich begann mich zu fragen, ob es Leute gibt, die ihr Leben überwiegend locker, leicht und ohne allzu viel zu denken verbringen, ob es da draußen Puppenschnuten in einer Art Dauersinnenrausch gibt. Ich habe einmal von einer Frau gelesen, die beim Zähneputzen regelmäßig einen Orgasmus hatte, ein Bericht, der mich in Erstaunen versetzte, nach Bedgood aber einleuchtender erschien. Eine Zahnbürste könnte es durchaus geschafft haben.

Erst vor wenigen Jahren war ich in einer Diskussionsgruppe über Geschlecht und Gehirn SCHOCKIERT gewesen, als einer von Boris' Kollegen mir versicherte, im ganzen Tierreich erlebten nur menschliche Weibchen einen Orgasmus. Als ich meiner Verwunderung Ausdruck verlieh, pflichteten Boris und fünf andere männliche Forscher Dr. Brooder bei. Wir Zweibeinerinnen könnten es, aber kein anderes Tier. Bei den Männchen gehe die sexuelle Leistungsfähigkeit natürlich die ganze Säugetierleiter hinunter. Männliche Erregung habe tiefe biologische Wurzeln; bei Frauen sei es einfach Dusel, ein glücklicher Zufall. Dies kam mir, rein physiologisch betrachtet, absurd vor. Meine Primatenschwestern, die so viel von meiner Ausstattung, oben und unten, mit mir gemeinsam haben, sollten keinen Spaß haben beim Sex! Was sollte das heißen? Dass unter unseren vierbeinigen Vettern nur die Männchen Lust erlebten? Während ich meinen Standpunkt erörterte, blickte Boris von jenseits des Tisches finster zu mir herüber (ich war ein geladener Gast). Einige Bücher und mehrere Forschungsberichte später entdeckte ich, dass die selbstgefälligen sechs hundertprozentig unrecht hatten, was natürlich bedeutete, dass ich zweihundertprozentig recht hatte. 1971 wies Frances Burton Orgasmen bei vier von fünf weiblichen Rhesusaffen nach. Weibliche Stumpfschwanzaffen erleben regelmäßig einen Orgasmus, aber meistens mit anderen Weibchen, nicht mit Männchen, und wenn sie kommen, schreien die Affendamen genauso laut wie wir. Allan F. Dixson, der Verfasser von *Primate Sexuality: Comparative Studies of Prosimians, Monkeys, Apes and Human Beings*, schreibt, sie drückten ihre Verzückung mit Tönen aus, die an Frau Nikolaus erinnern: «Ho, ho, ho!» Ich benutzte diese drei verbalen Ejakulationen, als ich den Göttergatten mit meinem Beweismaterial konfrontierte. «Ho! Ho! Ho!», sagte ich und knallte ihm die mit Post-its gespickten zwei Bücher und sechs Artikel hin.

Warum, fragen Sie vielleicht, ist die Theorie von den freudlosen Affenmädels so bekannt geworden, dass alle sechs Kerle am Tisch sie als ganz selbstverständlich geschluckt hatten, obwohl die betreffenden Primaten eine Klitoris haben, wie ALLE weiblichen Säugetiere? Onan, wenn Sie sich an Seite 128 erinnern, wurde dafür bestraft, dass er seinen Samen vergeudet hatte. Er sollte ihn nicht auf den Boden ergießen, sondern irgendwo hinein – in eine Frau. Das ist das «Spare in der Zeit, dann hast du in der Not»-Argument für Kinder. Doch anders als Onan, der niemanden ohne Orgasmus besamen kann, kann Onans hypothetische Frau (die Frau, in der er hätte sein sollen) empfangen, ohne den großen O zu haben, eine von Aristoteles erkannte, aber jahrhundertelang vergessene Tatsache. 1559 entdeckte Columbus die Klitoris *(dulcedo amoris)*, das heißt Renaldus Columbus. Er segelte auf einer seiner anatomischen Reisen in sie hinein, obwohl Gabriel Fallopius ihm die Entdeckung streitig machte und darauf bestand, er habe das Hügelchen als Erster gesehen. Gestatten Sie, dass ich eine Analogie zwischen den beiden forschungsreisenden Columbussen, Christopherus und Renaldus, herstelle. Ihre weniger als hundert Jahre auseinanderliegenden Erschließungen, zuerst die einer Landmasse, dann die eines Körperteils, haben eine vertraute Hybris gemeinsam, nämlich die der hierarchischen Perspektive. Im Falle der Neuen Welt ist der herabschauende Betrachter ein Europäer. Im klitoralen Fall ist er ein Mann. Sowohl die seit Jahrtausenden auf dem Boden der «Neuen Welt» lebenden Völker als auch, wage ich zu behaupten, die meisten Frauen wären von diesen «Entdeckungen» verblüfft gewesen. Dennoch bleibt die Klitoris ein Darwin'sches Rätsel. Wenn sie nicht für die Empfängnis benötigt wird, WARUM ist sie dann da? Ist sie adaptiv oder nichtadaptiv? Die Sichtweise vom eingeschrumpelten kleinen Penis (nichtadaptiv) hat eine lange Geschichte. Gould und Lewontin behaupten, die Klitoris sei wie die Brust der Männer ein anatomischer Überrest. Andere sagen, nein; die Lusterbse diene einem evolutionären Zweck. Die Schlachten sind blutig. Aber, frage ich Sie, was spielen Adaptation oder Größe für eine Rolle, wenn das gesegnete kleine Glied seine Arbeit gut macht? Bevor wir zu unserer Geschichte zurückkehren, überlasse ich Sie den unsterblichen Worten von Jane Sharp, einer Engländerin und Hebamme aus dem 17. Jahrhundert, die über die Klitoris schrieb: «Sie wird stehen und fallen wie eine Rute, macht Frauen lüstern und schenkt ihnen Ergötzen an der Paarung.» (Frauen, ihren Affenschwestern und, in Erwartung weiterer Forschung, wahrscheinlich auch anderen Säugetieren.)

Als Columbus einst auf den Wonneberg stieß,
Hielt er inne und fragte: «Was ist denn dies?»
Ein Knopf, eine Erbse?
Eine Anomalie?
Nein, dummer Mann, die Klitoris!

Alice' Beichte war nicht zusammenhängend, aber man konnte sich daraus eine Geschichte zusammenreimen. Sie erzählte sie mir und ihrer Mutter Ellen, die, nicht lange nachdem Alice auszupacken begann, dazugeholt wurde. Meine Augen wanderten zwischen Kind und Mutter hin und her, während das Mädchen von kaum hörbarem Flüstern über erstickte Eingeständnisse zu heiserem, keuchendem Schluchzen wechselte. Das Gesicht der Mutter war ein recht getreues Abbild der Mimik des Kindes. Wenn Alice leise sprach, beugte sich Ellen angespannt vor, und ihre Lippen registrierten jede Kränkung mit winzigen Bewegungen. Wenn Alice weinte, verengten sich Ellens Augen, eine Falte erschien zwischen ihren Brauen, und ihr Mund verkrampfte sich zu einem dünnen, geraden Strich, aber sie weinte nicht. Mütterliches Zuhören ist von besonderer Art. Die Mutter muss zuhören, und sie muss mitfühlen, aber sie darf sich nicht vollständig mit dem Kind identifizieren. Das erfordert eine erzwungene Zurücknahme, eine Distanz, die nur erreicht wird, indem sie sich gegen die gerade erzählte Geschichte stählt. Das Wissen: *Sie haben meinem Kind weh getan*, kann leicht eine brachiale Reaktion hervorrufen, etwas in der Art von *Ich werde diese kleinen Flittchen in tausend Stücke zerreißen und zum Nachtisch verschlingen.* Als ich Ellen beobachtete, spürte ich, dass sie dem Wunsch nach grausiger Rache widerstand, und mir wurde bewusst, dass ich sie mochte – sowohl wegen ihrer Wut als auch wegen ihrer Fähigkeit, sie zu bezähmen.

Alice hatte schon seit einiger Zeit gemeine Nachrichten bekommen. «Schlampe» und «Nutte» gingen regelmäßig als SMS ein, wie auch die hochgradig originellen Kommentare «Du hältst dich wohl für schlau», «Geh doch zurück nach Chicago, wenn's da so toll ist», «Hässliche Schnalle», «Komische Magerzicke» und «Angeberin». Alles anonym. Was meine Ränke schmiedenden Dichtermädels anging, so gab Alice zu, dass sie mal für und mal gegen sie waren, an einem Tag zutraulich, am nächsten kalt. Sie ließen sie an sich heran und stießen sie dann weg. Als sie sich ihnen nach wochenlangem Kummer mit der unverhüllten Frage «Was habe ich denn getan?» entgegenstellte, kicherten sie, verdrehten die Augen und riefen wieder und wieder im Sprechchor: «Was habe ich denn getan?» Es schmerzte mich besonders, mir Peyton unter den Quälgeistern vorzustellen. Dann waren Fotos einer nackten Alice zu Hause vor ihrem eigenen Spiegel bei Facebook eingestellt worden – verschwommene Bilder, mit dem Handy der Spionin durch einen Spalt im Rollladen aufgenommen. Die arme Kleine schniefte heftig, als sie mit dieser Erniedrigung herausrückte. Sie hatte die Bilder natürlich herausgenommen, aber da war der Schaden schon angerichtet. Eingedenk meines sich verändernden Körpers mit dreizehn und des schmerzhaft intimen, beschützenden Gefühls, das ich für meine neuerdings geschwollenen Brüste, drei Schamhaare und die geheimnisvollen roten Linien entwickelt hatte, die auf meinen Hüften auftauchten (und, wie ich erst zwei Jahre später herausfand, Wachstumsstreifen waren), krümmte ich mich vor Unbehagen. Die Geschichte vom blutigen Kleenex war verworren, aber schließlich verstanden Ellen und ich, dass Alice unmittelbar vor meinem Kurs ihre Periode bekommen, nichts dabeigehabt hatte und zu schüchtern gewesen war, eine ihrer «Freundinnen» nach einer Binde zu fragen. Sie hatte ihre Unterhose mit Kleenex ausgepolstert, die sie in ihrer Tasche hatte (immer zur Hand wegen ihrer Allergien), aber als sie in den Klassenraum ging, war ein leicht blutiges Taschentuch aus ihren Shorts gerutscht und auf den Boden gefallen, von wo Ashley es sofort aufgehoben, auf das

Pult geworfen und angefangen hatte, das Wort *ekelhaft* zu kreischen, indem sie so tat, als begreife sie erst jetzt, was sie da angefasst hatte. Beim letzten Streich, dem, der zu den Magenschmerzen geführt haben musste, ging es um die Nachricht von dem begehrten Jungen, Zack, der sich mit ihr um drei im Park bei den Schaukeln verabredet hatte. Dorthin war Alice wohl unterwegs gewesen, als ich sie nach dem Unterricht um Viertel vor drei den Bürgersteig entlanghüpfen sah. Als sie dort ankam, war kein Zack da. Eine halbe Stunde hatte sie gewartet und sich dann, als ihr klarwurde, dass etwas faul war, ins Gras gesetzt, die Hände vors Gesicht geschlagen und geweint. Als die Tränen kamen, drang auch das Johlen und Gelächter hinter einem um den Park laufenden hohen Zaun zu ihr. Die spottenden unsichtbaren Mädchen beschimpften Alice, weil sie zu träumen gewagt hatte, ein Junge wie Zack würde sie auch nur ansehen. Das war anscheinend der letzte «Spaß», der, den Alice nicht hatte «vertragen» können.

Ungeachtet der Einzelheiten ist Alice' Geschichte deprimierend vertraut. In ihrer Grundstruktur, mannigfach variiert, wiederholt sie sich ständig und überall. Wenn auch gelegentlich offen, sind die Grausamkeiten meistens versteckte, verstohlene Tiefschläge, um das Opfer zu beschämen und zu kränken – eine Strategie, die sehr oft von Mädchen angewandt wird, nicht von Jungen, die direkter zuschlagen oder boxen oder zwischen die Beine treten. Das Duell im Morgengrauen mit seinen ausgeklügelten Vorschriften, seinen Sekundanten und dem Schritteritual; seine mythische Wiedergeburt im Wilden Westen, wenn der mit dem schwarzen Hut und der mit dem weißen mit ihren Colts aufeinander schießen; die schlichten alten Wir-machen-es-draußen-aus-Faustkämpfe zwischen zwei männlichen Gegnern, die jeweils von einem Lager angefeuert werden; sogar die Spielplatzprügelei (der blutig geschlagene kleine Junge kommt nach Hause, wo der Vater ihn fragt: «Junge, hast du gewonnen?») – alldem wird in der Kultur eine Würde zuteil, mit der sich keine Form weiblicher Rivalität messen kann. Ein physischer Kampf zwischen Mädchen oder Frauen ist ein Zickenkampf, mit Kratzen, Beißen, Ohrfeigen, hochfliegenden Röcken und dem Ruch des Lächerlichen oder, umgekehrt, des erotischen Spektakels zum Vergnügen der Männer, der ergötzliche Anblick von zwei Frauen, die «die Fetzen fliegen lassen». Aus solch einem Zank siegreich hervorzugehen hat nichts Edles. So etwas wie einen guten, sauberen Zickenkampf gibt es nicht. Während ich da saß und Alice' trauriges, gerötetes Gesicht ansah, stellte ich mir vor, wie sie Ashley einen Kinnhaken versetzte, und fragte mich, ob die männliche Lösung nicht brauchbarer sei. Würden Mädchen weniger leiden, wenn sie sich gegenseitig einen überzögen, statt gemeine Sabotagespielchen auszuhecken? Doch das, dachte ich, könnte nur in einer anderen Welt geschehen. Und selbst in jener unwahrscheinlichen Welt, in der sich ein Mädchen nach einem Ringkampf mit seiner Angstgegnerin den Staub abklopfen und zur Siegerin erklären könnte – was wäre da besser?

Als ich mich dann von ihnen verabschiedete, hatte Ellen es geschafft, ihr großes Mädchen auf ihren Schoß zu hieven. Mutter und Tochter waren von dem Sitzsack umschlossen, in dem Ellen vorher allein gesessen hatte, nur Minuten bevor sie Alice' Saga von Kabale und Hieben gelauscht hatte. Alice hatte den Kopf an der Schulter ihrer Mutter begraben, und ihre nackten langen Beine hingen über die Seite des Sessels. Ellens Hand strich langsam und rhythmisch über den Rücken ihrer Tochter. Hinter den beiden bemerkte ich eine Reihe von Puppen des Kindes auf einem Bord. Das ungerührte Porzellangesicht der einen starrte auf die Wand hinter mir. Ein anderes Püppchen hatte ein schwaches Lächeln auf den rosa Lippen. Die Puppe einer Frau im Kimono stand in starrer Habtachtstellung. Eine antike Babypuppe lag auf dem Rücken, die Arme in der Luft. Der Chor, dachte ich, und auf einmal rührten sie sich und bewegten synchron die Lippen. Ich sah ihre Zähne. Einen Moment lang lebte der alte Zauber in ihnen wieder auf, *Animus, élan vital*. Auf meinem «Heim»-Weg auf dem Bürgersteig fiel mir etwas Zusammenhangloses ein:

Nun reißt's auch mich aus der Bahn heraus
der Satzungen, da ich das sehen muß.
Und halte nicht länger der Tränen Quell.

Im Weitergehen sprudelte durch die Bewegung die Quelle heraus. Es war dem Puppenchor zu verdanken. *Antigone*. Ich lächelte. Eine Tragödie als Zerrbild, aber, sagte ich mir, es geht auch um Leid. Und wer könnte Leiden ermessen? Wer von Ihnen wird das Ausmaß an Schmerz ermitteln, das in einem beliebigen Moment in einem Menschen zu finden ist?

Multipliziere durch Worte, Alice,
Dein luftiges Geschwader, das Pfeile speit,

Silben zersplittert, Glas zerbricht,
Zorn himmelwärts schleudert.
Die hundert Schwindler,
Auf der Seite ausschwärmend: Das bist du,
Ein tausendfaches Grinsen eingezeichnet,
Während Eierköpfe zertrampelt werden,
Nenn das Gorgonenhaupt im Spiegel
Alice. Der Monster-Zwilling, die andere
Version,
Aus dessen Mund tödliche Stürme kommen,
Verbotene Gedanken, schamlose Sentenzen
Unterdrückt in Jahren stiller Heiligkeit.
Wohlerzogenheit. Benehmen: exzellent.
Weine, Alice, schrei, wenn du willst!
Ganze Bäche von Tränen, ein Strom
Von Ns für Nadeln aus deinen Augen
Deine vielen Ichs. Deine Vielfalten.
Stifte Unruhe, Alice, mach Krach, mach
Ärger, rede,
Und wünschst du dir was, wünsch es dir
drei Mal,
Wünsch sie alle weg. Schreib sie nichtig,
Schwärze ihre Leiber mit Tinte.
Stopf sie mit sublimiertem Zuckerzeug,
Bis sie sich winden und unter
Deine tanzenden Füße fallen.

Ich war mir überhaupt nicht sicher, ob ich das Gedicht mochte, aber es tat mir unheimlich gut, es zu schreiben. «Warum sind sie so gemein zu mir?», hatte Alice mehrmals leise und fassungslos gesagt. War das nicht der verwirrte Kehrreim auf das «irgendwie anders»? Jessie hatte gesagt, ich müsse mittlerweile doch erkannt haben, dass Alice «irgendwie anders» sei. Wie anders? Wahrnehmung ist mit sichtbaren Unterschieden beladen, mit Licht und Schatten und Gegenstandsmassen und sich bewegenden Körpern, aber es gibt auch immer unsichtbare Unterschiede und Ähnlichkeiten, Ideen, die den Strich ziehen, trennen, isolieren, kennzeichnen. Auch ich war und bin irgendwie anders. Keine aus der Bande. Außerhalb, immer draußen. Ich spüre, wie mich die kalten Winde umwehen. Ich würde entscheiden müssen, was ich mit ihnen machte: der Clique, den Mädchen. Ich konnte nicht einfach über die Sache hinweggehen. Aber ich würde dem Drang widerstehen müssen, sie zu hassen, meine sechs noch ungeformten kleinen Miezen mit ihren sadistischen Vergnügungen, dem Neid, den sie aus allen Poren schwitzten, und mit ihrem schockierenden Mangel an Mitgefühl. Ashley, die Prinzessin der Bestrafung. Hatte ich es nicht erkannt, als sie Flora anschaute? Ashley, meine eifrige Schülerin. Das Mädchen wollte Macht. Zweifellos hatte sie zu Hause zu wenig, als mittleres Kind in dieser großen Familie, das wahrscheinlich um die Anerkennung von Ma und Dad gekämpft hatte. Seht mich an! Bestimmt verdiente auch sie Sympathie. Ich dachte an ihre Mutter; es ist schlimm, die Mutter einer Rabaukin zu sein als die eines Opfers, schlimmer, ein grausames Kind zu haben als eines, dessen Verletzlichkeit Angriffsflächen bietet. Ich würde mir eine Strategie ausdenken müssen, wenn schon nicht um das Problem aus der Welt zu schaffen, so doch zumindest, um es ans Tageslicht zu bringen. Der Ausdruck gefällt mir: etwas ans Tageslicht bringen. Vor mir sehe ich die großen Felder außerhalb von Bonden, eben und weit, und darüber den unendlichen Himmel.

Am ersten Abend nach ihrer Ankunft weinte ich mich bei Bea aus. Man hätte annehmen sollen, dass das ganze, sich über gut sechs Monate hinziehende Heulen und Plärren meine Tränenkanäle trockengelegt und meine Augäpfel dauerhaft flutgeschädigt hätte, aber anscheinend gibt es einen unendlichen Vorrat dieses salzigen Sekrets, und es kann in regelmäßigen Abständen ohne bleibende Auswirkungen reichlich vergossen werden. Der alte Fleischestempel ist wahrlich ein Wunderwerk. Es fühlte sich so gut an, Bea bei mir zu haben, die mir auf den Rücken klopfte, mich beruhigte und mich ein bisschen in den Armen wiegte. Mia und Bea. Als wir mit meinem tränenreichen Gejammer fertig geworden waren, legten wir uns in das Bett der Burdas, und sie setzte mich ins Bild über das Tun und Lassen von Jack und den Jungs (Jack, der gute alte, gute alte, der sie in den Wahnsinn trieb mit seiner Freizeit-Bildhauerei, deren Ergebnisse sie als *Erektionen* bezeichnete, weil jede einzelne seiner Skulpturen von Gaudís Phalli oben auf La Pedrera inspiriert war, emporragende Auswölbungen, die sie nicht überall auf dem Rasen herumstehen haben wollte. Sie wollte keine Skyline von Ständern in ihrem Garten haben, Himmelherrgott. Jonah, der mit Erfolg studierte, Ben, der an der Schule nicht mehr so recht weiterwusste, aber im Musiktheater groß rauskam und noch nie eine Freundin gehabt hatte, und *vielleicht ist er ja schwul*, was für Bea kein Problem gewesen wäre, sie wusste nur, dass sie es nicht als Erste sagen durfte, welche Mutter würde das tun, wenn es vielleicht nicht stimmte, und außerdem war er nie offensichtlich tuntig oder so was gewesen, deswegen mussten sie einfach abwarten, bis er es selbst herausbekam, und ihre Arbeit als Juristin, die sie genauso liebte, wie Harold, unser Vater, sie vor ihr geliebt hatte, die Spitzfindigkeiten, Hintertürchen, Präzedenzfälle und sogar die Schinderei).

Und dann lagen wir, unsere Köpfe, einer braun, einer rot, in die Kissen gekuschelt, nebeneinander im Bett, blickten nach oben an die weiße Decke und erinnerten uns daran, wie wir früher Baby Tick gespielt hatten. Ich war meistens Tick, das Riesenentenbaby in Windeln, das zu Beas johlender Freude sabberte und kotzte und Kacka machte und gutturales Gebrabbel von sich gab. Wir erinnerten uns an Mrs. Klinchklonch, die Hexe, die wir erfanden, eine Kinderhasserin, und wie viel Spaß wir hatten, ihre abscheulichen Taten zu beschreiben. Sie warf Kinder aus dem Fenster, tauchte sie in Brunnen, pfefferte sie stark und tunkte sie in Schokoladensauce. Wir erinnerten uns daran, wie wir die Mellolards wurden, eine Singgruppe, die auftrat, wenn wir an unserem roten Tischchen auf unseren roten Stühlchen saßen und Werbesongs sangen, keine wirklichen Werbesongs, sondern erfundene, über Zahnpasta, die aus der Tube spritzt, und Waschpulver, das die Kleider grün wäscht, und Bonbons, die in der Hand und nicht im Mund schmelzen. Wir erinnerten uns an unsere blauen Kleider mit Schürzchen und an unsere Lackschuhe, die mit Vaseline glänzten, und dass wir unsere Knie zusammenpressten und die Hände im Schoß falteten und sehr, sehr brav waren. Wir erinnerten uns an Mamas bestickten Adventskalender und die winzigen verpackten Geschenke, die an jedem Tag im Dezember darin auftauchten, und daran, dass wir vor Vorfreude auf Weihnachten Bauchschmerzen hatten. Und wir erinnerten uns an das Baden. Wir hielten uns einen Waschlappen über die Augen, damit keine Seife hineinkam, und beugten uns nach hinten, und Mama goss uns aus einer Kanne Wasser über den Kopf, und sie wärmte Handtücher im Trockner vor und wickelte uns in warmes Frottee, und dann hob Vater uns, eine nach der anderen, hoch in seine Arme und setzte uns in einen Sessel vor dem offenen Feuer, um uns warm zu halten. *Baden* war *das Paradies*, sagte Bea. *Das ist wahr*, sagte ich, und dann erzählte sie mir, sie habe sich, wenn wir spät von den Großeltern zurückkamen, im Auto immer schlafend gestellt, damit Vater sie ins Haus trug, und ich sagte ihr, ich hätte gewusst, dass sie nur so tat, und sei eifersüchtig gewesen, weil ich zu groß war, und hätte manchmal befürchtet, er liebe sie mehr. Ich war eine Heulsuse und Bea nicht. *Du bist immer noch eine Heulsuse*, sagte sie. *Wie wahr*, sagte ich. *Vielleicht*, sagte meine Schwester, *hätte ich mehr weinen sollen. Ich musste immer so stark sein.* Danach waren wir still.

Tut mir leid, dass ich so ein Waschlappen war, Bea.

Komm, wir schlafen, sagte sie, und ich sagte *ja*, und das taten wir, und ich nahm keine Tablette und schlief ausgezeichnet.

Wie soll ich es erzählen?, fragt Ihre traurige, hirnrissige Heulsuse von Erzählerin. Wie soll ich es erzählen? Von hier an wird es ein bisschen voll – es gibt simultane Ereignisse –, eine Sache passiert in Rolling Meadows, eine andere im Kulturforum, wieder eine andere im Nachbarhaus; ganz zu schweigen von meinem Boris, der mit meiner besorgten Daisy auf den Fersen durch die Straßen von New York wandert – all das will behandelt werden. Und wir alle wissen, dass Simultaneität für Worte ein GROSSES Problem ist. Sie kommen der Reihe nach, immer nur der Reihe nach, daher will ich, während ich es auseinandersortiere, auf Dr. Johnson verweisen. Ein Verweis auf Dr. Samuel Johnson ist im Notfall immer ein guter Tipp – unser Fachmann für die englische Sprache, unser weiser, fetter, gichtkranker, skrofulöser, gutherziger, geistreicher Vielfraß, eine Autorität, an die wir alle uns in schwierigen Momenten wenden können, ein kultureller Paterfamilias, der so bedeutend war, dass er schon zu seinen LEBZEITEN Aufzeichnungen über sich machen ließ. Und das war im 18. Jahrhundert, lange bevor Tom, Dick, Harry, Lila und Jane jede geschmacklose, idiotische Einzelheit ihres armseligen Lebens im Internet festhielten. (Bitte beachten Sie den Zusatz Lila und Jane; es gibt kein weibliches Äquivalent zu «Tom, Dick und Harry», die im Englischen Jedermann suggerieren; mit Jedefrau ist es leider völlig anders.) Die Grub Street jedoch sonderte damals zur großen Bestürzung von Dr. Johnson unzählige, auch falsche Bekenntnisse ab, die genauso reißerisch und haarsträubend waren wie die heutigen Kummer-und-Leid-Memoiren. Doch genug davon. Wir zitieren aus *Rasselas, Prinz von Abyssinien* eine Passage über die Ehe, in der unser Held seine Einschätzung des Sakraments zum Besten gibt.

Gewöhnlich geht eine Eheschließung so vor sich. Ein junger Mann und ein Mädchen, die sich zufällig begegnen oder absichtlich zusammengeführt wurden, tauschen Blicke aus, sagen sich Artigkeiten, gehen nach Hause und träumen voneinander. Und weil sie nur wenig ablenkt und zerstreut, fühlen sie sich unzufrieden, wenn sie getrennt sind, und kommen daher zu dem Schluß, daß sie zusammen glücklich sein werden. Sie heiraten und erkennen, was nur freiwillige Blindheit ihnen vorher verborgen hat; sie verbringen das Leben in Zank und bezichtigen die Natur der Grausamkeit.

Nicht-wissen-Wollen verschleiert die düstere Realität: Du denkst, ich bin an dich gefesselt? Aber heute ist es anders, sagt die schlaue Leserin. Das war früher mal. Wir sind aufgeklärter als die Aufklärung, wir im einundzwanzigsten Jahrhundert mit unseren elektronischen Spielzeugen, unserem Hi-speed-Firlefanz und unseren einverständlichen Scheidungen. Meine Antwort lautet: Ho! Ho! Ho! Der Kummer mit den Geschlechtern hört nie auf. Nennen Sie mir eine Epoche, und ich erzähle Ihnen die tränenreiche Geschichte einer Ehe, die den Bach runtergeht. Konnte ich Boris wirklich Vorwürfe machen wegen der Pause, wegen des Bedürfnisses, die Gelegenheit beim Schopf zu ergreifen, den pausalen Schlitz zu schlitzen, solange noch Zeit war, noch Zeit für den alten Herrn, der er im Geschwindschritt wurde? Haben wir nicht alle das Recht, uns auszutoben, zu bumsen, es zu treiben? Dr. Johnsons eigenes Geschlechtsleben bleibt unter Verschluss, größtenteils, dem Himmel sei Dank; was wir aber wissen, ist, dass Peter Garrick David Hume erzählte, der es Boswell erzählte, der es in sein Tagebuch eintrug, dass Garrick, nachdem er eines Abends im Theater Dr. Johnsons Verlustierung beobachtet hatte, laut seiner Hoffnung Ausdruck verlieh, der eminente Lexikograph möge oft wiederkommen, aber der Große Mann beteuerte, das werde er nicht: «Die weißen Möpse und Seidenstrümpfe Eurer Schauspielerinnen erregen mein Gemächt», sagte der Weise. Wir haben alle Kitzler, ob adaptiv oder nicht, und es liegt in unserer Natur, sie zu benutzen. Man kann krank sein vor Eifersucht und Einsamkeit und das trotzdem verstehen.

Da gibt es aber noch einen anderen Aspekt langjähriger Ehen, über den nie gesprochen wird. Was als Augenweide beginnt, der Anblick des schimmernden Geliebten, der das Verlangen nach einem Rund-um-die-Uhr-Geschnacksel erregt, wandelt sich mit der Zeit. Die Partner altern und verändern sich und gewöhnen sich so an die Gegenwart des anderen, dass das Sehen aufhört, der wichtigste Sinn zu sein. Wenn ich morgens aufwachte und sah, dass Boris' Seite des Bettes leer war, horchte ich auf die Toilettenspülung oder auf das Geräusch, wenn er den Teekessel mit Wasser füllte. Ich spürte die harten Knochen seiner Schultern, wenn ich die Hände in einem wortlosen Gruß daraufleget, während er Zeitung las, ehe er ins Labor ging. Dabei sah ich ihm weder ins Gesicht, noch musterte ich seinen Körper; ich fühlte einfach, dass er da war, genauso wie ich ihn nachts im

Dunkeln roch. Der Geruch seines warmen Körpers war ein Teil des Zimmers geworden. Und wenn wir unsere Gespräche führten, die oft bis in die Nacht gingen, waren es seine Sätze, auf die ich achtete. Aufmerksam für die Übergänge von einem Gedanken zum nächsten, konzentrierte ich mich auf den Inhalt seines in meinem Kopf sich abspulenden Redens und brachte es in dem laufenden Dialog zwischen uns unter, der manchmal schonungslos war, aber meistens nicht. Es kam selten vor, dass ich ihn prüfend ansah. Manchmal, wenn wir es miteinander gemacht hatten und er nackt durchs Zimmer ging, betrachtete ich seinen langen, blassen Körper mit dem runden Bäuchlein und das linke Bein mit der blauen Krampfader und seine weichen, wohlgeformten Füße, aber nicht immer. Das ist nicht die vorsätzliche Blindheit einer neuen Anziehung; es ist die Blindheit einer durch Jahre parallelen Lebens geschmiedeten Intimität, von dessen Verletzungen und Linderungen gleichermaßen.

Bei unserem vorletzten Telefonat vor ihrem August-Urlaub erzählte ich Dr. S. etwas, was ich noch nie jemandem erzählt hatte. Eine Woche bevor Stefan sich umbrachte, saßen wir beide zu Hause in Brooklyn auf dem Sofa und warteten auf Boris. Mein Schwager war erst zwei Tage zuvor aus der Klinik entlassen worden. Er nahm sein Lithium, aber er hatte mir gerade erklärt, dass es ihm den Verstand plättete und die Welt entfernte. Er ließ sich ins Sofa sinken, schloss die Augen und sagte: *Aber sogar mit leerem Hirn liebe ich dich, Mia,* und ich sagte, dass ich ihn auch liebte, und er sagte: *Nein, ich liebe dich wirklich. Ich habe dich immer geliebt, und es bringt mich um.*

Stefan war verrückt, aber er war nicht immer verrückt. Damals war er nicht verrückt. Und er war schön. Ich hatte ihn immer schön gefunden, auch wenn er erschöpft und enttäuscht war. Die Brüder ähnelten sich, aber Stefan war viel schmaler und weitaus zarter, mit fast weiblichen Zügen. Seine Manien hungerten ihn aus, weil er zu essen vergaß. Wenn er manisch war, unternahm er Sextouren mit Flittchen, die er in Bars auflas, oder er gab sich einem Bücher-Kaufrausch hin, den er sich nicht leisten konnte, oder er sprudelte wie mein Freund Niemand über vor mysterianen Philosophien, denen man mitunter nur schwer folgen konnte. Doch an jenem Tag war er in einem ruhigen Zustand. Ich redete irgendetwas daher, dass er mit seinen Gefühlen im Irrtum sei, sprach über all die Zeit, die wir zusammen verbracht hätten, was dazu geführt habe, dass er sich auf mich verlasse, und dann, nachdem ich verwirrt herumgestottert hatte, gingen mir die Sätze aus, aber er redete weiter: *Ich liebe dich, weil wir uns gleichen. Wir sind nicht wie der Befehlshaber.* Das war einer von Stefans Spitznamen für Boris. In angriffslustiger Stimmung salutierte er manchmal vor seinem älteren Bruder. *Schwester Leben*, sagte Stefan, wandte mir das Gesicht zu, nahm meine Wangen in die Hände *und küsste mich lange und fest, und ich ließ es geschehen, und es gefiel mir, und das hätte ich nie gedurft,* sagte ich zu Dr. S. Ehe Boris hereinkam, hatte ich Stefan gesagt, dass wir das nicht dürften und dass es dumm gewesen sei, das ganze übliche Gefasel, und er hatte so gekränkt ausgesehen. Und das bringt *mich* um. Schwester Schuld. Sein furchtbares totes Gesicht, sein furchtbarer toter Körper.

Ich wusste, dass ich keine Schuld an Stefans Tod trug. Ich wusste, er musste in einem Moment der Verzweiflung entschieden haben, dass er den Tiger nicht länger reiten wollte, und trotzdem war ich nie imstande gewesen, unser Gespräch laut wiederzugeben, die Worte in diese offenen Felder unter dem weiten Himmel hinaus zu sagen. Während ich mich reden hörte, wurde mir klar, dass sich Stefan, als er unsere gemeinsame Schwäche für und Wut auf den Großen Boris verkündet hatte, mit einem Kuss an mich gefesselt hatte. Es war nicht der Kuss als solcher, der mich beschämt und zum Schweigen gebracht hatte, sondern das, was ich in Stefan gespürt hatte, seine Eifersucht und Rache, und das war es, was mich erschreckte, nicht weil die Gefühle zu Stefan gehörten, sondern weil sie auch zu mir gehörten. Der kleine Bruder. Die Ehefrau. Die beiden, die an zweiter Stelle kamen.

«Aber Sie und Stefan waren nicht gleich», sagte Dr. S. nicht lange bevor wir auflegten.

Nicht gleich. Verschieden.

«Im Krankenhaus habe ich mich wie Stefan gefühlt.»

«Aber Mia», sagte Dr. S., «Sie leben, und Sie wollen leben. Soweit ich es beurteilen kann, bricht Ihr Lebenswille aus allen Poren hervor.»

Schwester Leben.

Ich hörte mir eine Weile beim Atmen zu. Ich

hörte Dr. S. durchs Telefon atmen. Ja, dachte ich. Aus allen Poren. Das gefiel mir. Ich sagte ihr das. Wir sind so seltsame Geschöpfe, wir Menschen. Etwas war geschehen. Etwas hatte sich beim Erzählen gelöst.

«Wenn ich jetzt bei Ihnen wäre», sagte ich, «würde ich auf Ihren Schoß springen und Sie fest drücken.»

«Das wäre ein ziemlicher Armvoll», sagte Dr. S.

Etwa zur selben Zeit, ein paar Tage, vielleicht sogar Wochen davor oder danach, fanden die folgenden Ereignisse jenseits meines unmittelbaren phänomenalen Bewusstseins statt, wenn auch nicht notwendigerweise in der hier dargestellten Reihenfolge. Sie können nicht von mir entwirrt werden oder vielleicht von niemandem, deshalb *in medias res*:

Meine Mutter liest zur Vorbereitung des Lesezirkels am 15. August in der Rolling Meadows Lounge zum dritten Mal *Überredung*. Für diese Aufgabe nimmt sie eine äußerst bequeme Position ein. Sie liegt mit drei Kissen im Rücken, einer weichen Halskrause zur Dämpfung der stechenden arthritischen Schmerzen, einer Wärmflasche für ihre kalten Füße, einer Lesebrille auf der Nase, um die Buchstaben scharf zu sehen, und einem sonderangefertigten Bettlesepult, das das Buch aufrecht hält, und taucht in das Leben von Menschen ein, die sie gut kennt, vor allem Anne Elliot, die meine Mutter, Bea und ich alle lieben und über die wir uns unterhalten, als wäre Kellylynch Hall gleich nebenan und als würde die liebe, lange leidende, vernünftige alte Anne jeden Augenblick an die Tür klopfen.

Pete und Lola streiten sich, häufig.

Daisy, die immer noch jeden Abend im Theater die Muriel ist, wird nach der Vorstellung Daisy die Detektivin und folgt ihrem sphinxhaften Vater quer durch die Stadt. Der Mann hat mit langen nächtlichen Wanderungen angefangen, deren Sinn sie nicht versteht. Ihrem Charakter getreu legt Daisy für ihre nächtlichen Spürnasenexkursionen extravagante Kostüme an, die sie mir (obwohl ich zu der Zeit nichts davon oder von ihrem Leben als Spionin weiß) eher mehr als weniger auffallend zu machen scheinen: Groucho-Marx-Brille, -Augenbrauen, -Nase und -Schnurrbart; lange Blondhaarperücke zu paillettenbesetztem rotem Abendkleid; Schneiderkostüm und Aktentasche; Homburg und Stock. Natürlich mag sie in New York, wo die Nackten, die Spinner und die Absonderlichen sich ungehindert mit den Biederen und Konventionellen vermischen, Scharen von Fußgängern begegnet sein, ohne einen einzigen Blick auf sich zu ziehen. Gegen drei Uhr morgens, jeden Morgen, kehrt Boris in die Wohnung in die East 70th Street zurück, schließt die Tür auf und verschwindet aus den Augen unserer Tochter, woraufhin sie in ihre Wohnung in Tribeca zurückfährt, erschöpft ins Bett fällt und, wie sie es später mir gegenüber ausdrückte, *pennt*.

Simon lacht zum ersten Mal. Während sich Lola und Pete mit vor Anbetung verzerrten Gesichtern über das prinzliche Kinderbett beugen, blickt er zu seinen beiden Fans hinauf, rudert in einem Ansturm von Aufregung mit allen vier Gliedern und gluckst.

Abigail arbeitet sich durch meine sechs schmalen Gedichtsammlungen, alle getreulich verlegt von The Fever Press in San Francisco, Kalifornien: *Verlorener Stil, Kleine Wahrheiten, Hyperbel im Himmel, Die Obsidianfrau, Verflixt* und *Blinzeln, Blinken und Blicken.*

Regina vergisst. Weder meine Mutter noch Peg, noch Abigail konnten genau sagen, wann sie das nachlassende Gedächtnis ihrer Freundin bemerkt hatten. Schließlich vergessen sie alle dies und das, was gerade stattgefunden hat. Auch sie wiederholen gelegentlich Fragen und Geschichten, aber Reginas Vergessen hat eine andere Färbung. Die drei Schwäne (vier, als George noch lebte) haben Reginas Eitelkeit, Egozentrik und Rastlosigkeit (sie konnte nicht im Restaurant essen, ohne dreimal den Tisch zu wechseln) ertragen, weil sie weiß, wie man sich amüsiert. Sie veranstaltet Nachmittagstees für sie und besorgt Karten für dieses oder jenes Ereignis. Sie erzählt charmant verworrene Witze und taucht fast nie ohne eine Gabe an der Wohnungstür ihrer Freundinnen auf: eine Blume oder eine dekorative Dose oder ein Kerzenhalter, den sie irgendwo auf ihrer Lebensreise quer durch die Kontinente aufgelesen hat, aber die Möglichkeit des Auftretens einer Thrombose – «direkt in meine Lunge, und ich bin tot» – hat ihrer ohnehin vorhandenen Flatterhaftigkeit einen zusätzlichen Antrieb gegeben, der angefangen hat, mit hoher Geschwindigkeit zu rotieren. Ihre zunehmende Amnesie für Termine, Gespräche, das Auffinden ihrer Schlüssel und ihres

Portemonnaies, ihrer Brille und das Erkennen mancher Gesichter (nicht die der Schwäne, aber von anderen) verursacht bei ihr schnell Panik und Tränen. Die Defizite, über die die anderen als «Senioritis» oder «Altedamenhirn» scherzen, scheinen Regina niederzuschmettern. Drei- oder viermal in der Woche rennt sie zum Arzt, wiederholt beleidigt, dass sie es einfach nicht glauben kann, nicht *glauben* kann, dass sie, sie, Regina, die einst, jedenfalls durch Heirat, eine entscheidende Akteurin in der Welt der internationalen Diplomatie war, an *diesem Ort* gelandet ist, in einem *Heim; das ist es doch, nicht wahr, ein Heim?* Es kommt ihr wie ein Frevel vor. Und so, peu à peu, ohne dass jemand den Zeitpunkt der Veränderung genau bestimmen könnte, hat sich die kokette Alte ihren weitaus stoischeren Freundinnen entfremdet.

Flora wird psychologisch: «Mommy, weißt du, was lustig ist?»

«Nein, Flora», sagt Lola.

«Manchmal hab ich dich ganz, ganz dolle lieb, aber manchmal hasse ich dich wirklich, echt!»

Ellen Wright ruft die anderen Mütter an, erzählt ihnen ruhig Alice' Geschichte und vereinbart ein Treffen von Eltern und Kindern in ihrem Haus. Sie lädt auch mich dazu ein, aber ich sage wegen Bea ab und setze sie davon in Kenntnis, dass ich meinen Kurs auf Verse umstellen werde, die das Gemeinwohl fördern – gegenseitiges Verständnis, herzlichen Kameradschaftsgeist, schmelzende Freundlichkeit –, obwohl ich keinen Schimmer habe, wie ich das erreichen soll. Ich weiß, dass das Kolloquium am Sonntag nach dem folgenschweren Freitag stattfand, an dem Alice die unappetitlichen Einzelheiten ihrer Verfolgung ausspuckte. Die Mütter und Töchter (Alice' Vater ist als einzige männliche Person zugegen) kommen ungefähr zu der Zeit zusammen, als Bea, meine Mutter und ich ein Glas Sancerre trinken, während wir unser Abschiedsessen für Bea in meiner gemieteten Küche zubereiten – ein saftiges Brathähnchen mit Knoblauch, Zitrone und Olivenöl, einen Salat aus neuen Kartoffeln und Bohnen aus Lolas Garten. Die Berichte aus zweiter Hand können nicht passgenau zusammengefügt werden, aber das Drama entfaltet sich, wenn nicht wie folgt, so doch sehr ähnlich, und da, wie wir alle wissen, Darstellungen von Augenzeugen kaum zuverlässig sind, werden Sie diesen Bericht so schlucken müssen, wie ich beschlossen habe, ihn wiederzugeben.

Sechs angespannte Mütter mit mürrischen, reizbaren Töchtern im Schlepptau verteilen sich im Wohnzimmer der Wrights. (Ob jemand das große Plakat mit Goyas Priester aus dem Chicago Art Institute, der in sechs Bildern einen Räuber besiegt, ansieht oder nicht, kann ich nicht sagen, aber es ist ein bedeutendes Werk, sogar in der Reproduktion.) Ellen Wright, die früher Sozialarbeiter ausbildete und jetzt in der Verwaltung der Gesundheitsklinik von Bonden arbeitet, eröffnet das Forum mit einer kurzen Rede, in der sie das aktuelle Wort der Wahl benutzt, um die fraglichen Ereignisse zu beschreiben: *Mobbing.* Sie erwähnt die Verbreitung des Phänomens, die möglicherweise *nachhaltigen Schäden für die psychische Gesundheit,* sie erwähnt, dass Mädchen gewiefter und hinterhältiger sind als Jungen (Adjektive von mir) und dass diese Aktivitäten nicht von selbst aufhören; *es braucht eine ganze Kleinstadt dazu.* Ich bin nicht verantwortlich für die abgenutzten Worte, die den Diskurs der Populärsoziologie verunreinigen. Dann äußert Mrs. Wright den aufrichtigen Wunsch, zuhören, das Parkett allen Akteuren überlassen zu wollen.

Schweigen tritt ein. Mehrere Augenpaare fixieren wütend die zwischen elterlichen Puffern sitzende Alice.

Mrs. Lorquat von der missbilligenden Gottheit, die Mutter von Jessie, fragt sich laut, wie man, wenn so viel von dem, was geschah, anonym erfolgte, wissen könne, dass ihre Jessie überhaupt *beteiligt* war.

Emmas Mutter, Mrs. Hartley, stößt ihr Kind an, damit es etwas sagt. Nach ein paar weiteren Stößen beichtet Emma mit rotem Gesicht SMS-Botschaften, die von einem kompletten Ensemble zusammengereimt wurden. Und sie nennt Namen: Jessie, Ashley, Joan, Nikki und sich selbst. Aber sie hatten es *echt nicht so gemeint*; es war bloß *alberner Kinderkram*.

Nikki und Joan melden sich abwechselnd mit kurzen Zwischenrufen zu Wort, die besagen, dass auch sie nicht die Absicht hatten, jemandem wirklich Böses anzutun. Es war nur so, dass Alice immer von Chicago sprach und immer Bücher las und sich besser aufführte als sie, und deshalb hatten sie gedacht, sie wäre *irgendwie eingebildet und so …*

Mrs. Larsen, Ashleys Mutter, die einen abgespannten, kleinlauten Eindruck macht, erkundigt sich gutgläubig bei ihrer versteinert dreinblickenden Tochter: *Aber ich dachte, du und Alice, ihr wärt so gute Freundinnen.*

Sind wir auch!

Die sich unter einer Lawine von Schuldgefühlen windende Peyton schreit das Wort *Lügnerin* und lässt Enthüllungen vom Stapel, die weder für Sie noch für mich überraschend sind, während Mrs. Berg versucht, den Eifer ihrer Tochter zu dämpfen, indem sie ruhig sagt: *Hör auf zu schreien, Peyton,* aber Peyton schreit trotzdem, dass Ashley das Foto gemacht und ins Internet gestellt hat, dass sie den Schwindel mit Zack vorgeschlagen hat und dass sie, Peyton, mitgezogen habe und dass sie sich *mies fühle, richtig mies.* Aber Peyton ist noch nicht fertig. Es gibt noch mehr. Peyton sagt, sie habe Angst gehabt, es weiterzusagen, sei *in Panik* gewesen, weil sie, Ashley, einen Club namens Hexenzirkel gegründet hatte. Um der Gruppe beizutreten, erklärte sich jedes Mädchen bereit, sich mit einem Messer zu schneiden und ausreichend zu bluten, um ihren Namen in Blut auf ein Dokument schreiben zu können, in dem sie ihre Treue gegenüber den anderen Mitgliedern schwor und versprach, ihr Bund würde *für immer* ein Geheimnis bleiben. Peyton weist eine kleine Narbe auf dem Oberschenkel eines sehr langen linken Beines zum Beweis vor.

Bei dieser gruseligen Wende des Verfahrens, mit dem Anflug eines satanischen Rituals, geht ein Ruck durch die Erwachsenen. Der arme Mr. Wright, ein Chemieprofessor, daran gewöhnt, vorklinische Studenten durch die Höhen und Tiefen der Vorausberechnung von Formeln mit mehratomigen Ionen zu geleiten, fühlt sich äußerst unbehaglich und macht sich an eine intensive Untersuchung seiner Fingernägel. Mrs. Lorquat japst nach Luft, da mit Blut geschriebene Dokumente Gott noch mehr beleidigen als D. H. Lawrence. Nikkis und Joans Müttern, nebeneinandersitzenden lebenslangen Freundinnen, klappt die Kinnlade herunter. Es folgt die entgeisterte Befragung von Mitgliedern des Hexenzirkels.

Ashley fängt an zu weinen.

Alice beobachtet.

Ellen beobachtet Alice.

Was Alice an dieser Stelle denkt, wissen wir nicht, aber höchstwahrscheinlich verspürt sie eine gewisse Genugtuung, dass die pubertierenden Hexen von Bonden bloßgestellt worden sind. Gleichzeitig kann Alice sich nicht entziehen. Sie bleibt in der Stadt mit den kleinen Teufelinnen, ihren Freundinnen.

Kommentar: *Die Werkzeuge der Finsternis erzählen uns Wahrheiten.* Wie lauten sie? Jungs sind eben Jungs: wild und ungestüm, tretend, kopfüber von Bäumen hängend. Aber sind Mädchen eben Mädchen? Sanft, nährend, süß, passiv, hinterhältig, verschlagen, gemein?

Im Bauch unserer Mütter sind wir alle gleich. Wenn wir im Fruchtwassersee unseres frühesten Vergessens schweben, haben wir alle Gonaden. Wenn das Y-Chromosom nicht urplötzlich auf die Gonaden einiger von uns einwirkte und Hoden bildete, würden wir alle Frauen. In der Biologie verläuft die Geschichte der Genesis umgekehrt: Adam wird zu Adam aus Eva, nicht andersherum. Männer sind die metaphorischen Rippen von Frauen, nicht Frauen die von Männern. Meistens ist es so: XX = Eierstöcke, XY = Hoden. Der angesehene griechische Arzt Galen glaubte, die weiblichen Genitalien seien die Inversion der männlichen und umgekehrt – eine Sicht, die jahrhundertelang Bestand hatte. «Wende die der Frau nach außen, wende die des Mannes nach innen und falte sie doppelt, so wirst du bei beiden in jeder Hinsicht das Gleiche finden.» Natürlich übertrumpfte außen immer innen. Innen war eindeutig schlechter. Wieso eigentlich, kann ich nicht sagen. Außen ist ziemlich empfindlich, wenn Sie mich fragen. Kastrationsangst leuchtet durchaus ein. Trüge ich meine Fortpflanzungsorgane außen, wäre ich auch verdammt nervös wegen dieses heiklen Päckchens. Wie der menschliche Nabel hatte das antike Sexmodell Innis und Außis, was bedeutete, dass ein Inni einen damit überraschen konnte, ein Außi zu werden, vor allem wenn man wie jemand herumlief, der schon einen Außi hatte. Diese verborgene, umgeknickte Latte konnte sich also ganz plötzlich ausstülpen. Montaigne, der allergrößte Literaturfürst des sechzehnten Jahrhunderts, schloss sich der Inni/Außi-These an: «Männchen und Weibchen sind aus demselben Holz geschnitzt, und bis auf Bildung und Brauch ist der Unterschied nicht groß.» Er gibt eine wohlbekannte Geschichte von einem Marie-Germain wieder, der in Montaignes Version bis zum Alter von zweiundzwanzig (in anderen Versionen fünfzehn) Jahren schlicht eine Marie war, eines Tages aber, infolge einer anstrengenden Leibesübung (bei der Schweinehatz über einen Graben springen), platzte die männliche Rute aus ihr hervor, und Germain war geboren. Unglaublich, sagen Sie. Unmöglich, sagen Sie. Doch es gibt eine bestimmte Familie in Puerto Rico und noch eine in Texas mit einem Gendefekt, durch den XY für jedermann wie XX aussieht. Mit anderen Worten, der Phänotyp tarnt bis zur Pubertät den Genotyp, und dann werden die kleinen Mädchen jählings zu kleinen Jungen und wachsen zu Männern heran. Carla wird Carlos! Die geliebte Tochter wird der geliebte Sohn, ohne ein chirurgisches Instrument weit und breit. Sicher ist nur, dass *in utero* die Sache mit der Geschlechterdifferenzierung anfällig ist. Die Dinge können völlig durcheinandergeraten, und das tun sie auch.

Mia, sagen Sie, komm zur Sache. Entspannen Sie sich, atmen Sie durch, und ich werde Ihnen meine rhetorische Wende bald servieren. Dies ist eine Frage von Gleichheit und Andersheit, davon, was Sokrates im *Staat* einen «Wörterstreit» nennt. Er sagt seinem Gesprächspartner Glaukon, sie befänden sich in einer «eristischen Auseinandersetzung», weil sie sich nicht bemüßigt gefühlt hätten nachzufragen, «was der Sinn von ‹andere Natur› sei und was der Sinn von ‹gleiche Natur›, und wohin wir mit unserer Definition zielten, wenn wir einer anderen Natur andere Praktiken und der gleichen Natur die gleichen zuweisen würden». Der große Vater der westlichen Philosophie tüftelt das Mann/Frau-Problem für seine Utopie aus und stützt sich schließlich (mit Unbehagen, denke ich, aber dessen ungeachtet) auf Folgendes: «Doch wenn der einzige Unterschied der ist, dass die Weibchen austragen und die Männchen begatten, so werden wir dies nicht als triftigen Unterschied bei unserem Behuf gelten lassen.» Der Behuf: ob Frauen dieselbe Erziehung genießen sollen wie Männer und dann neben diesen im Staate regieren dürfen.

Größtenteils gleich, aber in Teilen anders, größtenteils in jenen unteren begattenden und austragenden Teilen? Oder anders*artig*? Thomas Laqueur, er sei gepriesen, hat ein ganzes Buch über das Thema geschrieben. Als die Inni-Außi-Theorie zusammenbrach – irgendwann im 18. Jahrhundert –, waren Frauen nicht länger umgekehrte Männer; wir waren ganz und gar ANDERS: unsere Knochen, Nerven, Muskeln, Organe, Gewebe, alles anders, eine ganz andere Maschinerie, und diese biologische Fremde war so ungemein zart. «Wiewohl es wahr ist, dass der Geist allen Menschen eigen ist», schrieb Paul Victor de Sèze 1786, «ist dessen tätiger Gebrauch nicht für alle zuträglich. Bei Frauen kann diese Tätigkeit recht schädlich sein. Wegen ihrer natürlichen Schwäche würde umfangreichere Hirntätigkeit bei Frauen alle anderen

Organe auslaugen und somit ihr ordentliches Funktionieren zum Erliegen bringen. Vor allem jedoch würden durch die Überanstrengung des weiblichen Gehirns die Fortpflanzungsorgane am meisten ermüdet und gefährdet.» Die Theorie, dass durch Denken die Eierstöcke schrumpfen, hatte ein langes, unverwüstliches Leben. Dr. George Beard, der Verfasser von *American Nervousness*, behauptete, anders als «die Squaw in ihrem Wigwam», die sich auf ihren Genitalbereich konzentriere und ein Kind nach dem anderen werfe, werde die moderne Frau durch Denken deformiert, und um es zu beweisen, zitierte er die Arbeit eines angesehenen Kollegen, der hochgebildete Uteri vermessen und dabei herausgefunden hatte, dass sie nur halb so groß waren wie die, die nie dem Lernen ausgesetzt gewesen waren. 1873 veröffentlichte Dr. Edward Clarke, dem erlauchten Beard folgend, ein Buch mit dem sympathischen Titel: *Sex in Education: A Fair Chance for Girls*, in dem er vorbrachte, menstruierende Mädchen sollten aus dem Klassenraum verbannt werden, und zitierte unwiderlegbare Befunde aus in HARVARD an intellektuellen Frauen durchgeführten klinischen Studien, die ermittelt hatten, dass zu viel Wissen diese armen Geschöpfe unfruchtbar, blutarm, hysterisch und sogar wahnsinnig gemacht hatte. Vielleicht war das mein Problem. Ich las zu viel, und mein Gehirn explodierte. Im Jahr 1906 behauptete der Anatom Robert Bennett Bean, das Corpus Callosum – die Nervenfasern, die die beiden Hirnhälften miteinander verbinden – sei bei Männern größer als bei Frauen, und stellte die Hypothese auf, «die außergewöhnliche Größe des Corpus Callosum könne außergewöhnliche intellektuelle Aktivität bedeuten». Große Gedanken = Großes CC.

Aber heutzutage äußert niemand mehr solchen Unsinn, sagen Sie. Die Naturwissenschaften haben sich verändert. Sie beruhen auf Tatsachen. Und doch sind Kollegen meines Ehemannes auf Abwegen fleißig dabei, Volumen und Dichte des Gehirns zu messen, seinen oxigenierten Blutfluss zu scannen, Mäusen, Ratten und Affen Hormone zu injizieren und links und rechts Gene auszuknocken, um zweifelsfrei zu beweisen, dass der Unterschied zwischen den Geschlechtern tiefgehend, von der Evolution vorherbestimmt und mehr oder weniger festgelegt ist. Wir haben männliche und weibliche Gehirne, die nicht nur in Hinblick auf reproduktive Funktionen, sondern auf unzählige andere *wesentliche* Weisen anders sind. Es stimmt zwar, dass Geist allen Menschen eigen ist, doch hat jedes Geschlecht seine eigene ART von GEIST. Der bedeutende Neurophysiologe Dr. Renato Sabbatini zum Beispiel, seinerzeit Postdoc-Stipendiat am Max-Planck-Institut, zählt eine lange Liste von Unterschieden zwischen uns und ihnen auf und verkündet dann: «Das, so meinen Wissenschaftler, könnte die Tatsache erklären, dass es sehr viel mehr [männliche] Mathematiker, Piloten, Buschführer, Maschinenbauingenieure, Architekten und Rennfahrer als weibliche gibt.» Studiert, so viel ihr wollt, Mädels, ihr werdet nie eine Riccati-Differenzialgleichung lösen. Warum? Die Idee mit dem Wigwam kehrt zurück, ohne dass man die amerikanischen Ureinwohner bemühen müsste (es ist nicht mehr erlaubt, den Wigwam zu dämonisieren oder zu idealisieren. Wir müssen auf Völker zurückgreifen, die nicht mehr beleidigt werden können): «Die Höhlenmänner jagten, die Höhlenfrauen sammelten Nahrung in der Nähe der Behausung und kümmerten sich um die Kinder.» Doch keine Sorge, versichert uns unser geschätzter Professor (eine noch viel höhere väterliche AUTORITÄT zitierend, den großen «Vater der Soziobiologie in HARVARD, Edward O. Wilson), ihr mögt zwar nicht den

Entwicklungsstand erreicht haben, um Buschführer zu werden, aber «weibliche Menschen
neigen dazu, stärker als männliche unter anderem in Empathie, sprachlichen Fähigkeiten,
sozialer Kompetenz und im Sicherheitsdenken
zu sein, während Männer dazu neigen, stärker
in Selbständigkeit, Dominanz, räumlichen und
mathematischen Fähigkeiten, rangbezogener
Aggression und anderen Besonderheiten zu
sein». Wenn wir der Logik des Professors folgen,
erklären unsere höheren «sprachlichen Fähigkeiten», warum Frauen die literarischen Künste
so lange dominiert haben, weit und breit nicht
ein Mann in Sicht. Ich bin mir sicher, Sie haben
auch bemerkt, dass, wenn die Titanen der zeit-
genössischen Literatur erwähnt werden, in der
akademischen Welt ebenso wie in den Medien,
die Zahl der Frauen unter ihnen ganz einfach
überwältigend ist.

Ich schätze mich glücklich, dass mein ei-
gener (oder früher eigener) Boris nicht mit
Dr. Sabbatini übereinstimmen würde; bis über
beide Ohren mit Ratten beschäftigt, wie mein
Göttergatte es ist, und der Evolution und den
Genen zugetan, wie er es auch ist, weiß er, dass
Gene von der Umwelt bestimmt werden und
dass das Gehirn plastisch und dynamisch ist; es

entwickelt und verändert sich mit der Zeit unter dem Einfluss dessen, was *da draußen* ist. Er weiß auch, dass Menschen trotz unserer Gemeinsamkeiten keine Ratten sind und dass bei Menschen die höheren ausführenden Funktionen entscheidend dafür sein können, was wir werden, und er weiß, dass gute Wissenschaft von heute auf morgen schlechte Wissenschaft werden kann, so wie es 1982 auf die sensationelle Entdeckung zutraf, dass das Corpus Callosum, ebenjener fibröse Verbinder der Hirnhälften des Dr. Bean, vor allem ein als Splenium oder Balkenwulst bekannter Teil davon, bei Frauen tatsächlich GRÖSSER ist als bei Männern. Diese Studie, deren Ergebnis binnen kurzem von *Newsweek* für die Massen herausposaunt wurde, behauptete nicht, Frauen seien intellektuell überlegen (ein in der Menschheitsgeschichte noch nie vorgebrachter Gedanke), sondern vielmehr, dass wir mit dem großen CC eine stärkere Kommunikation zwischen den Hemisphären unserer Gehirne aufweisen, was in *Newsweek* der Einfachheit halber als «weibliche Intuition» übersetzt wurde. Doch dann fand eine andere Studie über Koreaner und Koreanerinnen heraus, dass das ärgerliche Ding bei Männern größer war. Koreaner müssen speziell sein. Dann fand eine andere Studie keinen Unterschied heraus. Weitere Studien folgten: etwas größer, etwas kleiner, ungefähr gleich, kein Unterschied. 1997 kamen Bishop und Walsten, die Verfasser einer Übersicht über neunundvierzig Studien zum Corpus Callosum, zu dem Schluss: «Der weitverbreitete Glaube, Frauen hätten ein größeres Splenium als Männer und würden folglich anders denken, ist unhaltbar.» Huch. Aber der Mythos ist immer noch in Umlauf. Ein Dummkopf, der eifrig seine eigene Sorte von Pseudowissenschaft verbreitet, hat das CC als die «sorgende Membran des Gehirns» tituliert.

Es ist nicht so, dass es keinen Unterschied zwischen Männern und Frauen gäbe, es geht darum, wie viel Unterschied dieser Unterschied ausmacht und wie wir damit umgehen wollen. Jedes Zeitalter hatte seine Lehre von Unterschied und Gleichheit, seine Biologie, seine Ideologie und seine ideologische Biologie, was uns endlich zu den bösen Mädchen, ihren Eskapaden und den Werkzeugen der Finsternis zurückbringt.

Wir haben mehrere zeitgenössische Werkzeuge der Finsternis, aus denen wir wählen können, alle reduktiv, alle einfach. Sollen wir den Unterschied mit dem sehr speziellen, wenn auch zweifelhaften Anderssein des weiblichen

Gehirns erklären oder mit den von jenen «in der Nähe der Behausung Nahrung sammelnden Höhlenfrauen» vor Jahrtausenden herausgebildeten Genen oder mit den gefährlichen Hormonwogen der Pubertät oder mit schändlichem sozialem Lernen, das aggressive, wütende Triebe in den Untergrund der Mädchen kanalisiert? Mit Sicherheit ist unsere Ashley, im Gegensatz zur Analyse unseres guten Doktors, trotz ihres XX-Status hochgradig interessiert an «sozialer Dominanz» und «rangbezogener Aggression», genauso wie meine ehemalige Freundin Julia, als ich in einer früheren Ära in der sechsten Klasse war und einen auf meinem Pult liegenden Zettel auffaltete und die aus ausgeschnittenen Zeitungsbuchstaben gebildeten Worte las: «Alle hassen dich, weil du eine Riesenschwindlerin bist.» Und ich erinnere mich, dass ich mich fragte: Bin ich eine Schwindlerin? Hatte ich nicht Bücher in winziger Schrift aus der Bibliothek ausgeliehen, die zu schwer für mich waren? Bewies das, dass sie recht hatten? Der Zettel rührte den seelischen Unrat in mir um – Schuldgefühle, Schwäche und die Sorge, dass ich, sosehr ich bewundert und geliebt werden wollte, dessen ebenso unwürdig war –, und ich Waschlappen und Heulsuse ließ zu, dass sie mich besudelten. Schwindlerin! Ich war nicht Schwindlerin genug. Gepriesen seien der Kunstgriff, die Clownsmaske, das Dracula-Gesicht, um die Weichheit zu tarnen. Leg deine Rüstung an und nimm deine Lanze zur Hand. Begrüße ein bisschen Falschheit, wenn es dich vor den Schlangen schützt.

Binsenwahrheiten sind oft unwahr, doch dass Grausamkeit eine Gegebenheit des menschlichen Lebens ist, gehört nicht dazu. Wir müssen näher herangehen, so nah, dass wir das Blut aus ihren Schnitten und den Schauer der Heimlichkeit und theatralischen Gefahr riechen, den die Mädchen im Hexenzirkel fanden. Wir müssen so nah sein, dass wir die Lust spüren, die es ihnen bereitete, Alice weh zu tun, und so nah an Alice, dass wir sehen können, wie sie sich in ihrer Verletzlichkeit und ihrem Bedürfnis, sehr, sehr brav zu sein, aus ihren Fängen befreite, genau wie ich vor ihr.

Aber, sagte ich mir, du bist nicht mehr zwölf. Deine Klauen mögen nicht die schärfsten sein, aber sie sind nachgewachsen, und nun kannst du handeln. Ich machte sieben Anrufe und erklärte sieben Müttern, ich wolle mir eine Woche freinehmen, jedoch solle in dieser Woche jedes der Mädchen seine Geschichte dessen, was geschehen war, entweder in Poesie oder in Prosa aufschreiben. Mindestens zwei Seiten. Der restliche Kurs würde auf die eine oder andere Weise aus der Behandlung dieses Materials bestehen. Ich war energisch. Obwohl ich einiges besorgte Gemurmel darüber hörte, «das alles noch einmal durchzukauen», widersetzte sich mir am Ende keine, nicht einmal Mrs. Lorquat, die von dem ganzen gottlosen Schlamassel aufrichtig erschüttert zu sein schien.

Liebe Mom,

Dad ist in ein Hotel gezogen. Ich weiß nicht genau, was los ist, aber wir gehen am Donnerstagabend zusammen essen, und er hat versprochen, mit mir zu sprechen, total ehrlich zu sein. Ich habe ihm gesagt, er soll Dir unbedingt schreiben, und er hat gesagt, das würde er, aber ich muss Dir sagen, dass er am Telefon furchtbar traurig klingt, ganz gebremst. Er ist kein offenes Buch, Mom, aber ich halte Dich auf dem Laufenden. In anderthalb Wochen bin ich in Bonden, meine süße kleine Mami, und werde bei Dir hereinplatzen und die Arme um Dich schlingen!

Liebste Grüße von Deinem einzigen Daisygirl

A. Boris hat mit der Pause Schluss gemacht.

B. Die Pause hat mit Boris Schluss gemacht.

C. Die Affäre läuft noch, aber das Duo hat entschieden, dass das Pausenquartier zu klein ist, deswegen Hotel.

D. Die beiden haben sich einvernehmlich getrennt.

E. Nichts von alledem.

A war besser als B, B besser als C. D war besser als B. E war eine unbekannte Größe oder X. Viel inwendiges Ruminieren und Spekulieren über A, B, C, D und X. Ausführliches Ausspinnen befriedigender Phantasien über den verlorenen Ehemann, im Zustand heftiger Reue auf dem Boden liegend oder auf Knien. Andere weniger befriedigende Phantasien über das von der Französin gebrochene Ehemannsherz. Einige introspektive Beschäftigung mit dem hin und her gerissenen Zustand meines eigenen erschöpften und zerfledderten Herzens. Kein Weinen.

Und dann, Mittwochabend gegen halb zehn, als ich mir, auf dem Sofa liegend, leise Thomas Traherne vorlas, das Gesicht von einer grünlichen Schlammmaske bedeckt, einem Mischmasch, den ich gekauft hatte, weil seine Hersteller versprachen, ältere Haut wie meine (sie nannten es nicht ausdrücklich so, aber der Euphemismus «feine Linien» auf dem Etikett hatte ihre Absicht deutlich gemacht) würde davon weich und rein, hörte ich ihn, den explosiven Pete, nebenan zwei wohlbekannte Schimpfwörter brüllen, ein Adjektiv für einen Geisteszustand und ein Nomen für die weiblichen Genitalien, wieder und wieder, und mit jeder verbalen Tätlichkeit wurde mein Körper wie von einem Schlag steifer, und ich lief zur Glastür, die auf den Garten hinausging, und sah zu dem bescheidenen Häuschen meiner Nachbarn hinüber, aber hinter den Fenstern war niemand zu sehen. Es war noch nicht ganz dunkel, und das Dunkelblau des Himmels war von dunkleren Streifen grauer werdender Wolken durchzogen. Ich öffnete die Tür und trat auf den Rasen und in die heiße Sommerluft hinaus, und ich hörte Simon heulen, dann die Haustür zuschlagen. Ich sah einen rennenden Schatten, Pete, hörte die Autotür zuknallen, die Zündung, den sich drehenden Motor und das

Rutschen der Reifen, als der Toyota Corolla die leere Straße hinunterraste und dann scharf nach links abbog, vermutlich Richtung Stadt. Dann sah ich, vom Fenster eingerahmt, Lola mit Simon ins Wohnzimmer kommen, ihr Kopf war über das Kind gebeugt, das sie in den Armen wiegte, während Flora wie eine Schlafwandlerin hinter ihnen hertappte. Sie waren alle unversehrt.

Ein paar Minuten lang regte ich mich nicht. Ich stand barfuß im warmen Gras und war unermesslich traurig. Mit einem Mal taten mir die Menschen allesamt leid, als wäre ich plötzlich in den Himmel versetzt worden und sähe wie irgendeine allwissende Erzählerin in einem Roman des 19. Jahrhunderts auf das Schauspiel der makelbehafteten Menschheit hinunter und wünschte, die Dinge könnten anders sein, nicht ganz und gar anders, aber anders genug, um einigen von uns hier und da ein wenig Leid zu ersparen. Das war ja ein bescheidener Wunsch, nicht irgendeine utopische Phantasie, sondern der Wunsch einer vernünftigen Erzählerin, die ihr rotes Haupt mit seinen grauen Strähnen schüttelt und tief trauert, trauert, weil es richtig ist, die endlose Wiederholung von Gemeinheit und Gewalt und Kleinlichkeit und Schmerz zu betrauern. Und so stand ich da und trauerte, bis die Tür aufging und meine drei Nachbarn heraustraten und über den Rasen kamen, und ich nahm sie auf.

In Wirklichkeit waren sie zu viert, denn Flora hatte Moki dabei. Während sie, nur in ihrer Cinderella-Unterhose, über das Gras auf mich zuging, redete sie auf ihn ein, sagte, dass alles okay sei, dass er sich keine Sorgen machen, nicht weinen müsse, dass alles in Ordnung kommen werde. Das Kind tätschelte und küsste die Luft neben sich, und als wir im Haus waren, lief es zum Sofa, rollte sich in der Fötusstellung ein und kniff die Augen fest zu. Ich bemerkte, dass Flora nicht ihre Perücke trug. Ich setzte mich neben sie, winkte Lola zu einem Sessel und beobachtete, wie sie sich mit seltsam ausdruckslosem Gesicht darauf niederließ, als wäre sie eine alte Frau mit schlimmen Gelenken. Sie schien keine Tränen vergossen zu haben – ihre Wangen waren trocken, das Weiß ihrer Augen nicht gerötet –, aber ihre Brust hob und senkte sich beim Atmen, wie bei jemandem, der gerannt ist. Ich legte die Hand sanft auf Floras Rücken. Sie öffnete ihr sichtbares Auge, musterte mich und sagte: «Du bist grün.»

Meine Hand schnellte an mein Gesicht, als

mir das Schönheitsprodukt einfiel. Ich stürmte hinaus, um es zu entfernen, kam wieder zurück und bemerkte, dass Lola vor allem erschöpft aussah. Sie trug einen dünnen Morgenmantel aus irgendeinem Kunststoff mit Paisleymuster, der am Hals aufgegangen war, sodass man viel von ihrer rechten Brust sah. Das blonde Haar hing ihr in unordentlichen Büscheln über die Augen, aber sie machte keine Anstalten, den Morgenmantel zu ordnen oder das Haar wegzuschieben. Sie war schlaff, zu keiner Anstrengung imstande. Simon quengelte, während er seinen Schädel gegen den Arm seiner Mutter drückte, aber sie reagierte nicht. Ich nahm das Baby, begann auf und ab zu gehen und wiegte es ein bisschen dabei. Ohne sich zu mir umzudrehen, sagte Lola mit vor Entschiedenheit scharfer Stimme: «Ich gehe heute Abend nicht zurück. Ich will nicht da sein, wenn er nach Hause kommt. Nicht heute Abend.» Ich bot ihnen mein Bett an, worauf sie sagte: «Wir können ja alle vier drin schlafen. Es ist doch ein breites Doppelbett, oder?»

Wir schliefen tatsächlich darin, alle vier oder fünf, je nachdem, wie man zählte. Nachdem ich Lola zwei Whiskeys aus dem Schnapsvorrat der Burdas eingeflößt hatte, wiegte ich Simon in den Schlaf und legte ihn ins Bett, eine dicke Kugel von einem Säugling in einem blauen Strampler, die laut atmete, wobei die winzigen Lippen sich automatisch vorstülpten und einsaugten. Ich holte eine kleine Wolldecke hervor, die ich weggeräumt hatte, wickelte ihn darin ein, um ihn vor der klimatisierten Luft zu schützen, und trug dann die bewusstlose Flora herein, die einmal aufschnarchte, als ich die Decke über sie zog, aber sie drehte sich schnell zur Seite und fiel in tiefen Schlaf. Danach saßen Lola und ich noch eine Weile zusammen. Sie wollte nicht über Pete sprechen. Ich fragte sie nach dem Krach, aber sie sagte, ihre Streitereien seien dumm, es gehe immer um nichts, nichts Wichtiges, und sie habe es satt, habe Pete satt, sich selbst, manchmal sogar die Kinder. Ich sagte sehr wenig. Ich wusste, dass ich vorläufig nur der Hallraum war, der Ort, wo man Worte deponiert, keine wirkliche Gesprächspartnerin. Und dann, ohne irgendeinen Übergang, begann sie zu erzählen, dass sie drei Jahre lang, nachdem sie als Kind in die Krippe gekommen war, kein Wort gesprochen habe. «Zu Hause habe ich geredet, mit meinen Eltern, meinen Brüdern, aber sonst habe ich nie was gesagt, zu niemand. Ich erinnere mich an nicht viel aus der Vorschule, aber ein bisschen an den Kindergarten. Ich erinnere mich, wie Mrs.

Fordermeyer sich über mich beugte. Ihr Gesicht war wirklich groß und nah. Und sie fragte mich, warum ich nicht antwortete. Sie sagte, das sei unhöflich. Das wusste ich. Ich wollte ihr sagen, dass sie es nicht verstand. Ich konnte einfach nicht.» Lola sah ihre Hände an. «Meine Mom sagt, dass ich irgendwann in der ersten Schulklasse anfing zu flüstern. Sie war überglücklich. Ihre Kleine hatte geflüstert. Und dann wurde ich wohl ganz allmählich lauter, nehm ich an.»

Nachdem sich Lola neben ihre Kinder ins Bett gekuschelt hatte, setzte ich mich auf die Kante und streichelte etwa zwanzig Minuten lang ihren Kopf. Sie ist nur zwei Jahre älter als Daisy, sagte ich mir. Ich dachte an Lola, das stille kleine Mädchen, das in der Schule nicht sprechen konnte. Die Angst, an einem Ort zu sprechen, der nicht zu Hause ist, der außerhalb ist, fremd. Sie hat einen Namen, wie so viele Dinge, selektiver Mutismus, nicht ungewöhnlich bei kleinen Kindern. Dann dachte ich an eine junge Frau, die mit mir im Krankenhaus gelegen hatte, und versuchte, mich an ihren Namen zu erinnern, aber er fiel mir nicht ein. Auch sie hatte nicht gesprochen, kein Wort. Dünn, weißhäutig und blond, hatte sie mich an eine schwindsüchtige Wiedergängerin aus der

Romantik erinnert. Ich sah sie steif und vorn-übergebeugt, das lange bleiche Haar wie einen Vorhang vors Gesicht gezogen, den Korridor auf und ab wandeln; sie hatte eine Plastikkanne dabei, die sie sich ganz dicht an den Mund hielt, sodass sie hineinspucken konnte, wenn sie, manchmal lautlos, manchmal laut, Speichel-klumpen aus der Lunge hervorwürgte, worüber die anderen Patienten kicherten. Einmal hatte ich sie im Gemeinschaftsraum hinter ein Sofa huschen, sich niederkauern, aus dem Blickfeld verschwinden sehen, und kurz darauf hörte ich, wie sie sich mit einem heiseren Röhren in die Kanne erbrach. Das Innere nach außen. Lass das Äußere nicht herein. Verschließ mich wie eine Auster. Schließe meine Augen. Mach den Mund zu. Verrammele die Türen. Lass die Rollläden herunter. Lass mich in meinem wortlosen Al-lerheiligsten, in meiner Festung des Wahnsinns in Ruhe. Das arme Mädchen, wo war es jetzt?

Ich fand ein Plätzchen neben Flora und schlief am Ende trotz des Schlummerland-Kon-zerts meiner Übernachtungsgäste ein: des Pfei-fens des verstopften kleinen Simon, Floras Kau-geräuschen, wenn sie ihren Zeigefinger lutschte und mampfte, Lolas ruhelosen Gemurmels und einzigen gesprochenen Worts. Mehrmals sagte sie mit leiser, hoher Stimme: «Nein.» Obwohl ich mit ihnen im Bett blieb, schweiften meine Gedanken wie gewohnt zu Boris und Sidney und zu der Pause und dem ausgesetzten Sextagebuch. Ich dachte daran, über die unzähligen Träume zu schreiben, aus denen ich im vollen, zügellosen Orgasmus aufgewacht war, oder vielleicht über F.G., den ich den Graser genannt hatte, weil er ein Knabberer und Kauer war, der meinen Körper hinauf- und hinunterwanderte, als wäre er ein köstliches grünes Feld. Dann gönnte ich mir einige Minuten äußerster Gereiztheit über die biogenetische Phantasie, dass es möglich sei, den Prozentsatz des Einflusses von Genen im Gegensatz zu Umwelteinflüssen auf den Menschen präzise zu berechnen, und begann im Kopf eine vernichtende Kritik zu schreiben, aber das Letzte, woran ich mich erinnere und was mich erheblich besänftigte, war die RÜCKKEHR ZU TRAHERNE und seinem Gedicht «Schatten im Wasser», das ich mir nur Stunden zuvor mehrmals laut vorgelesen hatte. Zurückgerufen wurde es, glaube ich, durch ein müßiges Grübeln über Moki und darüber, ob er wohl unsichtbar zwischen uns lag, der starke, wilde kleine Junge mit langem Haar, der nur langsam flog, nach dem väterlichen Ausbruch aber Trost brauchte und von seiner sehr kleinen, rundlichen, neuerdings perückenlosen Schöpferin getätschelt und geküsst werden wollte.

> Euch, die durch einen Spalt aus nächster Nähe
> Auf hohem Rande stehend ich erspähe,
> Seh staunend ich: Wes' Münder hier,
> Wes' Füße und wes' Leiber traget ihr?
> In euch die Freunde und in beidem mich
> Ich seh', ein anderes Ich.
> Dem Schein nach and're, dennoch wir;
> Seid unser zweites Ich als Schemen ihr.

Geweckt wurde ich von Pete, nicht leibhaftig, sondern von seiner Stimme am Telefon. Es war keine wütende Stimme, sondern eine beherrschte, höflich, aber angespannt, die nach «meiner Frau» fragte. Ich konnte meine Gäste nicht sehen – das Bett war leer –, aber ich hörte sie in der Küche. Flora sang Nonsens, Geschirr klapperte, und etwas stieß dumpf mit etwas anderem zusammen, und dann kam der unverkennbare Geruch von Toast.

Lola nahm den Anruf im Schlafzimmer entgegen, während ich Simon hielt und den zweiten Gang von Floras Frühstück überwachte, Toast mit Marmelade, den sie zwischen den einzelnen Bissen durch die Luft schwenkte, während sie, immer noch singend, auf den schwarz-weißen Fliesen hin- und herging. Das Baby bespuckte meine Schlafanzugjacke von oben bis unten mit Milch. Der schwache Geruch der erbrochenen Milch, der feuchte Fleck, der durch den Stoff auf meine Haut drang, der sich windende, aufbäumende Körper, den ich sicher an meiner Brust hielt, brachte die alten Tage mit meinem eigenen Daisy-Baby zurück, meinem heftigen, stürmischen Säugling Daisy. In den ersten Monaten ihres Lebens war ich stundenlang mit ihr herumgelaufen, hatte beruhigende Worte in ihr winziges Kringelohr gehaucht und wieder und wieder ihren musikalischen Namen gesagt, bis ich spürte, wie ihre angespannte Brust und ihre verkrampften Glieder sich an mir lockerten. Ich hatte nur ein Kind gehabt, und es war nicht leicht gewesen. Lola hatte zwei. Auch Mama hatte zwei gehabt. Als Lola aus dem Schlafzimmer kam, blieb sie in der Tür kurz stehen und lächelte rätselhaft. Ich fragte mich, ob Pete-mit-den-explosiven-Schimpfwörtern um Vergebung gebeten und damit dieses Lächeln verursacht hatte oder ob ich mit dem jetzt heulenden Simon auf dem Arm so lächerlich aussah. Bevor sie ihre beiden Schützlinge aufsammelte, einen auf jeden Arm, und schwer beladen über den Rasen zurück zu ihrem betrübten, nüchternen Ehemann trottete, sagte die lakonische Lola: «Es ändert sich nie. Es ist immer dasselbe. Man könnte meinen, ich würde klug werden, nicht? Es hat ihm allerdings einen Schreck versetzt; dass ich nicht zu Hause war, hat ihm Angst gemacht. Danke, Mia.»

Die gute alte Mia, allein in dem großen King-Size-Bett mit seinen ausgedehnten Ebenen, der leeren Weite der Laken, die sie mit innerem Monolog und Erinnerungen füllt, einem Kreisel aus Wörtern und Gedanken und Schmerzen und Leid. Mia, Daisys Mutter. Mia, Verlustes Mutter. Einst Boris' Frau. *Aber ach, der tiefe Einbruch, nun, da du gegangen bist.* O Milton im Gehirn. O Muse. O Mia, rhapsodisches Dummchen, tobende Tusse, hör auf zu schmachten! Roll deine Kümmernisse ein, wisch deine Flecken ab, schleudere deine Schuhe von dir und sing dir etwas Albernes vor, nur für dich allein, während du ohne King in diesem großen Windjammer von Bett dahinsegelst, keine aufgedonnerte Queen bist du, Bardin von der Lachenden Contenance, sondern selbst ein King.

Am Donnerstagnachmittag schrieb Boris Folgendes. *Explication de texte* eingefügt:

Mia,
mit *(richtiger Name des französischen Liebesobjekts)* ist es aus. Ich wohne im Roosevelt. In den letzten zwei Wochen habe ich mehr über mein Leben nachgedacht als jemals sonst. Es war eine dunkle Phase für mich. Ich habe sogar Bob angerufen *(ein am Rockefeller Institute forschender befreundeter Psychiater. Das* sogar *ist ein Beispiel für das radikale Understatement, dessen B. I. fähig ist. Er hat immer stur und heftig jede Art psychotherapeutischer Vermittlung abgelehnt. Bob anzurufen deutet auf Verzweiflung hin).* Mir ist klargeworden, dass ich überstürzt gehandelt habe, um Teilen von mir, Teilen meiner Vergangenheit zu entfliehen, und Du hast deswegen gelitten. *(Sprich: Mutter, Vater, Stefan, und bedenken Sie, dass Boris Naturwissenschaftler ist. Seine Prosa rumpelt. Es scheint am Beruf zu liegen.)* Als *(richtiger Name der frankophonen Verhexerin)* und ich zusammen waren, merkte ich, dass ich viel über Dich sprach. Das

kam, wie Du Dir wohl vorstellen kannst,
nicht so gut an. Sie ärgerte sich auch
über meine häuslichen Gewohnheiten
oder deren Fehlen *(sprich: Aschenbecher
randvoll mit Zigarrenstummeln, Stapel
kürzlich gelesener Zeitschriften wie* Nature,
Science, Brain, The Genetics Weekly *an
jedem freien Platz der Wohnung, auf den
Boden geworfene Kleidung. Sprich auch:
Behauptet trotz seiner drei Doktorate, er sei
unfähig, mit der Technologie von Spül- und
Waschmaschine oder Trockner zurecht-
zukommen).* Ich sah sie schließlich als
jemanden, den ich von weitem idealisiert
hatte, und ich vermute, dass es ihr nicht
anders erging. *(Das Reale wird nicht
mehr vom Irrealen verdeckt.)* Zusammen-
arbeiten und zusammenleben ist etwas
anderes. *(Und ob, Bubele.)* Ich möchte
Dich sehen, Mia, und mit Dir sprechen.
Ich vermisse Dich. Heute Abend gehe ich
mit Daisy essen.
Boris

Ich schloss daraus, dass die Realität entweder
mit A, B oder D übereinstimmen musste. Sowohl C als auch X schienen eliminiert zu sein.

Wenn Ihnen diese kleine Epistel im Lichte dessen, was geschehen war, unangemessen emotional vorkommt, kann ich zwar nicht widersprechen, aber Sie haben ja auch nicht dreißig Jahre mit dem Mann zusammengelebt. Boris ist grundehrlich. Ich wusste, jedes Wort, das er geschrieben hatte, war sowohl durchdacht als auch wahrhaftig, aber ich wusste auch, dass der Mann zu einem einigermaßen hölzernen Gehabe neigt. Bei manchen Menschen verweist das auf einen darunterliegenden echten Mangel an Gefühlen, aber auf Boris trifft das nicht zu. Der ganze Brief dreht sich um drei Sätze: «Es war eine dunkle Phase für mich», «Ich habe sogar Bob angerufen» und «Ich vermisse Dich».

Boris, ich vermisse Dich auch, antwortete ich. Dein Brief ist jedoch vage in Hinblick darauf, wer wen verlassen hat. Du wirst verstehen, dass das von meiner Warte aus wichtig ist. Wenn die Pause Dich auf die Straße gesetzt und dieser Akt eine Neueinschätzung Deiner Ehe verursacht hat, dann unterscheidet sich das erheblich von der Alternative, dass Du entschieden hast, sie zu verlassen, nachdem Du Deine Beziehung mit ihr aufgrund Deiner vorherigen Beziehung zu mir überdacht hast. Beides unterscheidet sich wiederum von einer einvernehmlichen Entscheidung, getrennte Wege zu gehen. Mia

(Wenn er nicht bereit war, «In Liebe» zu schreiben, würde ich den Teufel tun, mich zu diesem höllisch heiklen Substantiv hinreißen zu lassen.)

Aufregung kommt gewöhnlich in Eile daher. Unruhe in der einen Ecke wird oft von einem ähnlichen Tumult in einer anderen Ecke widergespiegelt. Dafür gibt es keinen ersichtlichen Grund. Korrelation ist nicht gleich Ursache. Es ist einfach die «Musik des Zufalls», wie ein prominenter amerikanischer Romancier es einmal ausgedrückt hat. Langen, trägen, ereignislosen Phasen folgen plötzliche Ausbrüche von Action, und so kam es, dass am selben Morgen nach Petes quietschendem Abgang von Frau und Kindern drüben in Rolling Meadows eine andere, ebenso dramatische Abreise stattfand, von der ich im Verlauf des täglichen Besuchs bei meiner Mutter erfuhr. Regina war in den Damensalon gegangen, um ihr langes Haar «professionell hochstecken» zu lassen, hatte zwei Koffer gepackt, die drei Schwäne angerufen, um ihnen mitzuteilen, dass sie ihre Einkerkerung im Heim nicht länger ertragen konnte, und war dann, nachdem sie ihre Wohnungstür hinter sich zugeschlagen hatte, schnell den Korridor entlangmarschiert (beziehungsweise so schnell, wie ihr anfälliges Bein es erlaubte). Meine Mutter und Peg (Abigail war unpässlich) hatten die Fliehende bis zur Haustür verfolgt, wo sie sie ins Kreuzverhör nahmen, was in Gottes Namen sie denn im Schilde führe. Ihre drei Töchter hatten ihr geraten zu bleiben. Mit Nigel hatte sie doch Schluss gemacht, oder, nach der Geschichte mit der goldenen Uhr und der vollbusigen Bardame? In Sekundenschnelle kamen sie zu dem Schluss, dass Regina keine Ahnung hatte, wohin sie unterwegs war. Ihre Flucht war reine Flucht, das heißt Flucht ohne Ziel. Außerdem hatte sie von Dr. Westerberg gefaselt, der sie angeblich bedroht hatte, und wenn sie nicht «wegliefe», würde er sie «beiseiteschaffen», davon war sie überzeugt. Eine Viertelstunde später hatten meine Mutter und Peg Regina in ihre Wohnung zurückgelockt. Es folgte eine tränenreiche Szene, aber am Ende schien sie sich in ihr Schicksal ergeben zu haben und hatte ihren Freundinnen versprochen, an Ort und Stelle zu bleiben.

2. Kapitel. Nur wenige Stunden bevor ich kam, hatte meine Mutter an Reginas Tür geklopft, um zu sehen, in welchem Geisteszustand sie war. Regina hatte sie nicht hereingelassen. Nicht nur das, sie hatte behauptet, die Tür mit Möbeln verbarrikadiert zu haben, als Schutz gegen Feinde, besonders Westerberg. Als meine Mutter dies berichtete, schüttelte sie traurig den Kopf. Ich konnte ihr das nachempfinden. Wenn die Paranoia kommt, führt es zu nichts,

dem Paranoiker zu sagen, seine Angst sei unbegründet. Das konnte ich verstehen. Auch mein Gehirn hatte einen Sprung bekommen. Und daher war meine Mutter, nachdem sie versucht hatte, ihre unvernünftige Freundin zur Vernunft zu bringen, zur Pflegerin geeilt, um sie über die Vorkommnisse in Zimmer 2706 zu unterrichten, und der medizinische Stab, einschließlich des diabolischen Dr. Westerberg, war gerufen, die Tür geöffnet und das Mobiliar beiseitegeschoben worden, worauf auch Regina selbst in ein Krankenhaus in Minneapolis abgeschoben wurde, um sich «Tests» zu unterziehen.

Als meine Mutter mit dieser Geschichte zu Ende war, schien sie direkt durch mich hindurchzusehen. Sie sah traurig aus. Traurigkeit stellte anscheinend uns allen nach. Ich saß neben ihr und nahm ihre Hand, sagte aber nichts.

«Ich glaube nicht, dass sie zurückkommt», sagte meine Mutter. «Hierher sowieso nicht.»

Ich drückte ihre dünnen Finger, und sie drückte zurück. Durch das Fenster sah ich ein Rotkehlchen auf einer Bank im Garten landen.

«Sie hatte Mumm», sagte meine Mutter. Mir fiel auf, dass sie die Vergangenheitsform benutzte.

Noch ein Rotkehlchen. Ein Paar.

Meine Mutter begann von Harry zu sprechen. Alle Verluste führten zu Harry zurück. Sie hatte schon oft von ihm gesprochen, aber dieses Mal sagte sie: «Ich wüsste gern, was aus mir geworden wäre, wenn Harry nicht gestorben wäre. Ich wüsste gern, wie anders ich geworden wäre.» Sie erzählte mir, was ich schon wusste, dass sie nach dem Tod ihres Bruders beschlossen habe, ihren Eltern ein perfektes Kind zu sein, ihnen nie wieder Kummer zu bereiten, und dass sie sich die größte Mühe gegeben, es aber nicht funktioniert habe. Und dann sagte sie kaum hörbar etwas, was sie noch nie gesagt hatte: «Manchmal habe ich mich gefragt, ob sie sich nicht wünschten, ich wäre es gewesen.»

«Mama», sagte ich scharf.

Sie beachtete das nicht und redete weiter. Sie träume noch immer von Harry, sagte sie, und es seien nicht immer schöne Träume. Manchmal fand sie seine Leiche irgendwo in der Wohnung hinter einem Bücherregal oder einem Stuhl und konnte nicht verstehen, warum er nicht in seinem Grab in Boston lag. Einmal war ihr Vater ihr im Traum erschienen und hatte wissen wollen, was sie mit Harry gemacht habe. Als Bea und ich klein waren, sagte sie, habe sie phasenweise furchtbare Angst gehabt, dass wir ihr durch etwas genommen würden, eine Krankheit oder einen Unfall. «Ich wollte euch vor jedweder Verletzung bewahren. Das will ich immer noch, aber es klappt nicht, oder?»

«Nein», sagte ich. «Tut es nicht.»

Die Melancholie meiner Mutter hielt jedoch nicht an. Ich erzählte ihr, dass Boris sich gemeldet hatte, was sie gleichermaßen erfreute wie bekümmerte, und wir wägten mehrere mögliche Ausgänge ab und besprachen, was ich von meinem Mann wollte, und ich merkte, dass ich es nicht genau wusste, und wir gingen über zu Daisys Leben als Schauspielerin und wie prekär das alles war, aber wie verdammt gut die Kleine doch war, und dann rief Bea an, während ich noch dort war, und ich hörte meine Mutter über irgendeinen Witz von Bea lachen, und beim Abendessen lachte sie noch einmal schallend über einen von mir. Als wir uns verabschiedeten, umarmte sie mich fest, und ich spürte, dass ihr Trübsinn von zuvor verflogen war, natürlich nicht für immer, aber für den Abend. Der zwölfjährige Harry würde immer da sein, das Gespenst aus Mamas Kindheit, eine Hohlform für die Hoffnungen ihrer Eltern und für ihr Schuldgefühl, dass sie am Leben geblieben war. Ich stellte mir meine sechsjährige Mutter vor, wie ich sie auf einem alten Foto gesehen hatte. Sie hat rotes Haar. Obwohl man die Farbe in Schwarz-Weiß gar nicht sehen kann, füge ich im Geiste das Rot hinzu. Die kleine Laura steht neben Harry, einen Kopf kleiner als er. Beide tragen weiße Matrosenanzüge mit Navy-Bordüre. Keins der beiden Kinder lächelt, aber es ist das Gesicht meiner Mutter, das mich interessiert. Zufällig ist sie diejenige, die nach vorn in die Zukunft blickt.

Unten, ohne Kommentar, ein durch die rasende Technologie des 21. Jahrhunderts ermöglichter brieflicher Dialog, der am nächsten Tag zwischen B. I. und M. F. nach den Szenarien A, B oder D usw. stattfand.

B. I. Mia, spielt es wirklich eine Rolle, was passiert ist? Reicht es nicht, dass es vorbei ist und ich Dich sehen will?

M. F. Wenn die Geschichte umgekehrt wäre, und ich wäre Du, spielte es für Dich etwa keine Rolle? Es geht um den Zustand Deines Herzens, mein alter Freund. Herz eingebeult von Abweisung *à la française*, unglücklich und überraschend hilflos allein, beschließt Ehemann, es könnte besser sein, Versöhnungsverhandlungen mit der alten Getreuen aufzunehmen, oder: Seinen Irrtum einsehend, durchdringt Gatte seinen Wahn (hahaha) und hat eine Offenbarung: Abgenutzte alte Ehefrau sieht von Uptown aus besser aus.

B. I. Können wir auf die bittere Ironie verzichten?

M. F. Wie um Himmels willen glaubst
Du, hätte ich es ohne sie geschafft? Ich
wäre verrückt geblieben.

B. I. Sie hat es beendet. Aber die Sache
war schon am Ende.

M. F. Ich war am Ende, und Du hast
mich ein einziges Mal im Krankenhaus
besucht.

B. I. Sie haben mich nicht zu Dir gelassen. Ich habe es versucht, aber sie haben
mich abgewiesen.

M. F. Was willst Du jetzt von mir?

B. I. Hoffnung.

Auf «Hoffnung» konnte ich erst am nächsten
Tag antworten. Die Wende, von der ich ge-
träumt hatte, war eingetroffen, und ich fühlte
mich hart wie Stein. Meine Antwort an den
großen B. erreichte ihn am Morgen. «Mach mir
den Hof.»

Und er, hochromantisch, schrieb zurück:
«Okay.»

Mr. Niemand hatte sich seit einiger Zeit nicht gemeldet, und ich machte mir allmählich Sorgen. Wir hatten Bälle über das Thema Spiel hin- und hergelupft, also mit dem Spielen gespielt. Zuerst warf er mir einen derridanesken Fastball zu, das endlose Logos-Spiel, immer im Kreis herum, ohne Ende und ohne Lösung, und es ist alles im Text, das Geschehenmachen und das Ungeschehenmachen, dann warf ich ihm Freuds «Erinnern, Wiederholen und Durcharbeiten» zurück, worin der hochverehrte Doktor uns sagt, dass die Übertragung, der unheimliche Ort zwischen Analytiker und Patient, gleichsam ein Spielplatz ist, ein Terrain irgendwo zwischen Krankheit und wirklichem Leben, wo man der andere werden kann, und darauf schleuderte Niemand ein schönes Zitat vom großen Montaigne persönlich zurück: «Wenn jemand mir sagt, es sei eine Entwürdigung der Musen, sie nur als Spielzeug und Zeitvertreib zu benutzen, so kennt er nicht, wie ich, den Wert von Vergnügen, Spiel und Zeitvertreib. Ich würde beinahe sagen, jeder andere Zweck ist lächerlich.» Ich hatte mit Winnicott und Vygotskij zurückgefeuert, der Letztere seit 1934 tot, aber eine brandneue Liebe von mir, und danach verstummte mein sprühendes Phantom.

Ich befand, es sei zu viel Zeit vergangen: «Alles in Ordnung? Ich denke an Sie. Mia.»

Der Lesezirkel ist groß. Er war wie die sprichwörtlichen Pilze über die ganze Wohnanlage gesprossen – ein gänzlich von Frauen beherrschtes kulturelles Forum. Tatsächlich wird das Lesen von Belletristik heutzutage oft als Frauenkram angesehen. Viele Frauen lesen Romane. Die meisten Männer nicht. Frauen lesen Romane von Frauen und Männern. Die meisten Männer nicht. Schlägt ein Mann einen Roman auf, hat er gern einen männlichen Namen auf dem Cover, das ist irgendwie beruhigend. Man weiß ja nie, was mit diesem äußeren Genital passieren könnte, wenn man in eine imaginäre Welt eintaucht, die von jemandem ausgeheckt wurde, bei dem sich die beweglichen Sachen innen befinden. Zudem geben Männer gern mit ihrer Nichtbeachtung von Romanen an: «Ich lese keine Romane, aber meine Frau.» Die zeitgenössische literarische Vorstellungswelt verströmt anscheinend ein eindeutig weibliches Parfum. Erinnern Sie sich an Sabbatini? Wir Frauen haben eben ein flottes Mundwerk. Doch um ehrlich zu sein: Wir haben den Roman seit seiner Geburt im späten 17. Jahrhundert begeistert verschlungen, und zu jener Zeit strahlte das Lesen von Romanen ein Aroma des Geheimen aus. Der empfindliche weibliche Geist konnte, wie Sie von den früheren Tiraden in diesem nämlichen Buch erinnern werden, durch die Berührung mit Literatur leicht angekratzt werden, insbesondere durch den Roman mit seinen Geschichten von Leidenschaft und Verrat, mit seinen verrückten Mönchen und Freigeistern, seinen wogenden Busen und Mr. B.s, seinen Wüstlingen und Verwüsteten. Als Zeitvertreib für junge Damen galt das Lesen von Romanen als schlüpfrig. Die Folge: Lesen ist eine private Betätigung, die oft hinter verschlossenen Türen stattfindet. Eine junge Dame könnte sich ja mit einem Buch zurückziehen, könnte es gar in ihr Boudoir mitnehmen und dort, in ihre seidenen Laken zurückgelehnt, die von der schriftstellerischen Feder hervorgerufene Erregung und Gänsehaut auf sich einwirken lassen, und dabei könnte eine ihrer Hände, eine, die nicht unbedingt vonnöten war, um das Büchlein zu halten, nach unten wandern. Kurzum, die Befürchtung war einhändiges Lesen.

Am Sonnabendnachmittag um fünf traf sich der Rolling-Meadows-Lesezirkel in der Bibliothek bei kleinen Schnittchen und noch kleineren Gläsern Wein, um über die Romanschriftstellerin Jane Austen zu diskutieren, die Verfasserin von *Überredung*, eine ironische Beobachterin, genaue Seziererin menschlicher Gefühle, überirdische Stilistin und Erzählerin, die perverse Mönche zwar abgeschafft hatte, ihre eigene Version von belohnter Tugend jedoch beibehielt. Geliebt und gehasst, hat sie ihre Kritiker auf Trab gehalten: «Jede Bibliothek, die kein Buch von Jane Austen hat, ist eine gute Bibliothek», sagte Amerikas literarischer Liebling Mark Twain, «auch wenn sie kein anderes Buch enthält.» Carlyle nannte ihre Bücher «kläglichen Schund». Doch auch heute noch wird sie der «Beschränktheit» und «Klaustrophobie» bezichtigt und als Schriftstellerin für Frauen abgetan. Das Leben in der Provinz, nicht lesenswert? Die Mühsal von Frauen, unwichtig? Es geht natürlich in Ordnung, wenn es Flaubert ist. Mitleid mit den Dummköpfen.

Sie erinnern sich vielleicht, dass ich gebeten worden war, in die Veranstaltung einzuführen. Nach einigem Redigieren hier und da und der Zähmung meiner Prosa vom Aufrührerischen zum Genießbaren sowie zusätzlichem Gefasel über die zwischen zwei literarischen Epochen hin und her schwankende und einen neuen Weg für den Roman erfindende große Jane gibt Ihnen der obige Absatz eine Vorstellung von dem, was ich sagte, deshalb soll es hier nicht wiederholt werden.

Die DISKUSSIONSTEILNEHMERINNEN: die drei verbliebenen Schwäne: meine Mutter, bewaffnet mit einem Exemplar des besagten Buchs voller Spickzettel; Abigail, die gekrümmter denn je und äußerst gebrechlich aussah, in einer aufwendig mit Drachen bestickten Bluse; und die sanfte, gutmütige Peg mit ihrer nach außen gekehrten heiteren Seite sowie drei Damen, die neu für mich waren: Betty Petersen, mit spitzem Kinn und noch spitzerer Zunge hatte als Verfasserin von scherzhaften Texten für eine Grußkartenfirma dazuverdient. Rosemary Snesrud, einst Englischlehrerin für Achtklässler, und Dorothy Glad, die Witwe von Pastor Glad, der früher der kleinen Kirche der Brüdergemeinde in der Apple Street vorgestanden hatte.

Das SETTING: zwei sich gegenüberstehende Sofas mit dem alarmierend grün-violetten Muster eines wild wuchernden Blattwerks, zwei weitaus weniger erregt ausschende Sessel, ebenfalls gegenübergestellt, und alles zusammen arrangiert um einen langen ovalen Couchtisch auf einem labilen Fuß, der bei jeder besonderen Beanspruchung ins Wanken geriet. Drei Fenster an der am weitesten entfernten Wand mit Blick auf Garten und Gartenlaube. Regale mit Büchern, die meisten träge auf der Seite liegend oder planlos gegen eine Stütze gelehnt, aber insgesamt zu wenige, um sich das Substantiv *Bibliothek* zu verdienen. Die allgemeine Stille des Hauses nur von quietschenden Rollatoren im nahen Flur und gelegentlichem Husten unterbrochen.

Die STREITFRAGE: Hätte die junge Anne Elliot von ihrem eitlen, törichten, liederlichen Vater, ihrer eitlen und kalten Schwester Elizabeth und ihrer wohlmeinenden, lieben, aber höchstwahrscheinlich irregeleiteten älteren Freundin Lady Russell überredet werden sollen, sich von Captain Wentworth, in den sie wahnsinnig verliebt war, loszusagen, weil er nur Aussichten hatte, aber kein Vermögen? Wie Sie bemerkt haben werden, betrachten Mitglieder von Lesezirkeln Figuren in Büchern im Allgemeinen genauso wie Figuren außerhalb von Büchern. Die Tatsache, dass die Ersteren aus Buchstaben und die Letzteren aus Muskeln, Gewebe und Knochen gemacht sind, ist von geringer Bedeutung. Sie mögen denken, ich missbilligte das, ich, die ich die fortlaufenden Prozesse der Literaturtheorie ertragen, die linguistische Wendung genommen, den Tod des Autors miterlebt und irgendwie *la fin de l'homme* überlebt hatte, die ich ein hermeneutisches Leben gelebt, in Aporien gestarrt, über *différence* gerätselt und mir über *sein* im Gegensatz zu *Sein* Gedanken gemacht hatte, ganz zu schweigen vom kleinen *a* dieses verschwurbelten Franzosen contra sein großes sowie von einer Masse zusätzlicher intellektueller Knoten und Falten, die ich im Laufe meines Lebens aufknüpfen und glätten musste, aber da würden Sie sich irren. Ein Buch ist eine Zusammenarbeit von demjenigen, der liest, und dem, was gelesen wird, und bestenfalls ist dieses Zusammentreffen eine Liebesgeschichte wie jede andere. Zurück zur anstehenden Kontroverse:

Peg sieht es optimistisch: Da Anne ihren Wentworth am Ende bekommt, ist alles gut.

Abigail ist strikt dagegen: «Vergeudete Jahre! Wer hat Zeit, Jahre zu vergeuden?» Eine unverrückbare Feststellung, gefolgt vom Einknicken des Tischs. Ein Glas rutscht. Wird von Rosemary Snesrud gepackt. Fällt nicht.

Unbehagliches Schweigen «vergeuden» betreffend, mein eigenes Schweigen inmitten dessen der anderen, ein fragendes Schweigen über vergeudete Jahre, über das Nichtgetane, das Nichtgeschriebene.

Dorothy Glad speist eine außerliterarische, gar nicht gute Möglichkeit ein: «Er hätte auf See ertrinken können! Dann hätte sie niemals die Liebe erlebt!»

Ich schlage vor, beim Text selbst zu bleiben, so, wie er geschrieben wurde, ohne diesen speziellen Schiffbruch.

Meine Mutter hält einen imaginären Maßstab hoch, wägt familiäre Pflicht gegen Leidenschaft ab. Stellt euch den Kummer vor, seine Familie gegen sich aufzubringen. Das muss auch berücksichtigt werden. Es gab für Anne keine einfache Lösung. Für die mutterlose Anne war ein Bruch mit Lady Russell so viel wie ein Bruch mit ihrer Mutter.

Rosemary S. verteidigt *meine* Mutter. Gemäß der Snesrud-Philosophie bleiben Lebensentscheidungen an einem «kleben».

Betty Petersen bringt den widerwärtigen Cousin Elliot aufs Tapet, der die Baronswürde erben soll: «Womöglich hätte sie diese falsche Schlange geheiratet, wenn ihre Freundin, wie heißt sie nochmal, sie nicht über ihn aufgeklärt hätte. Lady Russell hatte ja keinen Schimmer davon.»

Abigail besteht mit wachsender Gereiztheit darauf, dass es einen deformiert, wenn man sein Begehren mit Füßen tritt. Begleitet von einem schwachen Schlag auf den Tisch, stellt sie

eine starke Behauptung auf: «Das verstümmelt
die Seele!» Der Tisch nickt bejahend, aber Peg
schnalzt mit der Zunge. Das Reden von Ver-
stümmelung dämpft den Optimismus.

Meine Mutter mustert ihre Freundin Abigail nüchtern, und ihr wird klar, dass es nicht
Annes Seele war, die verstümmelt wurde. Die
gebeugte Abigail zittert richtig. Ich bemerke,
dass ihre Arme unter der Drachenbluse Haut
und Knochen sind. Mich befällt die irrationale
Sorge, die Heftigkeit ihrer Gefühle könnte ihr
hinfälliges Skelett bis zur Bruchgrenze erschüt-
tern, und ich lenke das Gespräch auf Männer
und Frauen und das Problem der Beständigkeit,
das mir am Herzen liegt. Was halten die Diskussionsteilnehmerinnen von Annes Meinung über
Frauen und Männer in ihrem Gespräch mit
Captain Harville?

«Ja, wir vergessen Euch gewiss nicht so
bald, wie Ihr uns vergesst. Es ist wohl eher
unser Los als unser Verdienst. Wir leben
ruhig, an das Haus gebunden, und sind
unseren Gefühlen ausgeliefert. Ihr seid
zu Betätigung gezwungen. Ihr habt stets
einen Beruf, Bestrebungen, das eine oder
andere Geschäft, die Euch sogleich danach

in die Welt zurückversetzen, und ständige Tätigkeit und steter Wechsel schwächen alsbald die Eindrücke.»

Außer mir war keine einzige Frau im Raum unter fünfundsiebzig. Die beiden Lehrerinnen, drei Hausfrauen und die Teilzeitgrußkartenwitzemacherin waren zwar alle im Land der unbegrenzten Möglichkeiten geboren, aber diese Möglichkeiten waren stark abhängig vom Gepräge ihrer Weichteile. Ich erinnerte mich an die Worte meiner Mutter: «Ich habe immer gedacht, ich würde weiterstudieren und wenigstens den Master machen, aber ich hatte so wenig Zeit und nicht genug Geld.» In mir stieg ein plötzliches Bild von meiner Mutter mit ihrer Französischgrammatik am Küchentisch auf, wie ihre Lippen sich bewegten, während sie stumm die Konjugationen der Verben aufsagte.

Harville zückt die SCHWEREN WAFFEN, um Anne zu widerlegen, wenn auch auf höchst zivile Weise:

«Ich glaube nicht, dass ich in meinem Leben jemals ein Buch aufschlug, worin nicht von der Unbeständigkeit der Frauen die Rede war. Lieder und Sprichworte, alle sprechen von der Flatterhaftigkeit der Frauen. Doch vielleicht werdet Ihr sagen, jene seien sämtlich von Männern geschrieben.»

«Vielleicht werde ich das – ja, ja, ich bitte Euch, bezieht Euch nicht auf Beispiele in Büchern. Männer hatten jedweden Vorteil, ihre eigene Geschichte zu erzählen. Ihnen ist Bildung in so viel höherem Grade zuteil geworden; die Feder war in ihrer Hand. Ich werde nicht zulassen, dass Bücher etwas beweisen.»

Natürlich befand sich die Feder, die diese Worte niederschrieb, in Austens Hand, einer akkuraten Hand zudem. Die Handschrift der Frau hatte die ganze Klarheit und Präzision ihrer Prosa. Und die Feder, teure Leser, ist jetzt gewissermaßen in meiner Hand, und ich nehme den Vorteil in Anspruch, setze sie mit mir selbst gleich, denn Sie werden bemerken, dass das geschriebene Wort den Körper des Schreibenden verbirgt. Bei dem wenigen, was Sie wissen, könnte ich ein verkleideter MANN sein. Unwahrscheinlich, sagen Sie, bei diesem überall hervorsprudelnden feministischen Geschwätz, aber können Sie sicher sein? Daisy hatte am Sarah Lawrence College einen feministischen Professor, ganz entschieden ein Mann, überdies verheiratet, mit Kindern und einem Yorkie, auf den Barrikaden für die Frauen, ein edler Verteidiger des anderen Geschlechts. Mia könnte, was Sie anbelangt, in Wirklichkeit Morton sein. Ich, Ihre ganz persönliche Erzählerin, könnte eine pseudonyme Maske tragen.

Aber zurück zu unserer Geschichte. Nicht überraschend sind die Frauen von Rolling Meadows auf Annes Seite. Sogar unsere Peg vom permanenten Sonnenschein gibt zu, dass es zu Hause, mit ihren fünf «wunderbaren Kindern», Zeiten gab, in denen sie sich nach etwas Abwechslung sehnte, in denen ihre Gefühle Jagd auf sie machten, und dann, in einem Moment erschreckender Offenheit, gesteht die hauseigene Optimistin, es habe Tage gegeben, an denen sie «ganz verdammt einsam und betrübt» gewesen sei, und dass ihrer Erfahrung nach viel eher die Männer die Begabung hätten, Frauen zu vergessen, als umgekehrt. Waren es nicht die Männer, die, nur Monate nachdem ihre Frauen «dahingegangen» seien, wieder heirateten? (Ich unterdrückte die Bemerkung, dass Boris nicht einmal mein Ableben abgewartet hatte.)

Betty liefert ein witziges Zitat: «Ich bin Frau. Ich bin unbesiegbar. Ich bin erledigt!»

Gelächter.

Rosemary vermerkt die Ausnahme von der Regel von den wartenden, schmachtenden, hoffenden Frauen: Regina.

Kichern.

Meine Mutter springt dem Mit-Schwan bei. «Sie hatte doch aber Spaß!»

Abigail nickt, sieht meine Mutter liebevoll an und sagt mit lauter, wenn auch heiserer Stimme: «Wer sagt denn, wir hätten nicht alle mehr Spaß haben sollen!»

Wer sagt das denn? Ich mit Sicherheit nicht. Auch nicht meine Mutter noch Dorothy, noch Betty, noch Rosemary, nicht einmal Peg, obwohl diese heiter einwirft, sie hätten doch Spaß, nicht wahr, jetzt eben, in «dieser Minute»? Und tatsächlich hellt das Gefühl von *carpe diem* den ganzen Raum auf, wenn nicht buchstäblich, dann bildlich.

Daraufhin wurde erfreut genickt, still genippt, und es gab einige Berührungslinien zu dem Film, der um sieben im Vorführraum gezeigt werden sollte, *Es geschah in einer Nacht*, gefolgt von einigem Schmachten nach Clark Gable und Geplauder darüber, wie viel besser Filme früher waren und, heiliger Strohsack, was denn da nur geschehen sei? Ich wagte die These, dass

Hollywood-Filme heutzutage ausschließlich für vierzehnjährige Jungen gemacht würden, ein Publikum von begrenzter Differenziertheit, wodurch den Filmen jede Hoffnung auf spritzige Dialoge entzogen werde. Furze, Kotze und Samen hätten deren Platz eingenommen.

Dann setzte ich mich neben Abigail und hielt eine Weile ihre Hand. Sie bat mich, sie zu besuchen. Das Ersuchen war nicht beiläufig. Sie hatte etwas Dringendes mit mir zu besprechen, und es musste in den nächsten Tagen sein. Ich versprach es, und Abigail begann mit den langwierigen Unbilden, ihren Rollator heranzuziehen, sich aufzurichten und dann zu bewegen, einen sorgfältigen kleinen Schritt nach dem anderen hin zu ihrer Wohnung.

Innerhalb weniger Minuten war der Lesezirkel vorbei. Und er hatte geendet, ehe ich sagen konnte, dass es kein menschliches Thema außerhalb der Reichweite der Literatur gebe. Ich brauche nicht in die Geschichte der Philosophie einzutauchen, um darauf zu bestehen, dass es in der Kunst KEINE REGELN gibt und keine Chance für Schwachköpfe und Blödmänner, die an Regeln und Gesetzen und verbotenen Bereichen festhalten, und keinen Grund für eine Hierarchie, der zufolge «breit» besser als «schmal» ist und «männlich» wünschenswerter als «weiblich». Es gibt in der Kunst kein Gefühl, das nicht ausgedrückt, und keine Geschichte, die nicht erzählt werden darf, es sei denn, man hat ein Brett vorm Kopf. Die Verzauberung entsteht durch das Fühlen und das Erzählen, das ist alles.

Von Daisy kam dies:

> Hi, Mom. Das Essen mit Dad war okay.
> Es scheint ihm etwas besser zu gehen.
> Wenigstens war er rasiert. Ich glaube, er
> schämt sich wirklich. Er sagte, er hoffe,
> dass Du dieses «Intermezzo» als das
> sehen kannst, was es war. Er erwähnte
> auch «vorübergehende Unzurechnungs-
> fähigkeit». Ich sagte, das sei das gewesen,
> was Du hattest, und er sagte, er hätte es
> vielleicht auch gehabt. Mom, ich glaube,
> er meint es ernst. Weißt Du, es war
> schrecklich für mich, Euch beide gegen-
> einander zu erleben.
> Liebste Küsse, Daisy

Trotzdem, ich konnte mich nicht auf Daisys
Vater stürzen.

Als ich über unsere Geschichte nachdachte,
wurde mir klar, dass es vielfache Perspektiven
gab, aus denen man sie betrachten konnte. Ehe-
bruch ist sowohl gewöhnlich wie verzeihlich,
genauso wie die Raserei der betrogenen Ehefrau.
Wir sind ja keine Übermenschen, oder? Ich hatte
meine eigene französische Farce mit meinem
wankelmütigen, unbeständigen Ehemann in der

Hauptrolle durchgestanden. War es nicht Zeit, «zu vergeben und zu vergessen», um das Standardklischee zu bemühen? Vergeben ist das eine, Vergesslichkeit das andere. Ich konnte ja keine Amnesie herbeiführen. Was würde es bedeuten, mit Boris und der Erinnerung an die Pause oder das Intermezzo zu leben? Würde es jetzt anders zwischen uns sein? Würde sich irgendetwas ändern? Können sich Menschen ändern? Wollte ich, dass es genauso war wie vorher? Konnte es genauso sein? Den Krankenhausaufenthalt würde ich nie vergessen. HIRNSCHERBEN. Ich war so auf Gedeih und Verderb mit Boris verflochten gewesen, dass sein Abgang mich zerrissen, mich schreiend in die Anstalt befördert hatte. Und war die Angst, die ich empfunden hatte, nicht alt gewesen, die Angst vor Zurückweisung, die Angst, Missfallen zu erregen, nicht liebenswert zu sein, eine Angst, vielleicht älter als meine klare Erinnerung? Monatelang war ich in Wut und Kummer ertrunken, aber im Verlauf des Sommers hatte sich mein Geist allmählich, unbewusst und schrittweise verändert. Dr. S. hatte es erkannt. (Apropos, wie sehr ich sie vermisste!) Beim Lesen von Daisys Brief fühlte ich diese unterschwelligen, noch nicht ausformulierten Gedanken aufsteigen, Sätze bilden und

sich irgendwo zwischen meinen Schläfen sicher
festsetzen: *Ein Teil von mir war dabei, sich an die
Vorstellung zu gewöhnen, dass Boris für immer weg
war.* Niemand hätte von dieser Offenbarung
schockierter sein können als ich.

Und nun muss sich der Vorhang über dem folgenden Montag heben, als sieben peinlich berührte Mädchen und eine Dichterin, die sich anstrengte, ihre eigenen Ängste zu verbergen, um einen Tisch im Kunstverein saßen. Eine Lähmung schien alle sieben jungen Körper ergriffen zu haben, als wäre ein unsichtbares, aber hochwirksames Gas in den Raum eingelassen worden und schläferte sie alle schnell ein. Peyton hatte die Arme auf dem Tisch verschränkt und den Kopf daraufgelegt. Joan und Nikki, wie immer nebeneinandersitzend, schwiegen eisern, die mit Eyeliner umrandeten Lider niedergeschlagen. Jessie stützte mit leerer Miene das Kinn auf die Hände. Emma, Ashley und Alice wirkten schlaff vor Erschöpfung.

Ich sah jede von ihnen einen Moment lang an und begann in einer plötzlichen Eingebung zu singen. Ich sang Brahms' Wiegenlied auf Deutsch: «*Guten Abend, gute Nacht, mit Rosen bedacht.*» Ich habe keine liebliche Stimme, aber ein gutes Gehör, und ich tremolierte so, dass es angemessen absurd klang. Der Ausdruck von Überraschung und Verwirrung auf ihren Gesichtern brachte mich zum Lachen. Sie fielen nicht in mein Lachen ein, doch zumindest waren sie aus ihrer Lethargie aufgerüttelt worden. Es war Zeit für meine Rede, und ich hielt sie. Im Kern ging es darum, dass eine einzelne Geschichte mit sieben Personen je nach Identität des Erzählers auch sieben Geschichten sein kann. Jede Person betrachtet dieselben Ereignisse auf ihre eigene Art und wird etwas andere Motive für ihr Handeln haben. Unsere Aufgabe war es, eine wahre Geschichte sinnstiftend zu erzählen. Ich hatte ihr den Titel «Der Hexenzirkel» gegeben. Darauf wurde mit einer Runde wortlosen Gemurmels reagiert. Wir würden uns in der kommenden Woche jeden Tag treffen, um die ausgefallenen Stunden aufzuholen. Heute sollte jedes Mädchen seinen Text vorlesen, und wir würden uns darüber unterhalten, aber an den kommenden vier Tagen würden wir die Plätze tauschen und die Geschichte aus der Perspektive einer anderen erzählen. Jessie zum Beispiel würde Emma werden, Joan Alice, Peyton Ashley, ich Nikki und so weiter. Aufgerissene Augen, über den Tisch gewechselte besorgte Blicke. Am Ende der Woche würden wir eine von der ganzen Klasse verfasste Geschichte haben. Der Trick bestand darin, dass wir uns mehr oder weniger über den Inhalt einigen mussten.

Ehrlich gesagt, hatte ich keine Ahnung, ob das funktionieren würde. Es war nicht ungefährlich. Denken Sie nur an das nunmehr berühmte psychologische Experiment von 1971 an der Stanford University. Eine Gruppe junger Männer, lauter Studenten, übernahm darin die Rolle von Gefangenen oder von Wärtern. Binnen Stunden fingen die Wärter an, ihre Gefangenen zu foltern, und das Experiment wurde abgebrochen. Das Wirklichkeit gewordene Theater der Grausamkeit? Die Performance selbst wird Person? Wie formbar waren die sieben?

Ich begann mit einer kurzen Zusammenfassung meines eigenen Erlebens: meine Verdachtsmomente während des Unterrichts, meine Verwirrung über das Kleenex und meine dunkle Ahnung, dass da irgendein Komplott ausgeheckt wurde. Ich erwähnte auch meine Verwicklung in eine ähnliche Geschichte als Mädchen. Ich sagte nicht, welche Rolle ich dabei gespielt hatte. Ihr Freunde da draußen werdet weitgehend von der Langeweile früher adoleszenter Prosa verschont; sie ist noch schlechter als ihre Lyrik. (Kein einziges Kind entschied sich, den Hexenskandal in Versen zu beschreiben.) Es reicht wohl die Mitteilung, dass die unbeholfenen und grammatisch oft falschen Erzählungen nicht stimmig waren. Nach jedem Vorlesen erscholl laut der Kehrreim: «Das habe ich nie gesagt!» – «Das war deine Idee, nicht meine!» – «So war es überhaupt nicht!» Einige Streitpunkte bezogen sich auf Unwesentliches, auf das Wann und Wo und Wer. «Du hast die tote Grille in die Mischung getan, nicht ich!» – «Frag meine Mom. Sie hat dich mit Blut am Arm aus dem Bad kommen sehen, weißt du nicht mehr?» Dennoch gab es wiederkehrende Rechtfertigungen für das Komplott: Am Anfang hatten sie Alice alle gemocht, aber dann, mit der Zeit, hatte sie sich auf eine Weise hervorgetan, die ihnen nicht gefiel. Sie war im Geschichtsunterricht Mr. Abbots «Liebling» gewesen und hatte sich andauernd gemeldet. Sie kaufte ihre Kleider in Minneapolis in einem *Kaufhaus* und nicht im Einkaufszentrum von Bonden. Sie las die ganze Zeit, was «langweilig» war. Ashleys Zusammenfassung enthielt die Tatsache, dass Alice in der Theateraufführung der Schule eine Hauptrolle bekommen hatte und sich nach diesem «glücklichen Zufall» in einen «großen Snob» verwandelt habe. Was bei den verschwörerischen Hexen als «kleiner Spaß» begonnen hatte, um es «Alice heimzuzahlen», war irgendwie, unerklärlicherweise ganz von selbst, aus dem Ruder gelaufen. In dieser Version der Geschichte gab es keine Handelnden, bloß Gefühlsströme, Zauberkräften gleich, die die

Mädchen hierhin und dorthin gezerrt hatten. Bea und ich benutzten als Halbwüchsige immer eine Redensart, die derartige Handlungen gut beschrieb: «aus Versehen mit Absicht». Als ich das erwähnte, lächelten alle ringsum belämmert, außer Alice natürlich, die schwer daran arbeitete, die Oberfläche des Tisches zu mustern.

Sie las als Letzte. Trotz der Hässlichkeit der Geschichte, die das Mädchen erzählen musste, hatte es sich selbst zu deren Heldin gemacht, in der Art von Jane Eyre oder David Copperfield, jenen Waisen, denen Unrecht angetan wurde und die ich in ihrem Alter so geliebt hatte, und sie hatte hart daran gearbeitet. Mit Adjektiven überfrachtet, stark übertrieben und nicht frei von sprachlichen Fehlern (Geißel statt Geisel), drückte der Text doch sowohl ihr starkes Bedürfnis aus, zur Gruppe zu gehören, als auch die Qual, eine Ausgestoßene zu sein. Beim Zuhören ahnte ich, dass es, obwohl ihre Akteurin sie nicht bei allen Mitgliedern des Hexenzirkels beliebt machen würde, für Alice eine Wohltat gewesen war, sie zu gestalten. Das Opferlamm kam in ihrer Version der Ereignisse gut heraus, schon weil sie ihr Alter Ego wie im Schauerroman üblich dargestellt hatte, praktischerweise unterstützt von dem unvergesslichen Gewitter, das die Himmel zerrissen hatte, als ich in jener Juninacht im Bett lag. Anscheinend hatten die Mädchen, als sie bei Jessie zu Hause «herumhingen», gemeinsam beschlossen, Alice nicht anzusehen und ihr nicht zu antworten, wenn sie etwas sagte, so zu tun, als wäre sie unsichtbar und unhörbar. Nachdem sie eine halbe Stunde so behandelt worden war, hatte unsere Heldin die Flucht in den «herniederprasselnden Regen angetreten, wobei Tränen über ihre Wangen strömten und ihr Haar vom Sturm gepeitscht wurde», während «Blitze den Himmel durchzuckten». Als dieses tragische Geschöpf zu Hause ankam, war es «bis auf die Haut durchnässt und bis auf die Knochen durchgefroren» und «ihre Zähne klapperten wie verrückt». Obwohl Alice die Hexenzirkel-Version der Meidung wohl nicht gefallen hatte, schien es ihr sichtlich Spaß gemacht zu haben, darüber zu schreiben. Alice, die literarische Figur, hatte eine rettende Funktion für die ganz einfache Alice, die in die siebte Klasse ging. Ihre Erzählung endete mit den Worten: «Nie zuvor habe ich so eine tiefe, unerträgliche Verzweiflung verspürt.»

Ich lächelte nicht. Ich erinnerte mich.

Die arme Peyton, deren Reue schon voll erblüht war, weinte und putzte sich die Nase.

Jessie sah Alice nicht an, entschuldigte sich aber beschämt flüsternd.

Nikki und Joan wanden sich unbehaglich.

Ashley und Emma blieben unversöhnlich.

Ich schickte sie mit ihren Aufgaben nach Hause. Ich tat Ashley und Alice zusammen, paarte Peyton und Joan, Nikki und Emma, und weil sieben ungerade ist, übernahm ich selbst Jessie, die ihrerseits die Aufgabe bekam, als die weitgehend unwissende Lyriklehrerin zu schreiben.

Boris warb.

Mia,
ich war einfach ein schmerzerfüllter
blöder Kerl.
Boris

(Quelle: T. R. Devlin, gespielt von Cary Grant,
zu Alicia Huberman, gespielt von Ingrid Berg-
man, gegen Ende von *Berüchtigt*. Der Held
trägt, sofern ich mich richtig erinnere, seine mit
Gift betäubte Liebste die Treppe hinunter, als er
diese Bemerkung macht. Boris und ich hatten
den Film mindestens siebenmal zusammen
gesehen, und B. I. hatte bei dieser lapidaren Erklärung für Mr. Devlins echt miserable Behandlung der göttlichen Miss Huberman jedes Mal
Tränen vergossen. Diese Werbung ließ mich
nicht ungerührt. Nein, ich will nicht um den
heißen Brei herumreden: Ich war gerührt. Es
würde ganz und gar nicht hinhauen, Cary durch
Boris oder Ingrid durch mich zu ersetzen. Wenn
ich mir meinen bebrillten Neurowissenschaftler
mit seinem Bäuchlein vorstelle, wie er ächzend
und schnaufend seine kraushaarige fünfund-
fünfzigjährige Verseschmiedin eine riesige Hol-
lywood-Freitreppe hinunterträgt, ist die Illusion

hin. Aber darum geht es gar nicht. Wir müssen uns alle von Zeit zu Zeit das Recht auf Projektionen zugestehen, die Gelegenheit, uns in die imaginären Roben und Abendanzüge dessen zu werfen, was nie war und nie sein wird. Das poliert unser mattes Leben etwas auf, und manchmal können wir einen Traum statt eines anderen wählen und in dieser Wahl etwas Erholung von der gewöhnlichen Traurigkeit finden. Schließlich kann keiner von uns allen das Knäuel von Fiktionen entwirren, die jenes wacklige Ding bilden, das wir Selbst nennen.)

Von Bea, nachdem sie über die Boris / Mia-Ent-
wicklungen informiert wurde:

Denk dran, Baby Tick, wir alle bauen
Mist. Alles Liebe, B.

Von Niemand, endlich:

Nierensteine.

Armer Mr. Niemand, mein hochfliegender Dialogpartner war von diesen qualvollen Kieseln zu Fall gebracht worden. Ich wünschte ihm baldige Genesung.

Ich hatte gelernt, nach dem Klopfen einige Zeit zu warten, bis Abigail zur Tür kam. Ich hatte sie, entweder allein oder mit meiner Mutter, ziemlich regelmäßig besucht, und seit ihrem Sturz hatten wir uns Sorgen um unsere gemeinsame Freundin gemacht. Sie schien täglich zu schrumpfen; dennoch blieb die Kraft ihrer Persönlichkeit unverändert. Und in der Tat, was mich zu Abigail hinzog, war ihre Unbeugsamkeit. Das wird gewöhnlich nicht als wünschenswerter Charakterzug an Menschen gesehen, doch bei ihr schien er eine Widerstandsfähigkeit gegen die im Mittleren Westen verbreitete Gesinnung ängstlicher Konformität entwickelt zu haben. Abigail hatte in stiller, aber eiserner Auflehnung genäht, gestickt und appliziert. Inzwischen kannte ich die Geschichte vom Gefreiten Gardener. Sie hatte ihn in einer Anwandlung geheiratet, kurz bevor er in den Pazifik abrückte, doch als er nach dem Krieg heimkehrte, brachte er den Krieg mit. Von Albträumen, Tobsuchtsanfällen und wüsten Sauftouren bis zur Bewusstlosigkeit gequält, hatte der Heimkehrer wenig Ähnlichkeit mit dem Jungen, den «zu lieben, zu ehren und dem zu gehorchen» sie gelobt hatte, aber andererseits «hatte ich ja schon vorher nicht den Hauch einer Ahnung, wer er war», wie sie sich ausdrückte. Eines Tages wurde ihr Mann zu ihrer grenzenlosen Erleichterung fahnenflüchtig. Ein Jahr später erhielt sie einen zerknirschten Brief von dem Exsoldaten, in dem er sie bat, zu ihm nach Milwaukee zu kommen. Weil sie schon bei dem bloßen Gedanken daran «so kalt wie ein Eiswürfel» wurde, lehnte Abigail ab, verlangte die Scheidung, und die Kunstlehrerin an der Grundschule war geboren.

Ihre Mutter hatte ihr das Sticken beigebracht, aber erst nach ihrem Ehedebakel war sie in die Nähgruppe gegangen, hatte erkannt, dass «sie es tun musste», und ihr Doppelleben begann. Im Lauf der Jahre hatte sie viele Werke geschaffen, konventionelle wie subversive oder, wie sie sich ausdrückte, die «Echten» und die «Fakes». Die Fakes verkaufte sie. Eins nach dem anderen hatte sie mir die Echten gezeigt, und die Seltsamkeit ihres Projekts war immer offenkundiger geworden. Nicht alle Werke waren boshaft oder sexueller Natur. Eine Stickerei zeigte zarte Moskitos verschiedener Größe, reichlich mit Blutspuren versehen; eine andere ein fröhliches Bild einer Figur direkt aus *Grey's Anatomy* mit offen liegenden Organen, aber tanzend; wieder eine andere eine gargantueske Frau, die ein Stück aus dem Mond herausbiss. Es gab eine große, eigen-

artig ergreifende Tischdecke, auf der Frauen-
unterwäsche dargestellt war: ein Korsett, eine
knöchellange Damenunterhose, ein Unterkleid,
Strümpfe, eine Strumpfhose, ein dicker Büsten-
halter alten Stils, ein Hüfthalter mit Strumpf-
bandgürtel und ein Babydoll; und dann war
da ein mit winziger Kreuzstichschraffur auf ein
Kissen genähtes, bemerkenswertes Selbstporträt,
weinend in einem Sessel, das sie Jahre zuvor an-
gefertigt hatte. Die Tränen waren aus Pailletten.

Als meine Freundin die Tür öffnete, wirkte
sie winzig. Der Tremor hatte auf ihren Kopf
übergegriffen, und ihr Kinn wabbelte, als sie vor
mir stand. Sie war schön in eine schwarze Bluse
mit roten Rosen und eine enge schwarze Hose
gekleidet. Ihr kurzes, schütteres Haar war hinter
die Ohren gekämmt, und ihre Augen blickten
so scharf und konzentriert durch die schmalen
Brillengläser wie nie zuvor.

An diesem Nachmittag trafen Abigail und ich
eine Vereinbarung. Sie legte sich auf ihr Sofa und
sprach mit mir über ihren Tod. Sie hatte niemanden außer einer Nichte, einer lieben Frau,
die die Vergnügungen aber nie verstehen würde.
«Sie bekommt mein Geld, was davon übrig ist.»
Dann zitierte Abigail eine Zeile aus meinem
ersten Gedichtband: *Wir waren verrückt nach*

Wundern und Schiffen voller Spitze. «Das sind wir, Mia», sagte sie. «Wir sind wie zwei Eier in einem Nest.» Das schmeichelte mir, obwohl es mich zwang, mir uns beide, oval und weiß, im Nest liegend vorzustellen. Dann wechselte sie plötzlich die Metaphernebene vom Organischen zum Mechanischen: «Ich bin ein Wecker, Mia, kurz davor loszugehen, und wenn es so weit ist, gibt es kein Zurück. Ich höre mich ticken.» Sie habe alles in ihrem Testament rechtsverbindlich gemacht, sagte sie. Ich solle die heimlichen Vergnügungen bekommen und damit machen, was ich wolle. Die Papiere lägen in der obersten Schublade ihres kleinen Schreibtisches. Das solle ich wissen. Der Schlüssel befinde sich in dem kleinen Porzellanei aus Limoges, und jetzt solle ich ihn herausholen und die Schublade aufschließen; darin sei etwas, was sie mir zeigen wolle, ein Foto in einem braunen Couvert, direkt obenauf.

Zwei junge Frauen im Smoking, die Arme über die Schultern der jeweils anderen gelegt, stehen grinsend da, eine, die, wie ich erriet, Abigail sein musste, brünett, die andere blond. Die Blonde hält eine Zigarette in der rechten Hand. Sie sehen lebenslustig, kess, sorglos und beneidenswert aus.

Abigail hob den Kopf. Dann nickte sie. Sie nickte eine Weile, bevor sie sprach: «Sie hieß genauso wie deine Mutter. Laura. Ich habe sie geliebt. Wir waren in New York. Das war neunzehnhundertachtunddreißig.» Sie lächelte. «Fällt schwer zu glauben, dass ich dieser Frechdachs bin, nicht?»

«Nein», sagte ich, «es fällt gar nicht schwer.»

Als ich sie zum Abschied umarmte, spürte ich ihre Knochen unter der mit Rosen bedeckten Bluse, und sie fühlten sich nicht größer an als Hühnerknochen – meine Abigail, die nicht mehr aufrecht sitzen konnte, die das Zittern hatte und einst im Jahre 1938 in New York ein Mädchen namens Laura geliebt hatte, eine bemerkenswerte Frau, Kunstlehrerin für Kinder und Künstlerin. Eine Künstlerin, die ihre Bibel kannte. Das Letzte, was sie zu mir sagte, war: «Er wird herabfahren wie der Regen auf die Aue, wie die Tropfen, die das Land feuchten.» Psalm 72, 6.

Der andere zu sein bringt die Phantasie zum Tanzen. Ohne das sind wir nichts. Schrei's heraus! Schüttle dich, stampf mit den Hacken auf und spring. Das war meine Pädagogik, meine Philosophie, mein Credo, mein Slogan, und die Mädchen strengten sich an, das muss ich ihnen lassen. Ihre «Ichs» waren kräftig aufgemischt worden, und sie arbeiteten daran, den Sinn zu finden, der sich aus einer anderen Rolle, einem anderen Körper, einer anderen Familie, einem anderen Ort ergibt. Mit unterschiedlichem Erfolg, aber das war zu erwarten gewesen.

Jessie schrieb als Mia: «Ich hatte so ein Gefühl, dass die Mädchen Probleme hatten, aber sie haben mir nichts gesagt. Ich erinnerte mich daran, wie ich in die siebte Klasse ging und mir diese doofen Sachen passierten, aber das ist lange, lange, lange her …» (Dagegen war nichts einzuwenden.)

Peyton schrieb als Joan: «Ich bin seit der ersten Klasse Nikkis beste Freundin, und ich tue so ungefähr alles, was sie tut. Als ich gesehen habe, dass sie keine Angst hatte, sich zu schneiden, beschloss ich, ich tue es auch, obwohl ich es ziemlich eklig fand.»

Joan als Peyton: «Ich will cool sein, aber ich bin unreif. Ich treibe lieber Sport und habe bei den Gemeinheiten gegen Alice mitgemacht, weil ich eben cool sein wollte.»

Nikki als Emma: «Ich schleime mich bei Ashley ein, weil ich glaube, dass ich mich durch sie besser fühle, und es Spaß macht, mit ihr zusammen zu sein, weil es ihr nichts ausmacht, Ärger zu kriegen. Als sie beschloss, ich soll dieses Stück Schwanz von der toten Maus runterschlucken, habe ich's getan, obwohl es widerlich war. Ich bin irgendwie ihre Sklavin. Sie fordert Leute heraus, und ich lass mich gern drauf ein. Meine kleine Schwester hat Muskelschwund, das setzt mir ziemlich zu, und mit meinen Freundinnen zusammen zu sein und dummes Zeug zu machen hilft mir, nicht daran zu denken.»

Emma als Nikki: «Ich spiele mich gerne auf und haue auf den Putz, trage gern schwarze Klamotten und dazu ein irres Make-up, das meine Mom aufregt. Gemein zu Alice zu sein war auch eine Art, mich aufzuspielen.»

Ashley schrieb: «Ich bin Alice, Miss Perfect. Ich mag Chicago, weil es eine Großstadt mit haufenweise Geschäften und Museen ist, und meine Mom hat mich da immer zu diesen KUNSTereignissen begleitet, und jetzt können wir nicht mehr hin. Ich war mal Ashleys Freundin, aber ich glaube, ich bin zu kultiviert für sie.

Ich bin ein Einzelkind, und meine Eltern verwöhnen mich, kaufen mir teure Kleider und schicken mich nach St. Paul ins Ballett. Ich benutze Wörter, die die anderen Kinder nicht verstehen, nur damit sie sich dumm fühlen. Ich bin so moralisch, dass ich nicht weiß, wie man Spaß haben kann, und ich sehe ganz gekränkt und weinerlich aus, wenn jemand die winzigste Kleinigkeit sagt. Wäre ich nicht so ein Waschlappen gewesen, hätten die Mädels mir gar nichts anhaben können.»

Alice schrieb: «Ich hasse Alice, weil sie in dem Stück die Charlene gespielt hat. Das hat mich vor Neid ganz krank gemacht. Sie hat meine Hinterlist nicht erkannt, und das machte es so einfach, ich hatte leichtes Spiel, konnte so tun, als würde ich sie mögen, ihr aber hinter ihrem Rücken richtig weh tun. Meine Geschwister treten und schlagen sich dauernd und knallen die Türen, mein Zuhause ist ein einziges Chaos, und ich muss Pillen gegen eine Gemütsstörung nehmen, und meine Mom schreit mich dauernd an, weil ich sie nicht nehme …»

Schuldzuweisungen, Dementis und tiefe Seufzer unterbrachen immer wieder den Fluss der Stunde. Aber dass Ashley Alice ihre eigene Störung untergeschoben hatte, wie immer die nun geartet sein mochte, war bei weitem die beunruhigendste Enthüllung gewesen. Weder Alice noch Ashley waren fähig, sich in die Psyche der jeweils anderen einzufühlen oder irgendeine wechselseitige Sympathie zu empfinden, doch als Alice, ob bewusst oder unbewusst, Ashleys Geheimnis ausgeplaudert hatte, waren alle Mädchen still gewesen, bis Peyton schrie: «Ashley, du hast doch behauptet, Alice hätte eine Gemütsstörung, nicht du.» Der Trick, die Ichperspektive zu tauschen, hatte sein Ziel erreicht. Ashley, so schien es, hatte das Spiel schon vorher gespielt.

1. Ich werde im Kühlschrank nachsehen, ob genug Saft und Milch da ist, und wenn es nicht reicht, daran denken, welche zu kaufen.
2. Ich werde versprechen, *Middlemarch* von A bis Z zu lesen. (Dasselbe gilt für *Die goldene Schale*.)
3. Ich werde Dich nicht beim Schreiben unterbrechen.
4. Ich werde mehr mit Dir reden.
5. Ich werde lernen, etwas anderes zu kochen als Eier.
6. Ich werde Dich lieben.

     Boris

Ich las die Liste mehrmals durch. Ehrlich gesagt, nahm ich ihm die ersten fünf Punkte nicht ab. Dazu wäre eine Revolution nötig gewesen, an die ich aufgehört hatte zu glauben. Meine Welt drehte sich um Punkt sechs, denn, wissen Sie, Boris hatte mich ja geliebt. Er hatte mich lange geliebt, und die Frage war nicht so sehr, ob er es ernst meinte – ich glaubte, das tat er –, sondern ob da nicht Selbsttäuschung am Werk war. Konnte er dieses zündende Intermezzo wirklich vergessen, oder würde uns das pausale Gespenst bis ans Ende unserer Tage begleiten? Schlimmer noch: Wenn Boris einmal zur Tür hinausspaziert war, was sollte ihn abhalten, es wieder zu tun? Genau das fragte ich ihn in meiner Antwort.

Regina kehrte nach Rolling Meadows zurück, aber nicht ins betreute Wohnen. Sie wurde in einer Spezialabteilung für Alzheimerpatienten auf der anderen Seite des Geländes untergebracht, obwohl die Krankheit bei ihr gar nicht diagnostiziert worden war. Nach dem «Zwischenfall» hatten die (zumeist wohlwollenden, aber keineswegs endlos toleranten) Machthaber entschieden, ihr sei nicht zu trauen. Sie müsse beobachtet werden. Meine Mutter und ich fanden sie in einem kahlen kleinen Zimmer – fast identisch mit meinem Krankenhauszimmer in der Psychiatrie, bloß ohne Blick auf den East River – auf einem trostlosen Gitterbett mit blauer Tagesdecke. Ihr schönes, langes weißes Haar war zerzaust und hing ihr ins Gesicht. Als meine Mutter zur Tür hereinkam, rief Regina laut «Laura!» und streckte die Arme nach ihrer Freundin aus. Die beiden umarmten sich und wiegten sich so mindestens eine Minute lang vor und zurück. Als sie einander wieder losließen, sah Regina mich an, als suche sie etwas, und mir wurde klar, dass der gefallene Schwan meinen Namen und womöglich die Tatsache meiner gesamten Existenz vergessen hatte, aber meine Mutter rettete ihre Kameradin, indem sie mich identifizierte, sobald sie begriff, dass ich in Reginas mentalem Lagerhaus fehlte.

Die beiden Frauen redeten, aber Regina redete mehr. Sie schnatterte über ihr Martyrium – die Tests, den netten Doktor und den fiesen, die endlosen Fragen nach Präsidenten und dem laufenden Monat und ob sie diesen Nadelstich spüre und so weiter. Dann brach sie zusammen und heulte, erholte sich aber schnell wieder und begann nostalgisch zu schwärmen. War es nicht wunderbar gewesen, auf der anderen Seite, im betreuten Wohnen? Sie hatte ihre eigene Wohnung dort mit all ihren «hübschen Dingen», und sie waren nur eine kurze Wegstrecke voneinander entfernt gewesen, und, ach, du meine Güte, die Grünlilie, hatte jemand die gegossen? Und jetzt seht sie euch an, im Exil bei den «Verrückten» und den Leuten, die «sabberten und pinkelten und in die Hose machten». Wenn sie nur wieder auf die andere Seite zurückkönnte. Ich sah meine Mutter den Mund öffnen und wieder schließen. Wenn Regina sich an das verhasste «Heim» als Paradies erinnern wollte, hatte sie kein Recht, ihr diese Illusion zu zerstören. Als wir gingen, hob die alte Frau den Kopf, warf ihre unordentlichen Locken zurück und strahlte. Sie warf uns Kusshändchen zu und sang mit hoher Zitterstimme: «Komm wieder, Laura. Kommst du? Ich hab dich schrecklich vermisst. Vergiss nicht, wiederzukommen.»

Kurz bevor ich die Tür schloss, warf ich einen letzten Blick auf Regina. Sie schien in sich zusammenzufallen, als hätte der theatralische Abschied ihr alle Luft genommen.

Draußen im Gang blieb meine Mutter stehen. Sie presste die Hände an die Brust, schloss die Augen und murmelte: «Es ist so bitter.»

«Was denn, Mama?»

«Das Alter.»

Die Seifenoper mit Lola, Pete, Flora und Simon war, wie Lola selbst eingeräumt hatte, eine Wiederholungssendung ohne große Abwechslung gewesen, doch nun verschworen sich die Umstände, um für Abwechslung zu sorgen, und die Abwechslung war Geld. Sosehr ich meine Chrysler Buildings mochte und Lola Zeit gewidmet hatte, um mir ihre Geschäftspläne anzuhören, sowenig optimistisch war ich gewesen. Die arme junge Frau hatte wenig Zeit gehabt, sich ihrem Schmuck zu widmen, und die Erfolgsaussichten waren alles in allem dürftig gewesen. Und dann, aus heiterem Himmel, wie im Roman, vor allem in Romanen aus dem 18. und dem 19. Jahrhundert, war Lolas Patentante gestorben, eine alleinstehende, genügsame Dame, die fünfzig Jahre lang als Schatzmeisterin am St. Joseph's College gearbeitet hatte, und dieser hinfällige Deus ex Machina hinterließ seinem Patenkind ein vollständiges Wedgwood-Service und hunderttausend Dollar. (Um fair zu sein, das passiert im realen LEBEN des 20. und 21. Jahrhunderts andauernd; nur in ROMANEN des 20. und 21. Jahrhunderts weniger oft.)

Und so war Lola, zumindest eine Zeitlang, reichlich flüssig, und, noch wichtiger, das Geld gehörte ihr, nicht Pete. In derselben Woche kam die Zusage eines kleinen Geschäfts in Minneapolis, Lolas Kreationen zu verkaufen. Die Besitzer waren von den architektonischen Ohrringen eingenommen, vor allem vom Schiefen Turm von Pisa. Freude zog bei den Nachbarn ein. Wir feierten Freitagabend nach einer harten Woche mit den Hexen (über die ich später noch berichten werde. Die Chronologie wird als erzählerisches Mittel bisweilen überbewertet) bei mir. Anwesend waren meine Mutter, Peg, Lola und die beiden Süßen. Ich hatte auch Abigail eingeladen, aber sie sei zu schwach, sagte sie, um die Strecke zurückzulegen, obwohl wir anboten, sie die wenigen Meter zum Haus der Burdas zu fahren.

Lola trug Pink. Meine Mutter trug fast den ganzen Abend Simon, und die beiden amüsierten sich prächtig. Der kleine Mann hörte nicht auf zu singen. Wenn meine Mutter ihm etwas vorsang, sang er zurück, zugegeben in unkonventionellen, womöglich sogar bizarren Tönen, aber er sang jedenfalls, und seine geflöteten Entäußerungen sorgten für viel Heiterkeit. Flora tobte wild und perückenlos durch die Gegend, flüsterte mit Moki und stopfte sich Kuchen in den Mund. Ich achtete darauf, sie zu umgarnen und zu umschwirren, damit sie nicht das Gefühl bekam, ihr kleiner Bruder gewönne jeden Wettstreit in Sachen Niedlichkeit. Peg strahlte. Bei Familientreffen war sie in ihrem Element, und ihre Anwesenheit versüßte die ohnehin schon erfreuliche Zusammenkunft.

Ich fragte Lola, ob Pete auf Reisen sei, aber nein, ihr Mann war zu Hause geblieben. Er hätte sich als einziger Mann unbehaglich gefühlt, sagte sie, und habe sie gedrängt, allein zu gehen sich zu amüsieren. Während Peg und meine Mutter die Kinder beschäftigten, gingen Lola und ich in das Schlafzimmer, wo wir alle in dem breiten Doppelbett übernachtet hatten, und sie erzählte mir, dass sie sich anders fühlte, seit sie das Geld hatte. «Ich habe nichts getan, um es zu verdienen», sagte sie, «aber jetzt, wo es mir gehört, fühle ich mich irgendwie wichtiger, freier, und Pete ist zufriedener. Es ist, als könnte er ein bisschen aufatmen und brauchte sich nicht mehr so viele Sorgen zu machen. Und dann ist da der Artisans' Barn, und auf einmal gefallen denen meine Sachen, also hält Pete meine Goldschmiedearbeiten nicht mehr für unnütze Bastelei.»

Wir standen nebeneinander und sahen aus dem Fenster. Ich hatte mich in den Blick und in den Sommerhimmel verliebt, besonders wenn die Sonne unterging und ihn in Blau-, Lavendel- und Rosatönen färbte und ich die Wolkenformationen über dem Feld, dem Wäldchen, der Scheune und dem Silo beobachten konnte, die mit dem voranschreitenden Abend schwarz und scherenschnittartig wurden. Eine Studie in Wiederholung. Eine Studie in Wandelbarkeit. Und Lola sagte, sie werde mich vermissen, wenn ich nach Hause führe, und ich sagte, ich würde sie vermissen. Sie fragte, was ich mit Boris machen wolle, ich erzählte ihr von seinem Werben, und sie lächelte. Aus dem Nebenzimmer hörte ich die Frauen lachen und Flora quietschen und nach einer Weile Simons Weinen.

Lola und ich blieben jedoch noch ein paar Sekunden stehen, sahen einfach schweigend aus dem Fenster, bevor sie zu den Feiernden zurückkehrte, um ihren Kleinen zu trösten.

Homo homini lupus. Der Mensch ist des Menschen Wolf. Ich fand den Sinnspruch in einem Werk des großen alten Pessimisten Sigmund Freud, aber offenbar stammt er von Plautus. Traurig, aber wahr. Sehen Sie sich um. Sehen Sie sich sogar die jungen Mädchen an, ihren Kampf um Status und Bewunderung, ihre skrupellosen Methoden, ihre aggressiven Freuden. Während ihre «Ichs» im Lauf der Woche weiter von einer zur anderen rotierten, verlor ich manchmal den Überblick darüber, welche gerade welche spielte, sie aber hatten keine solchen Identifikationsprobleme. Obwohl es wenige weitere Enthüllungen gab, begann die Geschichte, der ich den Titel «Der Hexenzirkel» gegeben hatte, Gestalt anzunehmen. Ashley war gestürzt worden, ihre Lüge enttarnt. Ich bezweifle, dass sie irgendwelche aufrichtige Reue empfunden hätte, wenn sie nicht erwischt worden wäre, aber sie litt stark unter ihrem Machtverlust. Sie war jedoch eine Überlebenskünstlerin und fing an, sich auf ihre neue Rolle in der Gruppe einzustellen: Am Mittwoch bat sie ihr Opfer in aller Form um Entschuldigung, und das, ob aufrichtig oder nicht, half, ihr Ansehen bei den anderen zu heben. Emma hatte die Erwähnung ihrer kranken Schwester einen schweren Schlag versetzt, aber das Mitgefühl der Mädchen für ihr Los als die gesunde, aber unbeachtete Schwester stimmte sie milder, und sie trug von sich aus Nachbesserungen zu der Geschichte und ihrer Rolle darin bei, die ich tapfer fand: «Es hat mich glücklich gemacht, wenn Alice weinte.» Jessie mit ihren narzisstischen Plattitüden hatte eine kalte Dusche abbekommen. Sie begriff, dass sie zu sehr von sich überzeugt gewesen war. Sie war, fast ohne darüber nachzudenken, von dem gemeinen Anschlag angetan gewesen. Peyton weinte im Lauf der Woche immer weniger und genoss, wie die anderen, zunehmend das Rollenspiel. Die Katharsis des Theaters. Tatsächlich fiel ab Donnerstag auf, dass bereits ein stillschweigendes Drehbuch geschrieben war und die Mädchen sich voller Begeisterung in ihr eigenes Melodram gestürzt hatten. Alice büßte etwas von ihrem Rang als romantische Heldin ein, aber ihr Leiden wurde von allen anerkannt, und sie mischte sich mit solchem Eifer in das Leben ihrer Peinigerinnen ein, dass Nikki am Freitag ausrief: «O Gott, Alice, du hast es ja faustdick hinter den Ohren!» Joan stimmte natürlich zu.

Die Geschichte, die sie am Freitag mit nach Hause nahmen, war nicht wahr; es war eine Version, mit der sie alle leben konnten, sehr ähnlich wie Nationalgeschichten, die Bewegungen von Menschen und Ereignissen verschleiern und verzerren, um eine Idee aufrechtzuerhalten. Die Mädchen wollten sich nicht selbst hassen, und obwohl Selbsthass nicht selten ist, führte der Konsens, den sie über das Geschehene erreichten, zu einem erheblich milderen Fazit als dem weiter vorn zitierten des Wiener Arztes. Was mich betraf, so spürte ich am Ende, dass mir die Begegnung mit dem Hexenzirkel gutgetan hatte. Ich wurde von allen sieben umarmt, mir wurden Loblieder gesungen, und ich bekam ein Geschenk: eine violette Dose mit einer stark parfümierten Seife, eine Handlotion in einer wellig geformten Flasche und ein Gefäß mit grobem Badesalz, das mit einer lila Schleife zugebunden war. Was wollte man mehr?

Und dann blies es meine Daisy in die Stadt. Dieser Ausdruck mit seinen Wildwest-Assoziationen steht dem geliebten Nachwuchs gut an. Das Mädchen hat nämlich etwas Windhaftes, eine Fähigkeit, Wirbel zu machen, ohne viel dazu zu tun.

Als sie aus dem Taxi sprang, eine große Ledertasche über der Schulter, deren Reißverschluss weit offen stand und den chaotischen Inhalt enthüllte, bekleidet mit winzigem T-Shirt, Herrenweste, abgeschnittenen Jeans, Stiefeln, Strohhut und riesiger Sonnenbrille, schien sie Hektik und Aufregung zu verkörpern: ein kleiner Tornado. Außerdem ist sie eine Schönheit. Wie Boris und ich sie produziert haben, ist mir ein Rätsel, aber die genetischen Würfel fallen eben kreuz und quer. Keiner von uns beiden ist unattraktiv, und meine Mutter hält mich ja, wie Sie wissen, immer noch für schön, aber Daisy ist es wirklich, und es ist schwer, das Kind nicht anzusehen, wenn es in der Nähe ist.

Sie ist auch ein zärtlicher kleiner Teufel, das war sie immer schon, eine, die gern umarmt und küsst und streichelt und Nasen reibt, und als wir auf der Türschwelle die Arme umeinander legten, umarmten, küssten und streichelten wir uns eine Weile und rieben unsere Nasen aneinander, ehe wir uns losließen. Und wie es manchmal vorkommt, wurde mir erst in diesem Moment klar, wie sehr ich sie vermisst, wie sehr ich mich nach meiner Tochter verzehrt hatte, aber Sie werden froh sein, es zu hören, ich brach nicht in Tränen aus. Es mag wohl ein Hauch von Nässe um meine Tränenkanäle herum gewesen sein, mehr aber nicht.

Den Abend verbrachten wir bei meiner Mutter, und obwohl ich mich nur an Bruchstücke dessen erinnere, worüber wir sprachen, weiß ich noch genau, wie belebt die Miene meiner Mutter war, als sie Daisys Geschichten über das Theater und Muriel und ihre Nächte auf den Spuren ihres Vaters lauschte und dass er seinen «Schatten» erst entdeckte, als sie ihn vor dem Roosevelt Hotel mit den Worten konfrontierte: «Was, zum Teufel, geht hier eigentlich vor, Dad?» Und ich erinnere mich, dass meine Mutter Neuigkeiten von Regina hatte. Sie war von einer ihrer Töchter gerettet worden. Letty war gekommen und hatte alles organisiert, um ihre Mutter nach Cincinnati zu holen, wo es ganz in der Nähe von ihr und ihrer Familie ein «Heim» gab. Meine Mutter gestand, nicht zu wissen, wie das alles gehen sollte, aber es war auf jeden Fall der «schrecklichen Gefängniszelle» in der Alzheimerstation vorzuziehen.

Gleich am nächsten Tag erfuhren wir, dass Abigail einen schweren Schlaganfall erlitten hatte. Sie lebte, aber die Frau, die wir gekannt hatten, war verschwunden. Sie wusste weder, wo noch wer sie war. Der Wecker hatte geklingelt. Die Greise ermatten und sterben. Das wissen wir, aber die Greise wissen es weitaus besser als wir. Sie leben in einer Welt ständigen Verlustes, und das, wie meine Mutter schon festgestellt hatte, ist bitter.

Ich sah sie zwei Tage später ein paar Minuten auf der Pflegestation. Meine Mutter hatte nicht mitkommen wollen. Ich verstand, warum; das Gespenst des Verlustes aller Fähigkeiten, die das Leben zum Leben machen, war ihr zu nahe. Abigail lag auf der Seite, wegen ihrer verkrümmten Wirbelsäule mit dem Kopf in der Nähe der Knie, sodass sie das Bett kaum ausfüllte. Hin und wieder gingen ihre Augen zuckend auf, aber Iris und Pupille waren gedankenleer, und beim Atmen krächzte sie laut. Das dünne graue Haar meiner Freundin sah etwas fettig und ungekämmt aus, und sie trug ein geblümtes Krankenhaushemd, das sie gehasst haben würde. Ich strich ihr das Haar zurück. Ich redete mit ihr, sagte ihr, dass ich mich an alles erinnerte, dass ich, wenn die Zeit gekommen sei, das Testament aus der Schublade holen und alles Menschenmögliche unternehmen würde, um die heimlichen Vergnügungen irgendwo in einer Galerie unterzubringen. Und bevor ich ging, beugte ich mich zu ihr hinunter und sang ihr ganz leise ein Schlaflied ins Ohr, nicht eines von Brahms, ein anderes, so wie ich es immer für Daisy getan hatte. Eine Krankenschwester erschreckte mich, als sie hinter mir hereinkam, und ich wich abrupt und verlegen zurück, aber sie war fröhlich,

sachlich und sagte, ich könne ruhig bleiben,
doch irgendwie konnte ich dann nicht mehr.
Zwei Tage später war Abigail tot, und ich war
froh.

Ich schrieb Niemand von ihr, von ihren Wer-
ken und von ihrer lang verflossenen Liebesgeschichte. Ich weiß nicht, warum ich ihm das
erzählte. Vielleicht wollte ich eine Antwort von
einiger Erhabenheit. Ich bekam sie.

Manchen von uns ist es bestimmt, in
einer Schachtel zu leben, aus der es nur
eine zeitweilige Freilassung gibt. Wir mit
den beschädigten Lebensgeistern, den
vereitelten Gefühlen, dem blockierten
Herzen und den aufgestauten Gedanken,
wir, die wir uns danach sehnen, auszubre-
chen, in einer Flut von Wut, Freude oder
gar Wahnsinn überzuströmen, doch gibt
es für uns kein Wohin, nirgendwo auf der
Welt, weil niemand uns so haben will,
wie wir sind, und wir können nichts tun,
als uns die heimlichen Freuden unserer
Sublimierungen zu eigen zu machen, den
Bogen eines Satzes, den Kuss eines Reims,
das Bild, das auf Papier oder Leinwand
entsteht, die innere Kantate, die klöster-
liche Stickerei, die dunkle, träumerische
Nadelarbeit aus der Hölle, dem Himmel
oder dem Fegefeuer oder aus keinem der
drei, doch es muss einigen Schall und

Wahn von uns geben, einige Zimbel-
schläge in der Leere. Wer würde uns die
bloße Pantomime einer Raserei verwei-
gern? Wir, die Schauspieler, die auf einer
von niemandem beachteten Bühne auf
und ab schreiten, mit wogendem Busen
und fliegenden Fäusten? Deine Freundin
war eine von uns, den nie Gesalbten,
Unerwählten, vom Leben, vom Sex
Missgebildeten, vom Schicksal verflucht,
aber insgeheim rastlos tätig, dort, wohin
sich nur die Happy Few wagen, jahrelang
emsig nähend, ihr Herzeleid, ihre Bosheit
und ihren Groll einnähend, und warum
nicht? Warum? Warum nicht? Warum?
Warum nicht?

Trotz all seiner Trostlosigkeit erreichte er, dass
ich mich besser fühlte, seltsam besser. Warum?
Obwohl ich mich zum ersten Mal fragte, ob Mr.
Niemand nicht ebenso gut Mrs. Niemand sein
könnte. Wer weiß? Ich war mir nicht mehr so sicher, dass er Leonard war. Aber ich merkte, dass
es mir gleichgültig wurde. Er oder sie war meine
Stimme aus Nimmerland, aus Nimmermehr,
aus Warum, nicht Wo, und es gefiel mir so.

Wenn ich je wieder etwas wirklich Dummes mache, nagle mich an die Wand.
Dein Boris

Daisy stand hinter mir, als ich diese Nachricht auf dem Bildschirm las, und ich spürte ihre Hände auf meinen Schultern. «Was wirst du ihm antworten, Mom? Sag's mir, Mom.»

«Ich werde meinen Tacker griffbereit halten.»

«Ach, Mama», stöhnte sie. «Siehst du nicht, dass er sich bemüht? Es geht ihm schlecht.»

Meine Tochter rollte den Schreibtischstuhl, auf dem ich saß, zurück, sprang auf meinen Schoß und begann mich zu umschmeicheln und zu beschwatzen, dem lieben alten Pa etwas Ermutigendes zu antworten. Sie zog an meinen Ohrläppchen, zwickte mich in die Nase und sprach mit verschiedenen Akzenten – einem koreanischen, einem irischen, einem russischen und einem französischen –, um Fürsprache bei mir einzulegen. Sie sprang von meinem Schoß herunter, steppte und tanzte Shuffle Ball Change und wedelte mit den Armen und verlangte lautstark die Wiedervereinigung des alternden Paars, einer Mommy und eines Daddys, Sonne und Mond oder Mond und Sonne, das Doppelgestirn ihres Kindheitshimmels.

Am Tag von Abigails Beerdigung regnete es, und das fand ich richtig. Der Regen fiel auf das gemähte Gras, und ich erinnerte mich an die Worte, die sie in Gobelinstickerei geschrieben hatte: *Gedenke, dass mein Leben ein Wind ist.* Rolling Meadows war an diesem Nachmittag in den Kirchenbänken stark vertreten, was bedeutete, dass eine Menge Frauen da waren, weil dort Frauen lebten, hauptsächlich jedenfalls, obwohl der lüsterne Busley in seinem Elektrorollstuhl erschien, den er hinten im Kirchenschiff parkte. Ich sah die Nichte, die alt aussah, aber sie war wahrscheinlich ja auch über siebzig. Meine Mutter war gebeten worden zu sprechen. Sie umklammerte das Redemanuskript auf ihrem Schoß, und ich spürte, dass sie nervös war.

Bevor wir losgegangen waren, hatte sie mehrere schwarze Garderoben anprobiert, hatte sich Sorgen gemacht wegen eines Kragens und ob das Kleidungsstück auch gut genug gebügelt war und ob es auf einer Bluse einen Fleck gab oder nicht, und schließlich hatte sie sich für einen Baumwollanzug mit einer blauen Bluse darunter entschieden, die Abigail immer bewundert hatte. Der Pastor, ein Mann mit wenigen Haaren und einem angemessen ernsten Gebaren, konnte unsere gemeinsame Freundin nicht gut gekannt haben, weil er Falsches über sie äußerte, bei dem meine Mutter neben mir sich versteifte. «Ein loyales Mitglied unserer Gemeinde mit einem großherzigen und sanftmütigen Geist.»

Meine elegante kleine Mutter stieg bedächtig, aber ohne Schwierigkeiten die Stufen zur Kanzel hinauf, und sobald sie ihre Füße und ihre Lesebrille ausgerichtet hatte, neigte sie sich ihren Zuhörern zu. «Abigail war vieles», sagte sie nachdrücklich mit zitternder, heiserer Stimme. «Doch sie war kein großherziger und sanftmütiger Geist. Sie war witzig, unverblümt, klug und, um die Wahrheit zu sagen, häufig wütend und reizbar.» Hinter mir hörte ich ein paar Frauen lachen. Meine Mutter fuhr fort, und ich spürte, wie sie sich mit jedem Satz mehr für ihr Thema erwärmte. Sie hatten sich im Lesezirkel kennengelernt, an jenem Tag, als Abigail die anderen Mitglieder schockierte, indem sie den Roman, den sie gerade lasen und der den PULITZER-Preis gewonnen hatte, als «einen Haufen stinkenden Mist» brandmarkte, ein Urteil, gegen das meine Mutter nichts einzuwenden hatte, das sie aber anders formuliert hätte, und sie begann nun Abigails Kreativität zu preisen und die vielen Kunstwerke, die sie im Lauf der Jahre hervorgebracht hatte. Sie nannte das, was Abigail gemacht hatte, Kunst, und sie nannte Abigail eine Künstlerin, und Daisy und ich waren stolz, so eine Großmutter und Mutter zu haben. Ich wusste, dass Mama nicht um Abigail weinen würde. Ich glaube nicht, dass sie um Vater geweint hat. Sie war eine echte Stoikerin; wenn man nichts daran ändern kann, weg damit. Die Schwäne starben, einer nach dem anderen. Wir alle sterben einer nach dem anderen. Wir riechen alle nach Sterblichkeit und können es nicht abwaschen. Wir können nichts dagegen tun, außer vielleicht ein Lied anzustimmen.

Wir müssen uns eine Weile verlassen, mich und Daisy und auch die heitere Peg, die neben Daisy sitzt, müssen meine Mutter verlassen, die dort steht und Zeugnis über ihre Freundin ablegt. Wir verlassen sie, obwohl sie an jenem Tag glänzte und anschließend von vielen herzlich dafür beglückwünscht wurde, etwas gesagt zu haben, was allgemein als wahr galt, weil wohl bekannt ist, dass die Toten oft in Lügen eingewickelt ins Grab steigen. Aber wir werden uns dort bei der Beerdigung verlassen, während es jenseits der bleiverglasten Fenster in Strömen regnet, und wir wollen es einfach geschehen lassen, genau so, wie es geschah, aber ohne es zu erwähnen.

Zeit verwirrt uns, nicht wahr? Physiker wissen, wie man mit ihr spielt, aber unsereins muss mit einer rasenden Gegenwart auskommen, die zu einer ungewissen Vergangenheit wird, und wie ungeordnet diese Vergangenheit in unseren Köpfen auch sein mag, wir bewegen uns immer unaufhaltsam auf das Ende zu. Im Geist jedoch können wir, solange wir noch lebendig sind und unser Gehirn noch die Verbindungen herstellt, von der Kindheit ins mittlere Alter und zurück springen und aus jeder Zeit, die wir uns aussuchen, etwas plündern, einen wohlschmeckenden Leckerbissen hier und einen sauren dort. Es wird niemals mehr, wie es war, es sei denn in Gestalt einer späteren Inkarnation. Was einst Zukunft war, ist jetzt Vergangenheit, aber in der Zeit des Schreibens kommt die Vergangenheit als ein gegenwärtiger Augenblick zurück, ist das Hier und Jetzt. Wieder einmal schreibe ich mich selbst anderswohin. Nichts kann das verhindern, nicht wahr?

Bea und ich sind auf der Eisbahn drüben an der Lincoln School Schlittschuh gelaufen, warten auf unseren Vater, der uns abholen soll, und sehen ihn in dem grünen Kombi kommen. Auf dem Heimweg pfeift er «The Eerie Canal», und Bea und ich lächeln uns auf der Rückbank an. Zu Hause liegt Mama auf dem Bett und liest ein französisches Buch. Wir springen aufs Bett, und sie befühlt unsere Füße. Sie sind so kalt. *Eis*, sie sagt das Wort *Eis*. Dann zieht sie unsere vier Socken aus, nimmt unsere vier Schlittschuhfüße und steckt sie unter ihren Pullover auf die warme Haut ihres Bauchs. Das gefundene Paradies.

Stefan sitzt auf dem Sofa und gibt gestenreich seinen Standpunkt zum Besten. Ich sehe ihn an und mache mir Sorgen. Er ist zu lebendig. Seine Gedanken preschen zu schnell vor, und doch weiß ich damals nicht, was geschehen wird. Ich befinde mich in Unkenntnis der Zukunft, und dieser Zustand, diese Wolke des Nichtwissens, ist nicht wiederherstellbar.

Dr. F. sagt mir, ich solle pressen. Pressen Sie! Und ich presse mit aller Kraft, und später entdecke ich dann, dass ich das ganze Gesicht voll geplatzter Äderchen habe, aber was weiß ich damals darüber, nichts, und ich presse, und ich spüre ihren Kopf, und dann rufen Stimmen, dass ihr Kopf aus mir herauskommt, und er kommt, und dann das plötzliche Herausrutschen ihres Körpers aus meinem, ich/sie, zwei in einer, und zwischen meinen offenen Beinen sehe ich eine rote, schleimige Fremde, mit einem bisschen schwarzen Haar, meine Tochter. Ich erinnere mich überhaupt nicht an die Nabelschnur, oder? Nicht an das Abtrennen. Boris ist da, und er weint. Ich vergieße keine Träne. Er schon. Jetzt erinnere ich mich! Ich sagte ja, er hätte im wirklichen Leben nie geheult, aber das stimmt nicht. Ich hatte es vergessen! Jetzt, in diesem Augenblick, steht er weinend vor mir, nachdem seine Tochter geboren wurde.

Ich betrete die AIM Gallery, eine Frauenkooperative in Brooklyn, um an der Eröffnung einer Ausstellung mit dem Titel *Die heimlichen Vergnügungen* teilzunehmen.

Ich stehe neben Boris in unserer Wohnung am Tompkins Place. *Willst du ihn als deinen Ehemann annehmen, ihn lieben, achten und ehren, in Gesundheit und Krankheit, in guten wie in schlechten Zeiten, bis dass der Tod euch scheidet?*

Willst du? Heraus mit der Sprache, du rothaa-riger Hohlkopf. Das war damals. Ich sagte: *Ja.* Ich sagte: *Ich will.* Ich sagte etwas Zustimmendes.

Meine Mutter ist neunzig geworden, und wir feiern in Bonden. Sie hat Probleme mit den Knien, aber sie ist hellwach und benutzt keinen Rollator. Peg ist da, und meine Mutter stellt mir Irene vor. Ich habe in letzter Zeit am Telefon viel von Irene gehört und schüttle ihre Hand mit Nachdruck, um meine Begeisterung zu zeigen. Sie ist fünfundneunzig. «Ihre Mutter und ich haben oft viel Spaß miteinander.»

Mama Mia schreibt Gedichte am Küchen-tisch. Klein Daisy regt sich in ihrem Kinderbett.

Jetzt liegt Mia im Krankenhaus, die Diagnose lautet: eine kurze Psychose, eine vorübergehende Geisteskrankheit, eine Gehirnstörung. Sie ist of-fiziell *une folle*. Sie schreibt HIRNSCHERBEN in das Notizbuch.

7.
Eine hartnäckige Sache –
aber sprachlos,
ohne Identität,
ein Wachtraum ohne Bild,
Qualen nur. Ein Name muss her.
Ein Wort in dieser weißen Welt.

Ich muss sie benennen, nichts kann es nicht
sein.
Wähle ein Bild aus dem Nirgendwo,
aus einem Loch im Hirn
und sieh, dort an der Kante:
ein blühender Knochen.

11.
Ich reck und streck auf hohem Robe
Mit Sentecrat, Bilt und Frobe,
Meinen Kuppels unten in Iberbean
Der dustersten Stutt in Freen.

21.
Mal kurz wenden, Schatz,
Zwei Mal kräftig und ein Schmatz,
Pisse und Essig.
Scheiße und Altbier.
Was soll das alles, sag es mir?

Sie ist geistig wieder gesund, sitzt im Wohnzimmer der Burdas und liest eine Biographie jenes
scheuen, aber leidenschaftlichen Genies, des dä-
nischen Philosophen, der sie jahrelang geärgert,
verstört und verwirrt hat. Es ist der 19. August
2009.

Wie Sie sehen, bin ich zu mir zurückgekehrt. Nur wenige Tage sind seit der Beerdigung vergangen. Ich bin zu der zurückgekehrt, die ich damals war, in jenem Sommer mit meiner Mutter und den Schwänen und Lola und Flora und Simon und den jungen Hexen von Bonden. Abigail liegt in ihrem Grab am Stadtrand. Noch gibt es keinen Grabstein. Das kommt später. Es ist eigentlich noch gar nicht lange her, und meine Erinnerung an jene Zeit ist scharf. Daisy war noch bei mir. In den Tagen zuvor, dem 16., 17. und 18., hatte Boris Izcovich mich beständig und ernsthaft umworben und mir sogar ein entsetzliches, aber rührendes Gedicht geschickt, das folgendermaßen begann: «Ich kannte ne Frau namens Mia, / die verstand was von Reim und Poesia.» Danach wurde es immer schlechter, aber was kann man von einem weltberühmten Neurowissenschaftler erwarten? Das nach diesen einleitenden Zeilen ausgedrückte Gefühl war, wie Daisy meinte, «totaler Schmalz». Abgesehen davon haben nur die Hartherzigsten unter uns keinen Sinn für Schmalz, Süßholz und Balladen über verlorene und tote Liebende, und nur ausgewiesene Strohköpfe sind unfähig, Geschichten von geisterhaften Gestalten, die über Moore und Felder oder durch die Luft wandeln, zu genießen. Und wer von uns würde Jane Austen ihr Happy End versagen oder darauf bestehen, dass Cary Grant und Irene Dunne am Ende von *Die schreckliche Wahrheit* nicht wieder zusammenkommen? Es gibt Tragödien und Komödien, nicht wahr? Und sie sind nicht selten eher gleich als verschieden, so ziemlich wie Männer und Frauen, wenn Sie mich fragen. Eine Komödie steht und fällt damit, dass man die Geschichte genau im richtigen Augenblick beendet.

Und ich will Ihnen ganz im Vertrauen sagen, alte Freundin, alter Freund, denn das sind Sie inzwischen geworden, standhafte Leserin, standhafter Leser, vielfach geprüft und bewährt und mir so teuer. Ich will Ihnen sagen, dass der Göttergatte Wirkung bei mir zeigte, wie man so sagt, und immer näher an das herankam, was immer in mir zu finden war, und die Erklärung war Zeit, schlicht und einfach Zeit, die ganze miteinander verbrachte Zeit, und die Tochter, die geboren und geliebt wurde und zu dem verrückten, liebenswürdigen und begabten Schatz heranwuchs, der sie ist, und all das Reden und Streiten und auch der Sex, zwischen mir und dem Großen B., die Erinnerungen an Sidney und an meine eigene Celia, die nicht von Columbus entdeckt zu werden brauchte, dafür

kann ich mich verbürgen. Und in meinem ge-
heimsten Inneren gebe ich zu, dass da ein bisschen altes Schmalz übrig war, noch nicht aus-
gelöffelt von meiner Not, meiner Bedrängnis
und meinem Wahnsinn. Doch da war auch die
Geschichte selbst, die Geschichte, die Boris und
ich zusammen geschrieben hatten, und in dieser
Geschichte waren unsere Körper und Gedanken
und Erinnerungen so ineinander verknäult, dass
sich schwer erkennen ließ, wo der eine aufhörte
und die andere anfing.

Doch zurück zum 19. August 2009, später
Nachmittag, gegen fünf. Flora war mit Moki zu
Besuch, und Daisy unterhielt die beiden mit einer Gesangs- und Tanznummer. Flora klatschte
stürmisch und ermunterte Moki, es ihr gleich-
zutun. Das Wetter war nicht gut, ein feucht-
heißer Tag, wie er im Buche steht, 35 Grad und
trübe, nach den Regenfällen ausschwärmende
Moskitos. Es fiel mir etwas schwer, mich auf
mein Buch zu konzentrieren, wegen der ganzen
Unruhe, aber ich war endlich bei Kierkegaards
gebrochenem Verlöbnis angekommen. Er liebte
sie. Sie liebte ihn, und er TRENNT sich, nur um
groteske und erlesene geistige Qualen zu leiden.
Was für ein trauriges und perverses Abenteuer
war das doch. Als ich merkte, dass Daisy auf-

gehört hatte zu singen, blickte ich auf. Sie stand am Fenster.

«Ein Auto fährt in die Einfahrt.» Sie neigte sich der Scheibe entgegen. «Ich kann nicht sehen, wer es ist. Du erwartest doch niemanden, oder? Mein Gott, er steigt aus. Er geht auf die Treppe zu. Er ist oben an der Tür. Er klingelt.» Ich hörte es klingeln. «Es ist Dad, Mom. Es ist Dad! Na, na, willst du nicht aufmachen? Was ist los mit dir?»

Flora umfasste Daisys Oberschenkel und begann vor Erwartung auf und ab zu hüpfen. «Na?», krähte sie. «Na?»

«Mach du auf», sagte ich. «Er soll zu *mir* kommen.»

ABBLENDE